"몸과 마력은 이어져 있다.
마력과 마술은 이어져 있다.
그렇다면 마술로 눈을 만들면
보인다는 말 아닌가.
가능한가? 그런 게 가능한가?
아니— 해내는 거다. 반드시."
— 쿠논 그리온

There is a connection between me and magic power.
Then magic power and magic, too.
So, if I make an eyeball with magic, I will be able to see.
Is it possible? Is that even possible?
No—I must get it done, definitely.

마술사 쿠논은 보인다

제니에 코스

스승의 부주의한 발언으로부터 제자가 급성장을 시작한 지 2년.
오늘도 별채 정원에서 마술 훈련을 하고 있었다.
제니에는 만족스럽게 고개를 끄덕이며 절감했다.
—이제 정말로 가르칠 게 없구나, 라고.
쿠논 그리온

"상황과 대상에 적합한 마술이 있어.
무릇 마술사란 그것을 명확히 꿰뚫어볼 줄 알아야 해.
—쿠논, 넌 오늘부터 내 제자다. 기뻐해라.
오늘 넌 틀림없이 세계 최고의 행운을 거머쥔 꼬맹이다.
내가 네 스승이 됐으니 말이지."
제온리 핀롤

Kunon the Sorcerer
can see through

마술사 쿠논은 보인다

Umikaze Minamino

미나미노 우미카제

illust. Laruha

contents

Kunon the Sorcerer can see through

프롤로그

말 한마디로 인생의 모든 것이 바뀌는 경우가 있다.

설령 그것이 헤아릴 수 없는 깊은 애정이 담긴 말이든, 지독한 악의와 증오의 밑바닥에서 비롯된 말이든.

혹은 열의와 감정이 전혀 담겨있지 않은 적당히 내뱉은 말이더라도.

마술사 제니에 코스는 그 사실을 통감했다.

소년의 운명을 바꾼 것은 우연히 나온 말 한마디였다.

"—아아, 그러네요. 눈알 정도의 크기라고 해야 할까요."

제니에는 난감했다.

제자인 소년에게 어떻게 설명해야 좋을까.

소년은 눈이 보이지 않았다. 그래서 아무것도 몰랐다.

크기를 어떻게 묘사해야 소년이 이해할 수 있을까.

구체인 것은 알겠지만, 정확한 크기까지는…….

그래서 그녀는 고민한 끝에 그렇게 말했던 것이다.

눈이 보이지 않아도 알 수 있는, 자신이 갖고있는 것— 소년의 눈에 빗대어 설명했다.

그렇게 말한 순간, 후회했다.

눈이 보이지 않는 사람에게 눈에 관한 말을 하고 말았다.

달리 비교할 대상이 떠오르지 않아서 고심한 끝에 한 말이었으나…… 이내 부주의한 발언이었다고 후회했다.

"아, 미안해요. 그런, 의미가 아니…… 아……."

그녀의 말이 끊어졌다.

소년을 보고서 말문이 막혔다.

소년이 고개를 들었다.

소년은 아무것도 비치지 않는 은색 눈동자를 크게 떴다.

평소에는 고개를 푹 숙인 채로 소극적이고 자기의사가 아예 느껴지지 않는…… 사는 걸 괴로워하는 것 같은 태도밖에 보여주질 않았다.

소년이 유지하던 「물 구슬」이 제어를 잃고서 땅바닥에 추락했다.

"……눈알만한, 물로 된 둥근 구슬? 눈알만하다? 눈알처럼? 그래…… 그렇구나……."

소년이 잠꼬대를 하듯 스승의 말을 여러 번 되풀이했다.

몇 번이고, 몇 번이고.

메마른 마음에 물로 무언가를 새기듯이.

일곱 살.

눈 먼 마술사 쿠논 그리온이 탄생한 것은 바로 이때였다고 할 수 있겠지.

스승의 부주의한 발언으로부터 제자가 급성장을 시작한 지 2년.

오늘도 별채 정원에서 마술 훈련을 하고 있었다.

"다음! 소용돌이!"

"예!"

스승의 호령에 맞춰 작은 마술사 앞에 떠오른 커다란 「물 구슬」에 흐름이 생겨났다.

성인 두어 명쯤은 거뜬히 집어삼킬 만한 소용돌이가, 사람이 빠지면 나올 수 없을 정도로 격렬하게 출렁거렸다.

"다음! 급정지한 뒤 서른 개로 분리!"

"예!"

물이 도넛 형태로 급정지하더니 이번에는 「물 구슬」 서른 개로 바뀌었다.

"다음! 열세 개는 빨간색, 열한 개는 파란색, 여섯 개는 녹색으로 착색!"

"예!"

지시한 대로 색을 입혔다.

「색이 들어간 물 구슬」이 햇볕을 반사해서 보석처럼 반짝였다.

"다음! 개, 고양이, 소, 원숭이, 양, 고양이, 양, 소, 사람!"

"예!"

「물 구슬」들이 한 덩어리로 뭉치더니 지시에 따라 여러 동물들의 형태로 바뀌어갔다.

제니에가 만족스럽게 고개를 끄덕이며 절감했다.

—이제 정말로 가르칠 게 없구나.

이토록 빨리 따라잡히다니. 난 이런 거 하나도 할 줄 모르는데. 스승이 하나도 못하는 걸 해내는 게 당연하다는 듯 제자에게 시키다니, 대체 뭐 하는 짓이지? 그보다, 어떻게 가능한 거야? 내가 시키긴 했지만, 이토록 무모한 과제를 태연히 수행해낼 수 있게 되다니.

이 일도 이제 정말로 그만두는 편이 좋을지도 모르겠다.

그리온가에 도착했다.

문을 지나 마차가 현관 앞에 정차했다.

문을 열자 그곳에는 미리카가 만나고 싶었던 사람이 있었다.

―정정하겠다.

마차에 올라타는 시간이 아니라 이 순간이 가장 즐거웠다.

"안녕, 쿠논 군."

"안녕하세요, 전하."

일주일만의 재회에서 가장 중요한 순간은 바로 지금이었다.

그가 내민 손을 잡고서 마차에서 내렸다.

쿠논의 눈은 보이지 않았다.

그뿐만 아니라 그는 90퍼센트 이상의 관심을 마술에 기울이고 있었다.

미리카는 늘 쿠논을 보고 있기에 그 정도는 알았다.

그러나 이 순간만은.

에스코트를 해주는 불과 몇 초, 이 시간만은 쿠논은 미리카를 보고 있었다.

쿠논은 이때만은 미리카의 것이었다.

"―좋아, 오늘도 바로 시작한다."

그리고 제온리가 말을 걸면 그는 더는 자신의 것이 아니게 된다.

지금은 그것만으로 좋았다.

몇 년 뒤에는 부부가 될 테니 지금은 그것으로 좋았다.

지금은 미리카도 쿠논만을 바라보고 있을 수가 없었다.

쿠논은 스승 아래에서 마도구 제작을 돕는 형태로 공훈을 세우며 마술사로서 출세길을 걸어 나가고 있었다.

미리카는 현재 쿠논을 뒤쫓는 중이었다.

지금 이대로는 결혼이 위태로웠다. 누군가에게 쿠논을 빼앗기리라.

그런 미래는 용납할 수 없었다.

그래서 어떻게든 공훈을 세워야만 했다.

지금은 오로지 스스로를 갈고닦는 데 정진해야만 했다.

쿠논이 아직은 자신을 봐주지 않더라도 상관없었다.

언젠가 옆에 나란히 설 수 있는 존재가 되기로 결심했으니까.

“난 잘 모르겠는데, 나쁘지는 않은 모양이군.”

나쁘지는 않다.

제온리는 오만불손하기에 그 말은 칭찬에 가까웠다.

“사용감도 좋아요. 시녀도 마음에 들어 했습니다.”

미리카는 지난번에 왕궁마술사가 개발한 화장품의 샘플을 받았다. 어젯밤에 사용했던 그 크림이었다.

그러나 아직 양이 적어서 특별한 날의 전날에만 쓰고 있었다.

“왕비님께 써달라고 부탁해보지 그래요?”

미리카는 측실의 딸이었다. 왕비와는 피가 이어져 있지 않았다.

“그 얘기도 나왔었다. 근데 그 사람은 그 사람대로 화장품을 많이 진상받고있는 모양이야. 다들 제발 자기네들 걸 꼭 써달라고 애원하더라고. 그래서 하나만 특별히 대우해줄 수는 없다더군.”

모두들 휴그리아 왕국의 왕비가 애용하는 화장품이라는 간판을 원하는 것이다. 어떤 업계든, 어떤 장사든 그러한 딱지가 붙으면 신뢰성이 높아진다. 신뢰를 받는다면 잘 팔린다.

설령 국영사업일지라도, 아니, 국영이기에 민간업자와 충돌하기 꺼려졌다.

왕후귀족일지라도 상인과는 관계가 틀어지는 것을 원하지 않는다. 최악의 경우에는 해외 정세 정보와 물류가 모두 막히고 말 테니까.

“뭐, 이젠 위에서 판단하겠지. 상태는 나쁘지 않다고 보고할 테니까. 시험해줘서 고맙군.”

“앞으로는 당신이 직접 시험해보는 게 어떤가요?”

“내가? 화장품을 쓰라고? 이봐, 내가 지금보다 더 아름다워져도 되겠나? 여자의 자존심이 팍 구겨질 텐데?”

제온리가 실실 웃자 미리카가 차가운 눈으로 째려봤다.

“자아도취네요.”

“뭐? 사실이잖아. 다리오, 그렇지 않나?”

“다리오 님, 자아도취 맞죠?”

“—송구합니다만, 전 아무것도 모릅니다.”

다리오는 줄곧 눈을 내리깔고서 대화를 거부했다. 일개 기사가 알아서는 안 되는 기밀정보가 오가고 있으니 이 자리가 가시방석처럼 느껴지겠지.

일행들이 그런 대화를 나누는 동안에도 마차는 나아갔다.

—미리카의 특별한 하루—

제9왕녀 미리카 휴그리아의 아침은 빠르다.

하늘이 아직 밝아지기 전 기상하여 달리기와 검술 연습으로 땀을 흘린다. 그리고 욕조에 몸을 담가 땀을 씻어낸 뒤 몸단장을 하고서 상급귀족학교에 등교한다.

그리고 왕성으로 돌아온 뒤에는 자습과 훈련을 한다.

거의 매일 그런 일과를 반복하고 있었다.

예외는 주마다 한 번씩 약혼자와 만나는 날이었다.

특별한 하루의 아침은 평소보다 더 빠르다.

하늘이 아직 밝아지기 전 기상하여 어젯밤에 발라뒀던 보습 크림을 씻어낸 뒤, 일과인 달리기와 검술 연습을 실시한다. 그리고 욕조에 오랫동안 몸을 담근 뒤 몸단장을 하고서 상급귀족학교에 등교한다.

그녀는 학교에서 오전 일과를 마치고 오후에 귀가했다.

"여어, 공주님."

"전하, 다녀오셨습니까."

왕성으로 돌아온 뒤 기다리고 있던 왕궁마술사 제온리와 기사 다리오와 함께 준비된 마차에 탑승했다.

지금부터는 약혼자에게 가는 길이다.

가슴이 대단히 두근거렸다.

생각해보면 마차에 올라타는 이 시간이 가장 즐거울지도 모르겠다.

약혼자가 제온리의 제자가 된 이후로 대화를 나눌 시간이 없어져 버렸으니까.

뭐, 그건 미리카 본인도 납득했으니 상관없지만.

"그래서, 어땠나?"

제온리는 미리카가 마차에 오르자마자 물었다. 그는 늘 무례하기 굴기 때문에 새삼스럽게 따지지 않았다.

"이런 느낌이에요."

"흐음—."

제온리가 미리카의 얼굴을 물끄러미 쳐다봤다.

Umikaze Minamino
미나미노 우미카제
illust. Laruha
마술사 쿠논은
보인다
L BOOKS
마술사 쿠논은 보인다 1
발매 기념 초판 한정 특전
©Umikaze Minamino, Laruha 2022
KADOKAWA CORPORATION
[NOT FOR SALE]

제1화 영웅의 상흔과 맹인 소년

먼 옛날의 일이었다.

전 세계와 마왕 사이에서 17왕 대전이 발발했을 때, 세계 각국마다 한 사람씩, 총 열일곱 명의 용사가 선별되었다.

이곳 휴그리아 왕국에서는 성기사 히스토아 휴그리아…… 당시 왕자가 검을 들고서 과감히 마왕과 맞섰다고 한다.

용사들과 마왕은 매우 치열하게 전투를 벌였고, 그 중 절반 이상이 세상을 떠났다. 히스토아 왕자는 운 좋게 살아남았지만, 한쪽 팔과 다리를 잃고서 귀환했다.

그 후로부터, 17왕 대전에 참가했던 17개국의 용사의 자손 중에 **무언가**가 없는 아이가 태어나게 됐다.

한쪽 팔이나 한쪽 다리.

손가락이나 귀.

두 눈, 눈동자에 깃든 빛이나— 감정이나 감각인 경우도 있었다고 한다.

그 현상은 마왕이 남긴 저주 때문이라고 알려져 있고, 각국마다 다양한 해석들을 내놓았으나 적어도 휴그리아 왕국에서는 「영웅의 상흔」이라 부르며 추앙해왔다.

신분이 높은 사람에게 이 상흔이 발견되면 왕태자로 책봉되어 훗날 국왕이나 여왕이 되어 국민들을 이끌어왔다.

그러나 그것도 과거의 이야기다.

최근 백여 년 동안「영웅의 상흔」을 가진 사람은 나타나지 않았다.

—현 그리온 후작가에서 아기가 태어나기 전까지는.

쿠논 그리온.

그렇게 이름이 붙여진 소년은 태어났을 때부터 눈동자에 빛이 담겨있지 않았다.

휴그리아 왕가는 크게 축복했다.

백여 년 만에「영웅의 상흔」을 가진 아이가 나타났다고.

그러나 당사자에게는 상관없는 일이었다.

보이지 않는다.

아무것도 보이지 않는다.

부모님의 얼굴도 보이지 않는다.

다정한 형의 얼굴도 보이지 않는다.

아름다운 것도 보이지 않는다. 빛과 어둠도 보이지 않는다. 아무것도, 볼 수 없다.

존귀한 영웅의 상흔?

그런 건 아무렇든 상관없다.

눈이 보이지 않는다는 사실은 그 어떤 기쁨도, 자긍심도 가져다주지 않았다.

쿠논이 이 사실을 깨달은 것은 세 살 때였다.

주변 사람들은 자신을 아주 다정하게 대해줬다.

부모님과 형도, 늘 따라다니는 시녀도 다정했다.

그러나 여러 목소리들이 들려왔다.

보이지 않는 시각을 보완하듯 청각이 발달했기 때문일지도 모르겠다.

—저 아이는 눈이 멀었어.

—저렇게 작은 아이가 참 딱하게 됐네.

—걸핏하면 넘어져서 다치니 참 가엾어.

주변에서…… 아마도 쿠논의 곁에 있던 사용인들의 목소리가, 듣고 싶지 않은데도 자꾸만 들려왔다.

처음에는 말뜻을 몰랐지만, 성장하면서 많은 단어들을 깨우친 뒤에는 점점 이해하게 됐다.

나는 주변 사람들과 다르구나, 라고.

「보인다」느니 「안 보인다」느니 같은 말들이 많이 들렸기에 자신에게 결여된 게 무엇인지 이해했다.

보인다는 건 무엇일까?

앞이 보이면 더는 넘어져서 다치지 않게 될까?

자신을 향한 목소리는 상관없었다. 누가 무슨 말을 하든 보이지 않는다는 사실은 바뀌지 않으니 어쩔 도리가 없었다. 애초에 눈에 관한 말을 대놓고 하는 사람은 없으니 그저 못 들은 척하면 끝이었다.

문제는 탄식이었다.

탄식에는 감정이 드러난다.

쿠논을 가엾게 여기는 탄식, 장래를 불안하게 보는 탄식, 넘어져서 다칠 때마다 새어나오는 걱정이 담긴 탄식.

수백 번이나 들어온 그 탄식은 무심한 목소리보다도 쿠논의 마음에 깊이 박혔다.

보이지 않는다. 혼자서는 이동할 수가 없다. 남에게 의지해야 한다.

혼자서는 살아갈 수가 없다.

그 사실을 충분히 깨달은 일곱 살 쿠논의 몸에서 물의 문장이 나타났다.

문장이란 마력이 깃들어 있음을 나타내는 증표다.

쿠논은 물 마술을 구사할 수 있는 듯했다.

기뻐하는 부모님과 형 옆에서— 쿠논은 아무에게도 들리지 않는 목소리로 중얼거렸다

"그게 나에게 무슨 도움이 되냐고."

그게 나에게 무슨 도움이 되냐고.

쿠논의 솔직한 심정이었다.

자신에게 어떤 변화가 생겨도 어차피 앞이 보이지 않는 건 변하지 않고, 혼자서는 아무것도 할 수 없고, 어디에도 갈 수가 없으니까.

"하아……."

아마도 자신의 눈앞에 있을 미리카가 탄식을 내뱉었다.

미리카 휴그리아.

쿠논보다 두 살이 더 많은 휴그리아 왕국의 제9왕녀다.

그녀는 쿠논의 의사와는 관계없이 정해진 왕족 약혼자다.

상견례 때 인사를 나눴지만, 미리카는 명백히 쿠논에게 실망하여 탄식을 내뱉었다.

'그야 그렇겠지.'

쿠논은 생각했다. 영웅의 상흔이나 물의 문장이 뭔지 잘 모르겠지만, 실상은 그저 눈이 먼 사람일 뿐이었다.

미리카도 국왕의 명령에 따라 약혼자가 됐을 뿐, 이 약혼이 본인의 뜻일 리 없다. 누가 자신의 의지로 나같은 사람을 고르겠는가.

작은 한숨이었지만 쿠논의 귀에는 들렸다.

들리고 말았다.

그 탄식에는 불만의 감정이 담겨있었다.

만남이 거듭되면서 짓궂은 장난까지 당하게 됐다.

"—전하? 미리카 전하?"

미리카의 부축을 받으며 그리온가 정원을 산책하던 중에 그녀가 없어졌다—. 아니, 없어진 척 슬그머니 멀어졌다.

쿠논의 청각과 기척 감지 능력은 존재하지 않는 시각을 보완하듯 다른 사람보다 발달됐다.

근처에 있는 일반인이 어떤 행동을 하는지 정도는 알 수 있었다.

미리카가 발소리를 내지 않고 멀어져가는 것도 알았고, 어디로 갔는지도 알았다. 그녀는 지금 근처에 있었다. 역시나 자신을 방치하고서 떠나버리는 짓까지는 하지 않았다.

—귀찮네.

이곳은 그리온가의 정원이다. 지팡이를 갖고 있고, 장식된 초목의 냄새나 공기의 흐름으로 위치도 파악할 수 있다.

이곳에서 7년을 살았다. 앞이 보이지 않더라도 정원의 구조쯤은 외우고 있다. 그리고 크게 소리를 지르면 사용인이 달려와 주겠지.

신경쓰지 않고 얼른 저택으로 돌아갈까 생각했지만, 미리카가 원하는 것 같으니 필사적으로 찾는 척을 해주기로 했다.

그런 걸 바란다면 기꺼이 어울려주지.

여기까지 기껏 와줬으니까.

아아, 귀찮아 죽겠네, 라고 생각하면서.

물의 문장이 나타나면서 쿠논의 일상에 마술 훈련이 들어왔다.

오로지 이 세상에 관한 책을 읽어주기만 하는 가정교사에 더해 물 마술사 선생이 추가됐다.

"—그래, 맞아요. 그 느낌을 잊지 말아줘요."

자신의 안에서 무언가가 줄어들고 주변에서 무슨 일이 벌어질 때면 제니에라는 가정교사가 칭찬해줬다.

그러나 쿠논은 그 변화를 볼 수가 없기에 무슨 일이 벌어졌는지도 막연하게만 느껴졌다.

성과도 성장도 실감하지 못한 채, 그저 시키는 대로 훈련을 소화했다.

그러한 일상이 3개월쯤 이어진 어느 날, 쿠논은 깨달았다.

현재 자신이 어떤 마술을 구사하는지를.

전혀 흥미가 없지만 그래도 자신이 지금 무엇을 하고 있는지는 파악하고 싶어서 물어봤더니—.

마술 선생이 예상치 못한 대답을 건넸다.

"—눈알만한 크기라고 해야 할까요."

자신의 주변에 물의 구체가 몇 개 떠있는데, 그 크기가 **눈알만**하다고 했다.

쿠논은 마술 교사가 무심히 내뱉은 실언에 가까운 그 말을 듣고 각성했다.

지금껏 느껴보지 못했던 충격에 마음이 크게 뒤흔들렸다.

마음 밑바닥에서 아무리 바래도 이뤄지지 않으리라 생각했던 강한 바람이 가슴을 태우면서 머리 꼭대기까지 치올랐다.

"—그래. **마술로 눈**을 만들면 돼."

마력은 몸 안에 있고 마력은 밖으로 방출할 수 있다.

몸과 마력은 이어져 있다.

마력과 마술은 이어져 있다.

그렇다면 마술로 **눈**을 만들면 보인다는 말 아닌가.

가능한가?

그런 게 가능한가?

아니— 해내는 거다. 반드시."

되느냐 안 되느냐를 따질 때가 아니다.

해내는 거다. 반드시.

눈앞은커녕 삶의 의미조차 보이지 않았던 쿠논이 처음으로 품은 강한 소망이었다.

아니, 철이 들었을 적부터 품었던 숙원이기까지 했다.

가족을 보고 싶다.

경치를 보고 싶다.

모든 것을 보고 싶다.

「보인다」는 것은 무엇일까?

알고 싶었다. 어떻게든 알고 싶었다.

주변 사람들에게는 당연한 그 감각을 미칠 정도로 알고 싶고, 갖고 싶었다.

그리하여 쿠논은 마술에 온 마음을 기울였다.

◆

"이상해……."

목적이 생긴 것만으로 이리도 빠르게 마음가짐에 변화가 찾아오는가?

마술로 시각을 보완한다.

쿠논은 그러기로 결심한 순간부터 뭐든지 긍정적으로 생각하게 되었다.

가장 먼저 변화를 체감한 것은 식사였다.

여태까지는 언제나 한입 크기의 샌드위치를 그저 살기 위해서만 먹어왔다.

맛 따윈 중요하지 않은 문제였다. 먹지 못할 정도만 아니면 됐다.

무엇을 먹는지조차 알지 못하니까.

그러나 지금은 다르다.

입 안에서 절묘한 조화가 이루어지는, 샌드위치를 구성하는 각 식재료들의 맛 하나하나를 알고 싶어졌다.

이 아삭아삭하고 싱그러운 풀 같은 건 뭐지?

빵에 발라진 신맛이 감도는 이건 뭐지?

이건 안다. 얇게 썬 사과다.

"—그건 양상추예요. 빵에 발라진 건 머스터드네요."

전속 시녀 이코에게 지금 자신이 무엇을 먹고 있는지 물었다.

"아, 그건 사과입니다."

"사과는 알아."

이토록 선명한 맛과 식감은 느껴본 적이 없었다.

특징이 이토록 확실하니 한 번 먹어보고서 이름을 외우면 잊지 않는다.

"—라고 생각하셨겠지만, 사실은 자두예요."

"자두? 그게 뭐야?"

—마력과 마술로 감지하려면 대상을 강하게 인식하고 기억할 필요가 있다.

마술 교사는 마음만 먹으면 일상의 모든 것들이 훈련이 될 수 있다고 했다.

마력을 조작하는 것이 아직 미숙한 쿠논은 마력을 자유자재로 조작할 수 있도록 연습해야만 했다.

"자, 이건 뭘까요—? 쿠논 님은 아시려나—?"

요즘은 이코가 재밌어하며 여러 음식들을 준비해온다.

그러나 지나치다. 여러 의미로.

"월급을 깎으라고 말해둘게."

"죄송합니다. 제가 너무 주제넘게 행동했습니다."

아침식사를 끝마치자 가정교사가 찾아왔다.

오늘 오전에는 강의를 받았다.

말은 그렇게 했지만, 실상은 읽어주는 책 내용을 듣고 잡담을 나누는 정도였다.

교사도 눈이 보이지 않는 쿠논을 어떻게 교육해야 할지 많이 난감해하며 고민하다 기존의 방식을 버리고 이 형식을 취했다.

플라라 가든 남작부인.

다섯 살 때부터 쿠논의 가정교사로서 함께 해온 사람으로, 알고 지낸 지 2년이 됐다.

서른을 넘긴, 목소리와 분위기 모두 온화한 여성이다.

그녀에게도 같은 또래의 자식이 있다고 하는데— 쿠논이 어지간히도 가엾게 보였는지 2년을 알고 지냈는데도 지금도 종종 연민과 동정이 섞인 탄식을 흘리곤 했다.

"역사 말인가요?"

"예. 특히 성기사 히스토아의 이야기를 듣고 싶습니다."

17왕 대전.

쿠논이 자신의 눈이 보이지 않는 원인으로 알고 있는 꺼림칙한 옛날 이야기였다.

플라라는 이 주제를 언급할 때마다 쿠논이 싫은 내색을 보였기에 의도적으로 언급하는 것을 피해왔다.

이 나라 출신이라면 모두가 아는 동화와도 같은 일화이지만…… 쿠논의 심경을 헤아렸을 때 그 이야기를 도저히 알려줄 수가 없었다.

플라라는 대답하기 난처해져 벽 쪽에 있는 수행 시녀 이코를 쳐다봤다.

알려줘도 되느냐고.

그 시선의 의미를 이해하고서 이코가 고개를 살짝 끄덕였다.

"—알겠습니다."

그녀가 지참해온 책을 덮었다.

이유까지는 모르겠지만, 쿠논이 본인의 문제를 직시하려고 한다.

플라라는 그렇게 해석하고서 그의 뜻을 존중해주기로 했다.

강의를 마친 뒤 자유시간이 찾아왔다.

목표가 생긴 쿠논에게는 기다리고 기다리던 마술연습 시간이었다.

"—『물 구슬(아 오리)』."

이코의 손에 이끌려 정원으로 나온 뒤 수속성 마술의 기초 중의 기초인 「물 구슬」을 영창했다.

"쿠논 님, 좋아요!"

자신의 몸속에 있는 형언하기 어려운 힘이 빠져나가더니 몸 밖에, 몸 주위에 「물 구슬」이 떠올랐다.

숫자는 네 개.

눈알만한 크기라고 했다.

"오옷, 이 정원에 희대의 마술사가!"

이것을 어떻게든 세상을 볼 수 있는 눈으로 만든다.

방법은 알지 못한다.

마술사 선생도 모른다고 했다—기보다 쿠논의 말을 처음부터 끝까지 이해하지 못한 듯했다.

물 마술로 눈을 만든다.

그것은 필시 마술계의 상식으로는 말도 안 되는 무모한 짓이라고 해석했다.

아니, 무모하다기보다는 시도해본 사람이 없었던 걸까? 눈이 보이는 사람에게는 불필요하니까.

"형태가 아주 좋아요!"

그러니 아무에게도 배울 수가 없었다.

쿠논이 스스로 해내야만 했다.

"……크."

아직 마력을 조작하는 데 익숙하지가 않았다.

「물 구슬」을 일정한 형태로 유지하려니 금세 숨이 차고 이마에 땀이 맺혔다.

"열심히 노력하는 아이는 응원해주고 싶어지는 법이죠!"

금세 집중력이 흐트러지더니 「물 구슬」이 잔디밭에 떨어져 터졌다.

"헉……, 헉……."

숨을 헐떡였다.

숨을 골랐다.

마술을 구사했다.

시간을 잊고서 같은 행위를 몇 번이고 반복했더니 의식이 몽롱해지기 시작했다.

"쿠논 님!"

그리고 정신을 차려보니 자신의 방 침대에 누워 있었다.

쿠논이 쓰러지자 시녀가 이리로 옮겨왔겠지.

"……나쁘지 않아."

몸에 힘이 안 들어간다. 근육통이 온 것처럼 온몸이 아팠다.

그러나 기분은 나쁘지 않았다.

다른 사람들의 눈에는 시시한 하루로 보일지 모르겠지만, 쿠논에게는 「살아있음」을 느끼게 해준 하루였다.

나쁘지 않다.

분명 내일도 노력할 수 있다.

여전히 앞길이 전혀 보이지 않지만— 마침내 내 눈에도 작디작은 희망이 비친 것 같았다.

"이코. 있어?"

"—예, 여기에."

"마술 훈련 때 시끄럽더라."

"다행이야. 드디어 알아주셨군요. 저, 이대로 쭉 무시를 당한 채 밤을 맞이했다면 아마 침대에서 펑펑 울었을 거예요."

울게 놔둘 걸 그랬다고 생각했다. 정신이 산만하니까.

◆

"부족해. 전부 부족해."

쿠논에게 「눈을 만들겠다」는 야망이 생겨난 지 일주일쯤 지난 어느 날 밤이었다.

자신의 방에서 저녁을…… 샌드위치의 식재료가 무엇인지 의식하고 확인하고 뱃속에 넣으면서 쿠논은 오늘 하루를 돌이켜봤다.

마술과 마력에 익숙해진 현재, 자신에게 부족한 것이 너무나도 많다는 사실을 깨달았다.

오전에는 가정교사가 강의를 해줬고, 오후에는 스스로 마술을 연습했다.

최근 일주일 동안 이 사이클은 변함이 없었다. 바꾸고 싶다는 생각도 들지 않았다.

나아간 것은 거의 없는 것이나 마찬가지임에도—.

정말로, 부족했다.

"—예? 제 애정이 부족하다고요?"

식사 수발을 들고 있던 시녀가 무슨 말을 했지만 신경 쓰지 않았다.

"애정은…… 충분하다고 봐."

아니, 무심코 대답하고 말았다.

"다행이다. 아낌없이 애정을 쏟아부은 보람이 있었어요."

"아니, 이코는 됐는데."

"이러는데도 부족하시다면 이제는 같이 자는 것밖에 없겠네요! 앗, 오늘 밤은 같이 자 드릴까요?!"

"그래? 됐어."

시녀는 잘 모르겠지만 아버지와 어머니, 형 모두가 자신을 사랑한다고 생각했다.

가족에게 사랑받고 있기에 미안한 감정에 짓눌릴 것만 같았고, 사랑하고 있기에 소극적인 쿠논의 모습을 차마 볼 수가 없었겠지.

그래서 지금은 따로 마련된 바닥이 평탄한 별채에서 가족과 떨어져 시녀와 함께 살았다.

쿠논이 부탁한 환경이었다.

가족들이 자신과 얼굴을 마주하면 괜히 신경을 쓰고 한숨을 내뱉으니까 기분도 우울해지겠지. 쿠논 역시 그런 일을 바라지 않았다.

이런 상황에서도 가끔씩 얼굴을 보러 와주니 사랑은 받고 있는 것 같았다.

가족을 위해서라도 기필코 시각을 손에 넣고 싶었다. 더는 자신을 걱정하지 않도록.

"지식과 마력, 모두 부족해. 그리고 특히 체력이 부족한 것 같아."

일주일 동안 매일같이 넘어졌다.

마력이 부족하거나, 체력이 부족하거나…… 분명 양쪽 모두겠지만.

"그건 어쩔 수 없지 않을까요? 쿠논 님은 아직 일곱 살이니 앞으로 몸도 마음도 지금보다 더 성장할 거예요."

이코의 말이 맞다고 생각했다.

그러나 성장하기를 기다리면 늦는다. 너무 늦는다.

가능하다면 지금 당장에라도 시각을 갖고 싶을 정도였다. 앞으로 몇 년에 걸쳐 몸과 마음이 성장하기만을 기다리라니, 도저히 그럴 수 없었다.

"……하지만, 그러네요. 쿠논 님은 소식을 하시니 또래에 비해 몸집이 조금 작을지도 모르겠네요."

그렇구나. 쿠논은 수긍했다.

"체격도 부족하다는 말이구나."

그렇다면 해결법은 뻔했다.

먹으면 된다. 지금보다, 더 많이.

"몸도 조금씩 단련하는 편이 낫겠지?"

눈이 보이지 않는 탓에 평소에 몸을 거의 움직이지 않았다.

선불리 움직였다가는 부딪치거나 넘어지기 쉬우니까.

그 결과, 잠깐만 산책을 해도 숨을 헐떡일 만큼 체력이 없었다.

이코는 쓰러진 쿠논을 안고서 걸어도 숨이 차질 않는데.

지금까지는 삶의 의미를 생각하지 않았기에 그래도 상관없었다.

그러나 지금은 그래서는 안 됐다.

"그러, 네요…… 근육을 조금 키우는 편이 좋을지도 모르겠어요."

최근 일주일 동안에 배웠다. 마력을 다루는 것도, 마술을 구사하는 것도 결국 몸이 중요하다는 사실을. 체력이라는 사실을.

마술을 고작 두세 번 구사하고서 숨을 헐떡여서야 앞으로 나아갈 수 없다. 훈련을 하기 위해 최소한의 체력은 필요하다. 그렇지 않다면 효율이 떨어진다.

—어느 나라의 역사에 남은 암군이 여러 개혁책을 실시하는 동시에 정치적 부패도 해결하려 했지만 결국 아무것도 하지 못한 채 정권이 붕괴했다는 유명한 실패담이 있다.

요컨대 한 번에 여러 일들을 성급하게 벌여서는 안 된다는 이야기다.

그렇게 되지 않도록, 몸과 마음이 꺾이지 않도록 방향성을 정하고서 할 수 있는 일을 하나씩 해나가는 것이다.

분명 그것이 가장 가까운 지름길이 되겠지.

우선은 마술.

이것을 최우선으로 터득해야만 한다.

두 번째는 체력 키우기.

마술을 구사하기 위한 몸을 만드는 것이다.

마력이 다 떨어지면 몸을 단련하고, 몸이 지치면 마술을 훈련한다.

어디까지나 계획일 뿐이지만, 그런 느낌으로 효율 좋게 단련할 수 있을 것 같았다.

'—바로 이거야.'

쿠논은 생각했다. 나아갈 길의 방향성이 정해졌다.

"이코, 식사량을 늘려줬으면 좋겠어."

"알겠습니다."

"그리고 몸을 단련하고 싶은데, 뭐가 좋을까?"

맨 먼저 걷거나 달리는 게 떠오르긴 하는데…… 쿠논에게는 무리였다. 분명 넘어져 다치기만 하겠지.

눈앞에서 넘어지는 모습을 여러 번 봐온지라 쿠논이 말하지 않았는데도 그 속뜻이 시녀에게 전해졌다.

"으—음. 뭔가를 휘두르는 건 제자리에서 할 수 있으니 괜찮지 않을까요?"

"검 같은 걸 들고서?"

"예."

"하는 법 좀 알려줄래?"

단어의 의미는 알고 있지만, 공교롭게도 쿠논은 무예를 본 적이 없었다.

상상에 의지하여 제멋대로 하기보다는 할 줄 아는 사람에게 가르침을 청하는 편이 낫겠지.

"아, 전 무예를 접해본 적이 없어요. 주인님과 논의를 해보시는 게 어떨까요? 무예 정도는 문지기도 가르쳐줄 수 있을 테니까요."

"그래? 그럼 부탁해도 될까?"

"알겠습니다. 오늘밤 중에…… 아, 오늘밤에는 주인님과 마님 모두 저택을 비우신댔지. 내일 바렌 씨한테 말해볼게요."

바렌은 그리온가의 집사다.

부모님이 부재중일 때는 바렌이 그리온가의 집안일을 담당하게 된다.

"응, 부탁해."

쿠논에게 해야 할 일이 늘었다.

그러나 이건 이것대로 기대가 됐다.

마술을 단련하는 것과 몸을 단련하는 것은 분명 밀접하게 연결되어 있다.

그 어떤 난관이 닥치더라도 시각을 얻기 위해서라면 극복할 수 있도록 몇 번이고 노력할 것이다

쿠논에게는 그것 말고는 살아가는 의미가 없으니까.

이튿날.

오후에 마술을 훈련하며 땀을 흘리고 있으니 귀에 선 발소리가 점점 다가왔다.

"처음 뵙겠습니다, 쿠논 군. 동호류(東虎流) 검도술 전 사범인 오우로 타우로입니다."

갈라진 목소리를 들으니 나이가 꽤 든 사람 같다.

목소리가 나오는 위치도 그리 높지 않았다. 분명 몸집이 작은 노

인일 것이다.

"오우로…… 오우로 사범님인가요?"

형에게 검술을 가르치는 선생의 이름이 분명 오우로였다.

"예, 그 오우로입니다. 쿠논 군이 검술을 배우고 싶어 하신다고 들었습니다. 그래서 이렇게 달려왔죠."

"괜찮을까요? 고명하신 오우로 사범님께서 저 같은 걸 가르치신다니…… 전 보다시피 눈이 보이지 않아서 정상적인 검술 따윈……."

쿠논의 소극적인 예전 성격이 살짝 나왔지만— 노검사는 웃었다.

"후후후. 검술이란 말이지요, 원래부터 정상이 아닙니다. 약한 녀석이 강해지기 위해 익히는 기술이니 말이지요. 자연계의 논리로 따지자면 약자가 강자로 변하는 부자연스러운 행위입니다. 이걸 정상이라고 할 수 있으려나요?"

그런 이치는 잘 모르니 일단 가르쳐주면 안 될까? 하고 쿠논은 생각했다.

제2화 색을 띠는 세계

"다섯 개."

"예."

얼마나 성장할지 두려울 정도다.

그것이 제니에의 솔직한 감상이었다.

오늘은 그리온가에서 일하는 날이었다. 제니에는 예정대로 그리온가를 방문하여 별채 정원에서 제자가 마술을 구사하는 모습을 지켜보고 있었다.

마술학교를 졸업하고 마술 가정교사라는 일자리를 금세 구했다.

일하는 시간은 적지만 보수는 높았다. 그리고 가르쳐야 하는 상대는 **마술**의 **마** 자도 모르는 순진한 아이.

물의 문장이 나타난 지 얼마 안 돼서 마력을 사용하는 법도 아직 모르는 풋내기의 교사가 되어주면 된다.

제니에는 마술사로서 평범한 편이지만 여유롭게 가르칠 수 있는 상대였다.

—5개월 전까지는.

아니, 정확하게는 2개월 전인가?

자신이 내뱉은 말 한마디가 제자의 학습 의욕에 불을 지피고 말았다.

그로부터 순식간에 2개월이 지나갔다.

"여섯 개."

"예."

말수가 적고, 고개는 늘 숙이고 있고, 시키는 대로 따라서 좋은 의미로든 나쁜 의미로든 다루기 쉬운…… 아니, 죽지 못해서 살기만 했던 아이가 그날을 기점으로 되살아난 듯했다.

처음에는 바람직하게 여겼지만, 처음뿐이었다.

한 주에 두 번의 수업.

나날이 성장했다.

마술에 온 정신을 기울이기 시작했음을 잘 알지만…… 분명 제자는 제니에가 생각한 것 이상으로 마술에 푹 빠져 있겠지.

"……하나 더 생성할 수 있을까?"

"예."

성장속도가 너무 빠르다.

제니에가 지시한 대로 제자가 주변에 부유하는 「물 구슬」의 숫자를 늘렸다.

그리고 그대로 계속 유지했다.

아 오리
처음에는 「물 구슬」 두 개를 만드는 것이 고작이었는데, 어느새 여섯 개나 생성할 수 있게 됐다. 그리고 지금 막 일곱 개를 만드는데 성공했다.

그리고 불안정하게 흔들리지도 않았다. 확실한 구체였다. 크기도 전부 동일한 것이, 마치 모두 같은 모양처럼 보였다.

흔들림이 없다는 것은 마력이 안정됐다는 증거다.

형체와 크기가 통일되어 있다는 것은 마력을 세세히 제어할 수 있다는 증거였다.

초급 중의 초급인 「물을 생성해내는 마술」로서는 완성도가 꽤 높았다.

―제니에는 이토록 정밀하고 섬세한 「물 구슬(아 오리)」을 만들 수 없었다. 자신은 기껏해야 대여섯 개쯤 만드는 게 고작이겠지. 그리고 형태가 불안정하고 저토록 오랫동안 유지할 수도 없었다.

"……어쩌면 좋을까."

제니에는 내심 골머리를 앓았다.

제자― 쿠논 그리온은 아직 일곱 살짜리 애다.

마술은 편리한 힘이다. 그러나 결코 안전하지 않다. 편리한 반면, 언제든지 흉기가 될 수 있다.

그게 바로 힘이라는 것이다.

마술 중에는 아이의 힘으로도 어른을 죽일 수 있는 기술도 존재한다.

그리온가의 당주…… 고용주인 쿠논의 아버지의 뜻으로 아직은 초급 마술밖에 가르칠 수 없었다.

아이에게 흉기를 쥐어주는 부모는 제대로 된 부모가 아니다―. 그런 생각을 갖고 있는 제니에는 그리온가의 교육방침에 찬성했다.

그러나 쿠논은 이미 다음 단계로 나아갈 수 있을 만큼 마술을 깨우쳤다. 지금 이대로는 제니에가 가르칠 수 있는 것이 거의 없는데…….

그러나 이 일을 그만둘 수는 없었다.

생활을 꾸려나갈 수가 없게 된다.

하다못해 다음 일자리를 찾을 때까지는 이 좋은 일자리에 달라붙고 싶었다. 포기하고 싶지 않았다.

그래서 고민이 되었다. 어찌해야 좋을지.

"아."

좋은 생각이 번뜩였다.

새로운 마술을 가르칠 수가 없다면 초급 중의 초급인 「물 구슬(아 오리)」을 진화시킬 수 있도록 이끌어주는 건 어떨까.

마력도 안정되어 있고, 제어도 확실히 해내고 있다.

이미 정밀도가 높으니 더 큰 변화를 주는 것도 가능하겠지.

"이거예요."

역시 지금 일자리를 잃으면 생활을 할 수가 없게 된다.

적어도 1년, 아니 반년이라도 좋다. 이곳에서 일하고 싶었다.

물론 그 사이에 그리온가의 교육방침이 바뀌어 다른 마술을 가르쳐도 된다는 허락이 떨어질 수도 있는데, 그렇게 된다면 1년 정도는 연장할 수 있을 것이다.

제니에는 우수한 마술사는 아니지만, 그렇다고 무능한 마술사도 아니었다.

그다지 잘하지는 못하지만 마술을 응용하는 법을 가르쳐보자.

중급 수준의 마술을 익히기 전까지는 필요가 없는 기술이다. 할 수 있는 것이 너무 많아져서 마술에 익숙하지 않은 자가 익혀봤자 만족스럽게 쓸 수 없다.

그러나, 그렇기에 시간벌이에 좋다.

더욱이— 같은 마술사로서 쿠논이 앞으로 어디까지 성장할 수 있을지에 대해 단순한 흥미도 있었다.

어쩌면 저 아이는 세계 최고봉의 호칭인 「창(蒼)의 마술사」까지 도달할 수 있을지도 모르겠다.

◆

"오늘부터 조금 색다른 걸 해보죠."

두 사람은 매너리즘에 빠진 마술 실기연습을 마치고서 시녀가 정원에 마련해준 테이블에 앉았다.

평소였다면 차를 마시면서 마술에 관한 이야기를 나눴을 텐데, 마술선생이 오늘은 그런 말을 꺼냈다.

"색다른 거라니, 뭔가요?"

솔직히 말해서 쿠논은 이대로가 좋다고 생각했다.

아직도 부족하니 이대로 우직하게 마술을 계속 훈련하고 싶었다.

드디어 쓰러지지 않고 오후 훈련을 소화해낼 수 있는 수준에 이르렀다. 지금까지는 준비 기간이었고 이제부터가 진짜라고 할 수 있는데.

"쿠논 님이 구사하는 『물 구슬(아 오리)』은 초급 마술입니다. 물 마술사가 처음에 익히는 마술이라고 할 수 있죠. 단순히 물을 생성하는 행위니까요."

"예."

"그럼 이 마술의 성질을 나눠서 살펴볼까요."

"……나눈다?"

"특징을 하나씩 나눠보죠. 나누면 어떻게 될 것 같나요?"

쿠논은 생각했다.

"으음…… 『물을 생성한다』, 『물을 띄운다』, 『물을 구체 모양으로 유지한다』…… 이 정도가 아닐까요?"

“훌륭합니다.”

선생이 박수를 쳤다. 시녀도 박수를 쳤다.

“덧붙이자면 물의 온도나 점도, 성분, 색깔과 형태, 윤기나 향기까지 더 세세히 나눠볼 수 있을 거예요. 같은 『물』처럼 보이더라도 그 성질은 아주 다양합니다. ―『물 구슬(아 오리)』.”

선생의 마력이 사용했음을 알았다.

쿠논의 앞에 「물 구슬」 두 개가 떠있을 것이다.

“지금 쿠논 님 눈앞에 『물 구슬』을 두 개 생성했습니다. 한 번 만져보세요.”

쿠논은 지시하는 대로 눈앞에 있는 마력에 접촉했는데―.

“하나는 차갑고, 다른 하나는 따뜻하네요.”

왼쪽은 차가웠고, 오른쪽은 따뜻했다.

“맞습니다. 이렇게 응용함으로써 마술에 오리지널리티가 생겨납니다. 이게 바로 마술사 개개인의 차이, 재능의 차이라고도 할 수 있죠.”

“오리지널리티? ……예를 들자면 선생님과 왕궁마술사는 같은 마술일지라도 다르게 구사한다는 의미인가요?”

“예, 맞습니다. 왕궁마술사의 『물 구슬(아 오리)』과 제 『물 구슬(아 오리)』은 닮은 듯하면서도 전혀 다르겠죠. 그들은 나라에서 손꼽히는 우수한 마술사들이니까요. ……저도 마술학교 성적이 나쁘지는 않았지만, 애석하게도 위에는 그 위가 있었습니다. 왕궁마술사에 들어가는 문은 대단히 좁아요. 그만큼 급료도―.”

쿠논은 본인이 먼저 물어봐놓고서 이미 듣고 있지 않았다.

선생이 푸념처럼 늘어놓는 말을 듣는 척하면서 머릿속으로는 홀린 것처럼 「마술의 오리지널리티」를 생각했다.

즉, 마술의 세세한 부분을 바꿀 수가 있다는 이야기였다.

이것은 외부에 눈을 만들고 싶어 하는 쿠논의 야망과 분명 크게 관련되어 있겠지.

그렇다. 단순한 「물 구슬」은 눈이 될 수가 없다.

그것에 변화를, 응용을, 오리지널리티를 가한다면 마술로 눈을 만들어낼 수 있다.

—또 한 걸음, 목표에 다가갔다. 쿠논은 푸념을 계속 늘어놓는 선생을 무시하고서 그렇게 생각했다.

마술 선생이 알려준 「마술의 오리지널리티」는 대단히 재밌었다.

시도하면 할수록 보답을 해줬다.

이건 어떨까, 저건 어떨까, 라는 식으로 시행착오를 거듭했더니 자연스레 마술과 마력도 단련됐다.

아 오리

그저 「물 구슬」만 계속 만들었던 날들보다는 훨씬 즐거웠다.

"이코, 이거 마셔봐."

"예?"

최근 며칠 동안은 자신의 방에서 마술 훈련을 했다.

자칫 잘못했다가는 방이 침수될 수 있어서 자제했었지만, 지금은 마력을 조작하고 제어하는 데 익숙해졌기에 그러한 실수는 저지르지 않았다.

방에서 마술을 구사하다가 마력이 다 소모되면 몸을 단련하기 위해 밖으로 나가 무술을 수련했다.

요즘에는 체력이 붙었음을 자각할 정도였다.

2개월이나 단련했으니 그만한 성과는 따르는 법이다.

그건 제쳐두고.

쿠논은 방에서 자수를 놓으면서 대기하던 시녀를 불러다가 테이블 위에 놓인 컵을 권했다.

그 컵에는 물이 담겨 있었다.

“아, 또 물에 맛을?”

“응.”

여러모로 세분화하여 변화를 가한 「물 구슬(아 오리)」의 물이었다. 색깔은 보이지 않으므로 다른 부분의 변화를 시도했다.

오늘은 「물맛을 변화」시키는 훈련을 했다.

“그럼 실례— 음, 사과 맛이 나네요. 싱겁긴 하지만.”

“맛이 싱거워야 목으로 넘기기가 좋을 것 같아서.”

“아아, 과연. 그러네요. 벌컥벌컥 마실 거라면 맛이 싱거운 편이 더 적합할지도 모르겠어요. ……이거, 은근히 맛있네요.”

“근데 마력을 끊으면 평범한 물로 되돌아가. 자, 마셔봐.”

“아, 진짜……. 으, 맛없어. 맛없네요. 평범한 물보다 떫다고 해야 할까요? 맛없는 물이에요.”

맛이 없다는 건 쿠논도 알고 있었다. 식수로서는 그다지 적합하지 않다는 걸.

그래서 「맛의 변화」가 중요한 것이다.

식수가 부족해지면 맛을 변화시킨 이 물로 수분을 보충하면 되겠지.

"마술은 참 신기하네요. 쓸 줄 모르는 제 눈에는 신께서 행하신 작은 기적처럼 보여요."

"그러게. 나도 동감이야."

그리고 신의 기적이라면 눈 정도는 만들 수 있겠지, 라는 생각도 들었다.

눈을 갈망하는 마음은 여전했지만, 다소 차분해진 기분이었다.

아직은 원하는 결과를 얻을 수 없다는 걸 알고 있으니까.

분명 엄청나게 머나먼 길이겠지. 어려운 길이겠지.

그러니 천천히, 그러면서도 착실하게 전진하는 게 좋겠다고 생각하기 시작했다.

마음만 앞서다가 마술에 실패한 경험을 많이 겪었다.

마술은 조급하면 실패하기 마련이었다.

"뭐, 어쨌든 뜨거운 물을 생성할 수 있다는 건 아주 편리하긴 하네요. 그냥 맹물도 고마울 지경인데."

쿠논은 초보자 티를 막 벗은 수준이었지만, 그래도 마술사는 유용한 존재였다.

생활용수를 생성할 수 있게 되고, 더 나아가 「온도의 변화」로 물까지 데울 수 있게 되면서 별채의 물 사정이 꽤 양호해졌다.

예전에는 사흘에 한 번꼴로 목욕을 했다. 그러나 쿠논이 마술로 물을 생성할 수 있게 된 후로는 매일 목욕을 할 수 있게 됐다.

이코도 목욕을 준비하기 위해 분주히 돌아다닐 일이 없어졌고, 또한 매일 목욕을 할 수 있게 됐다며 몹시 기뻐했다.

"조금만 더 익숙해지신다면 본관 목욕 준비도 도와주시는 게 어떨까요?"

"아, 그러네."

쿠논은 그런 생각조차 못했는데 좋은 생각인 것 같다고 수긍했다.

쿠논과 이코가 사는 곳은 그가 편하게 살도록 지어진 별채다.

가족들은 본관에서 살고 있었다.

본관에는 사용인들이 많아서 목욕 준비가 그리 큰일은 아닐 테지만— 가족을 위해서 해줄 수 있는 일이 얼마 없으니 기꺼이 그 일을 맡고 싶었다.

예전의 소극적이었던 쿠논이라면 그 말을 마음에 담아두지 않았을지도 모른다. 그러나 현재 쿠논의 사고는 상당히 긍정적으로 바뀌었다.

아직은 별로 자각하지 못했겠지만, 마술과 체력을 단련하면서 자신감도 붙은 것이다.

마력을 소진한 뒤 오우로 사범이 소상히 지도해준 대로 지팡이를 휘둘렀다.

"쿠논 님."

온몸으로 땀을 흘리며 체력이 다 떨어졌을 즈음에 이코가 이름을 부르는 바람에 집중이 끊어졌다.

무술 훈련을 시작한 지 시간이 얼마나 흘렀을까. 정신을 차려보니 뺨을 스치는 바람이 차가웠다. 하늘의 색깔은 보이지 않지만, 따뜻한 햇볕이 느껴지지 않았다.

"벌써 저녁시간이야?"

"예. 방으로 돌아가시죠."

무술 훈련을 마무리 지은 뒤 이코의 손에 이끌려 방으로 돌아갔다.

흘린 땀이 찝찝해서 우선 목욕부터 하기로 했다.

그런데—.

"쿠논 님, 미리카 왕녀 전하께서 편지를 보내셨어요."

"뭐?"

충실했던 일상을 부수는 비일상이 찾아들었다.

이 타이밍에 나쁜 소식을 받다니. 등골이 오싹해진 이유는 식어버린 땀 때문만은 아니었다.

"자세한 내용은 이따가 말씀드릴게요. 요약하자면『만나러 가도 되느냐』고 확인하는 내용이었습니다."

쿠논은 편지를 읽을 수 없기에 그의 앞으로 배달된 편지는 이코가 개봉해서 읽어도 좋다고 허가를 했다.

뭐, 애초에 쿠논의 아버지가 먼저 확인한 뒤에 편지를 이리로 전해주고 있긴 하지만.

미리카 휴그리아는 제9왕녀, 어엿한 왕족이다.

아직 어리긴 하지만, 자신이 왕족임을 자각하고 있었다. 왕가의 비밀이나 입 밖에 내서는 안 되는 내용을 편지에 적을 정도로 어리석지는 않았다.

그러나 만에 하나라는 게 있다.

이 경우에 시녀가 의도치 않게 비밀을 알게 된다면 위험해질 수가 있다. 그러므로 확인차 아버지가 편지를 먼저 읽어보는 것이다.

"으음…… 난 감기에 걸렸으니까."

"그건 한 달 전에 쓰셨는데요."

"배가 아파서."

"그것도 예전에 쓰셨어요."

"……넘어져서 손가락이 삐었다거나 무릎이 벗겨졌다고 둘러대는 건?"

"「그 정도 부상이면 만날 수 있잖아?」라고 답한다면 난처해지실 텐데요?"

"……."

쿠논은 궁지에 몰렸다. 이코가 굳이 지적할 것도 없이 난처했다.

마지막으로 만난 지 두 달이 넘었다. 마술을 통해 미래를 발견한 순간부터 약혼자인 미리카와 만나지 않았다.

약혼자인 그녀와는 2주에 한 번씩 만나기로 정해져 있었다.

그러나 현재 쿠논에게는 미리카와 만날 시간이 없었다. 그래서 줄곧 병 핑계를 대며 만남을 쭉 거절해왔는데.

—애당초 미리카도 쿠논과 만나고 싶지 않을 테지.

국왕 폐하가 결정한 약혼이기에 마지못해 만나러 와주는 거다. 오히려 쿠논이 병 핑계를 대면 미리카도 만날 이유가 없어지니 기뻐하겠지.

그러나…….

"……슬슬 한계인가?"

만나고 싶지 않은 이유는 있지만, 반대로 만나야만 하는 이유도 존재했다.

최대한 서로 거리를 두는 것은 가능해도 약혼 자체를 거절할 수는 없었다.

그것이 바로 왕명의 지엄함이며, 귀족의 숙명이었다.

"그러게요. 국왕 폐하와 주인님께서 결정하신 일이니 더 이상 거부했다가는 문제가 발생할지도 모르겠습니다. 예를 들어 미리카 왕녀 전하가 폐하와 함께 병문안을 오신다든가?"

그 사태는 피하고 싶었다.

국왕 폐하가 귀하신 발걸음을 하신다니, 상상만 해도 식은땀이 흘렀다.

"……하아. 알겠어. 만나겠다고 전해둬."

마음이 무겁지만 이것만은 어쩔 수 없었다.

그리하여 며칠 뒤에 미리카가 방문하기로 했다.

◆

흔들리며 나아가는 마차 안에서 흘러가는 거리를 바라봤다.

벌써 여러 번이나 봐온 풍경이었다.

몇 번을 봐도 마음이 점점 무거워지는 풍경이었다.

"하아……."

우울했다.

미리카는 분명 쿠논도 우울하리라 생각하면서 깊은 한숨을 내뱉었다.

미리카 휴그리아.

휴그리아 왕국의 제9왕녀이고 현재 아홉 살.

일단은 현 국왕인 레오로렌의 딸이다. 다른 자식들이 많아서 그리 거창한 신분은 아니긴 하지만.

지금, 미리카는 약혼자의 집으로 가는 길이었다.

「영웅의 상흔」을 지닌 쿠논 그리온이 마술사로서 각성했다. 미리카는 그 즈음에 그와 얽히게 됐다.

쉽게 말하자면 쿠논과 왕가 사이의 연결고리가 된 것이다.

마술사는 귀중하다.

전시든 평시든 우수한 마술사는 나라의 발전과 방어에 반드시 필요한 존재다.

미리카는 쿠논이 유력한 귀족이나 타국에게 넘어가지 않도록 저지하는 족쇄이자 목줄이다.

—그건 뭐, 됐어.

미리카와 쿠논은 모두 지배계급의 자식이다. 정략결혼은 피할 수가 없었다. 그것이 지배계급의 의무였다.

다만, 문제는.

"……하아."

미리카는 쿠논의 얼굴을 보기가 괴로웠다.

처음 만났을 때부터 괴로웠다.

만나면 만날수록 괴로워지고 우울해졌다. 아니, 최근에는 마음만 그런 게 아니라 속까지 울렁거리는 느낌이었다.

귀족학교에서 다양한 아이들을 봤다. 하지만 쿠논만큼 말수가 적고 소극적이며 생기가 없고 늘 얼굴이 어두운 아이는 단 한 명도 없었다.

쿠논과 이야기할 화젯거리도 도통 찾을 수가 없었다.
쿠논이 먼저 말을 꺼내는 경우는 거의 없었고, 미리카는 자신이 던지는 화젯거리의 9할 이상이 「눈이 보인다」는 것이 전제임을 깨달은 순간부터 아무 말도 할 수가 없게 됐다. 연극과 책, 학교 이야기 모두 눈이 보이지 않으면 이해할 수가 없으니까.
솔직히, 만나기가 괴로웠다.
아마도 미리카와 함께 보내는 시간은 쿠논에게도 고통스러운 시간이겠지.
서로 상대방이 자신을 조금이라도 좋아하리라는 생각을 조금도 하지 않을 테니까.
그러나 만남은 의무이기에 피할 수가 없었다.
"하아……."
앞으로 쿠논과 함께 평생을 살아가야 한다고 생각했더니.
장래에 그 얼굴을, 그 어둡고 생기 없는 얼굴을 평생 지켜봐야 한다고 생각했더니―.
그에게서 도망치고 말았다.
시녀를 놔두고서 정원 산책을 했을 때, 쿠논의 곁에서 떨어져버렸다.
함께 있기 싫어서.
그리고 한 번 도망쳤더니 다시 도망치는 버릇이 생기고 말았다.
자신에게도, 쿠논에게도 바람직하지 않다는 걸 알면서도 도저히 옆에 있을 수가 없었다.
어차피 곁에서 도망쳐봤자 방치된 쿠논이 걱정돼서 그가 시야에서 사라지는 먼 곳까지는 가지도 못하면서. 정말로 쓸데없고 어중

간한 도피라고 생각했다.

최근 두 달 동안은 쿠논이 몸이 좋지 않아서…… 아마도 꾀병이겠지만, 그런 이유로 만나지 않았다.

그러나 언제까지고 그럴 수는 없었다.

그리온가가 보이기 시작했다.

미리카의 한숨이 끊이질 않았다.

"오랜만입니다. 미리카 전하."

미리카는 두 달 만에 만난 쿠논을 보고서 눈이 휘둥그레졌다.

본관 앞에서 낯익은 시녀와 기다리고 있던 쿠논은 두 달 전과 전혀 다르게 보였다.

"몸이 좋지 못해서 한동안 뵙지 못했습니다. 황송합니다."

"아, 예……. 어? 쿠논 군……?"

"예?"

혹시 다른 사람인가 싶어서 이름을 불러봤더니 눈앞의 쿠논이 대답했다.

그래. 틀림없이 저 아이는 쿠논이다.

—얼굴이 밝다.

몸도 조금 늠름해진 것 같았다. 무엇보다 얼굴이 밝았다. 늘 숙이고 있던 얼굴이 밝았다. 무엇이 어떻게 바뀌었는지 명확히 말할 수는 없지만, 얼굴이 분명 밝아졌다. 순간 화장이라도 했나 생각했을 정도로 밝았다. 무슨 화장품을 썼는지 알고 싶어질 정도로 밝았다.

뭐야.

두 달 사이에 무슨 일이 있었던 거야?

그의 뒤에 서있는 시녀를 힐끗 봤다—. 벌써부터 어색해진 미리카는 도움을 요청하듯 쿠논을 수행하는 시녀를 쳐다봤다.

그녀도 이해했는지 미리카의 눈빛을 감지하고서 말했다.

"미리카 왕녀 전하께서는 오늘도 귀여우시네요! 만약 제가 몸집이 산만한 수염투성이 중년남자였다면 절대로 가만히 놔두지 않았을 걸요! 끝까지 쫓아갈 거라니까요!"

—아냐, 그게 아냐! 그리고 비유가 왠지 무섭잖아!

"저기, 쿠논 군……. 두 달 사이에 무슨 일이 있었나요?"

납득이 되지 않아서 쿠논에게 직접 물어봤다. 미리카를 쳐다보는 시녀의 눈이 약간 무섭기도 했다. 자신을 어떤 식으로 바라보고 있는지 아는 게 무서웠다.

"마술입니다."

"아, 예?"

"마술이 좋아졌습니다."

"……하, 하아."

잘 모르겠지만 쿠논이 기뻐하는 듯했다.

그러니 분명 좋은 일이겠지.

무엇보다— 역시나 얼굴이 환했다.

"전하, 늘 마음의 부담을 떠안겨드려서 죄송했습니다. 오늘은 제 얘기를 들어주세요."

"아…… 예."

두 달 전과 전혀 달라진 쿠논의 모습을 보고 미리카는 당혹스러웠다.

그러나 당혹스러웠던 건 그때뿐이었다.

쿠논이 말하면서 보여준 마술은 미리카도 재밌었다.

여러 가지 맛으로 바뀌는 물.

물을 잘게 분해하여 안개로 만든 뒤 햇볕을 쬐여 만들어낸 무지개.

슬라임 형태로 뭉쳐져 손가락으로 집을 수 있는 신기한 물 등등.

하나 같이 재밌고 흥미진진했다.

문득 정신을 차려보니 해가 저물었다. 왕성으로 돌아갈 시간이 다 됐다.

쿠논과 보낸 시간이 고통스럽지 않았던 건 오늘이 처음이었다.

◆

"헉?!"

쿠논은 무심코 목소리를 높였다.

"네?"

시녀도 덩달아 목소리를 높였다.

—오늘도 쿠논은 평상시처럼 마술 훈련을 계속하고 있었다.

목표가 생긴 그날로부터 대략 3개월째.

쾌적한 계절이 지나가고 겨울이 됐다.

오늘도 자기 방에서 이런저런 생각에 잠겨 「물 구슬(아 오리)」을 만지작거리다가— 쿠논이 튕기듯 벌떡 일어섰다.

"……왜, 왜 그러세요?"

쿠논이 그대로 굳어버리자 시녀는 왜 그러나 싶어서 조심스럽게 말을 걸었는데—.

"……보인 것 같아."

쿠논은 스스로도 믿기지 않는다는 듯 어리둥절해하며 충격적인 말을 읊었다.

한동안 시간이 멎었다가…… 다시 움직였다.

"거짓말?! 진짜로?! 진짜로요?! 거짓말이면 역시나 호되게 때려줄 건데, 진짜요?!"

"잠깐, 잠깐! 나도 몰라! 나도 모른다고!"

시녀는 흥분하여 팍팍 따져 물었고, 쿠논은 지금껏 느껴본 적이 없는 감각에 심히 당혹해했다.

서로 갑작스러운 현상에 평정심을 잃어버렸다.

"그리고 정확히 말하자면 보인 건 아닌지도— 아야야야야얏."

"시답잖은 농담은 하지 말아주세요! 나중에 때려줄 거예요?!"

시녀가 정말로 때리리라 생각하지는 않았지만, 대신에 뺨을 힘껏 꼬집었다. 실로 가차 없는 시녀였다.

"그런 건 유머라고 하지 않습니다! 전 언제나 쿠논 님께서 유머 감각 있는 신사가 되길 바라지만, 그런 악취미적인 유머는 안 됩니다! 누군가는 그저 농담으로 받아들이지 않을 거예요!"

설교까지 시작했다.

"아니, 아냐! 아니라고! —아마 색깔이 보였던 것 같아!"

"색깔?! 색깔이 보였다고요?!"

"정확하게는 **느꼈는지도** 모르겠어! 그러니 눈에 보인 건 아냐!"

…….

"……어, 그래도 굉장한 거 아닌가요?"

"……근데 내가 인식한 게 정말로 맞는지 어떤지……."

급상승했던 열기가 가라앉고 두 사람은 차분해졌다.

"이거. 이 사과."

쿠논이 아직도 얼얼한 뺨을 문대면서 테이블에 있는 사과들 중 하나를 잡았다.

마술 실험용으로 준비한 것이었다.

지금 쿠논은 저온 처리……「얼리는 변화」를 시도하는 중이었다.

시녀는 가뜩이나 바깥이 추운 계절인데 실내까지 춥게 만들지 말아주길 바랐다.

그러나 쿠논이 하고 싶다고 하니 거절할 수가 없었다.

"이거는 **빨간색**과 비슷하지?"

그 말을 듣고 시녀는 미간을 찡그렸다.

—빨갛지는 않다.

쿠논은 지금 파란 사과를 들고 있었다.

파랗다기보다는 옅은 녹색이라고 표현하는 편이 더 정확할까?

정확히 말해주는 편이 좋을까? 아니면…… 아니.

"아뇨, 붉지는 않아요."

아직은 실험하는 단계이며 시도해보는 단계. 그래서 솔직히 말했다.

꼭 **지금** 봐야만 할 필요는 없었다.

언젠가 보이기만 하면 그것으로 충분하니까.

"그래?"

그러나 충격을 받을 줄 알았던— 원하는 결과가 나오지 않아서 낙담할 줄 알았던 쿠논이 태연했다.

그리고 자연스럽게 **다음 사과**에 손을 뻗었다.

"그럼 이쪽이 붉나?"

그쪽은…… 그쪽 사과는 확실히 빨갛다.

시녀는 비로소 깨달았다.

—그래. 지금 처음으로 색깔이 보였다면 쿠논은 실제 색깔과 명칭을 제대로 연결 짓지 못하겠지, 라고.

"그건 빨개요. 아까 그 사과는 풋사과라고 하는데, 옅은 녹색을 띠고 있죠."

"응? 풋사과라면서 녹색이야?"

"표현이 그래요. —빨간 사과와 풋사과가 테이블에 몇 개씩 있는지 아시겠어요?"

"응. 빨간 사과 세 개, 녹색 풋사과는 두 개지?"

맞았다. 정말로 색깔이 보인다는 뜻이었다.

"맞았어?"

"맞았어요! 대단하잖아요!"

시녀가 쿠논을 끌어안고서 기뻐했다.

쿠논도 기뻐하며 포옹을 받아들였다.

쿠논이 원하는 결과를 얻어낸 것은 아니지만, 커다란 진보였다.

"하지만 아직도 멀었네."

한바탕 기뻐한 뒤에 쿠논은 냉정해졌다.

주위에 있는 물체의 색깔을 알 수 있게 됐다. 그러나 그뿐이었다.

솔직히 말하자면 눈이 보이는 것은 아니었다.

—마력으로 감지할 수 있을 뿐이다.

간절히 방법을 찾고자 하는 쿠논의 의식과 무의식이 마력이라는 불가사의한 힘에 어떤 식으로 작용했을 뿐이겠지.

언젠가 제니에 선생이 마력은 아직도 모르는 게 많은 힘이라고 했다.

마력 그 자체로 물질을 이동시킬 수 있는 사람도 있다고 했다. 마력으로 무언가를 감지해내는 현상도 가능하다고 들었다. 현재 쿠논이 손에 넣은 **이것**도 감지능력의 일종이겠지.

쿠논이 바라는 것은 「마술로 만들어낸 눈으로 시각을 획득하는 것」이다.

비슷하면서도 전혀 다른 개념이었다.

그러나, 그럼에도.

그래도 커다란 성장이다.

비록 물체가 보이지 않을지라도 색깔을 구분할 수 있다면 어느 곳에 무언가가 있는 것 같다고 짐작할 수 있게 된다.

평소에 생활하는 공간이라면 더더욱.

분명 앞으로 생활하기가 편해질 것이다.

"아무튼 주인님께 보고를 드리죠! 이건 굉장한 일이에요!"

"으, 응……. 아니, 아직 이르지 않을까? 우연일 수도 있으니 조금 더 익숙해진 뒤에 말할래. 아버님께 실망을 안겨드리고 싶지 않아."

"괜찮아요! 자신감을 가지세요!"

타고난 성격이 다시 도지고만 쿠논이 뒤로 내빼려고 하자 긍정적인 사고를 지닌 시녀가 그의 어깨를 착착 두드렸다.

"쿠논 님께서 노력해서 얻어낸 성과잖아요! 우연이 아니라 실력이에요! 쿠논 님의 실력이라고요! 실력이냐 아니냐고 누가 묻는다면 확실히 실력입니다! 자, 어서 가시죠! 함께 보고를 드려요! 가는 김에 용돈도 올려달라고 하죠! 앗, 저도 월급 좀 올려달라고 직접 호소해야겠어요!"

"엇, 지금부터?! 잠깐만—."

시녀는 기다리지 않았다.

쿠논은 질질 끌려가듯, 아니, 중간부터는 시녀의 겨드랑이에 끼인 채로 본관으로 끌려갔다.

그러나 가족들이 부재중이었기에 두 사람은 아무 일도 없었다는 듯 별채로 되돌아갔다.

◆

"—색? 색이 보인다고?"

왕성에서 일을 마치고 돌아온 그리온가 당주 아손은 저택 현관 바로 앞에서 기다리던 시녀 이코에게서 놀라운 보고를 들었다.

아손 그리온.

아직 서른 초반밖에 되지 않은 젊은 후작이다.

조금 차가운 인상을 풍기는 옅은 남색 눈동자에 단정한 얼굴. 짧게 다듬어진 다갈색 머리에서는 청량감이 느껴졌다.

키가 그렇게까지 크지는 않고, 눈길을 확 끌 만큼 외모가 아름답지도 않았다.

그러나 자세히 보면 모든 요소가 높은 수준으로 어우러진 남성이었다.

눈에 띄는 특징이 없는 점도 포함하여 대단히 밸런스가 좋았다. 그렇기에 주변에 묻혀있었고, 그렇기에 서서히 그 능력을 드러낼 수 있었다.

그리고 현재는 왕성에서 근무하고 있고, 국왕 폐하로부터의 신뢰도 두터웠다.

"예. 유효범위는 좁다고 하시는데 색깔을 제대로 식별하실 수 있는 것 같습니다."

이코가 아손이 벗은 코트와 웃옷을 받으면서 보고를 이어나갔다.

"그거…… 대단한 일이잖은가?"

막내아들 쿠논은 태어났을 적부터 눈이 보이지 않았다.

이미 동화처럼 취급되는 일화인 「영웅의 상흔」 때문이라고 하는데, 진상은 알 수가 없었다.

어쨌든 쿠논이 눈이 보이지 않는 건 순수한 진실이었다.

"저도 그리 생각합니다. 가까울수록 더 잘 보이고, 손으로 만지면 더 또렷해진다고 하십니다."

접촉하면 더 또렷해진다.

그 말인즉슨—.

"책을 읽을 수 있다는 건가?"

이코는 역시 대단하다고 생각했다.

책을 읽을 수 있다.

쿠논과 이코는 둘이서 여러모로 시도해본 끝에 밝혀낸 사실인데, 아손은 금세 거기까지 생각이 미쳤다.

그렇다. 이 현상을 통해 거둔 가장 큰 수확은 문자를 읽을 수 있게 됐다는 것이다.

책을 펼치고서 손가락으로 더듬는다.

그리하면 종이에 적힌 잉크 색깔을 식별하여 문자를 읽을 수 있다. 물론 쿠논은 아직 글자를 읽을 줄 모르므로 이제부터 배워야하겠지만.

같은 방식으로 그림도 볼 수 있기에 지금은 그림책이나 도감에 푹 빠져 있다.

"……그런가."

탄식이 섞인 무거운 목소리가 새어나왔다.

안도한 목소리였다.

자식의 미래를 향한 걱정이 크게 줄어든 순간이었다.

몸과 머리 모두 피곤한데도 아손의 피로가 싹 날아가 버렸다.

"티나한테는 말했나?"

"아뇨."

"그럼 내가 말하도록 하지."

티나— 아손의 아내이자 쿠논의 어머니인 티나리자는 그 누구보다도 쿠논을 걱정했다. 어찌나 걱정했는지 쿠논의 곁에서 한시도 떨어지려고 하질 않아서 한동안 사교계와 거리를 뒀을 정도였다.

쿠논이 거처를 따로 쓰고 싶다고 요청한 것도 티나리자의 과도한 걱정이 크게 작용했다.

자신이 무엇을 하든 염려하며 곁에 꼭 붙어 있으려고 하니까.

티나리자는 후작가의 부인으로서 사교의 자리에 꼭 나가야만 하는 존재였다.

하물며 쿠논이 왕족과 약혼을 맺은 이상, 그리온가의 사교 활동은 이전보다 훨씬 중요해졌다.

어언 몇 대 전 이야기이지만, 왕녀가 그리온가에 시집을 온 적이 있었다.

「영웅의 상흔」은 일찍이 마왕이 내린 저주와 같은 것.

그것은 마왕과 직접 싸웠던 17개국의 영웅들…… 이곳 휴그리아 왕국에서는 왕족의 핏줄에게만 발현된다고 알려져 있다.

—요컨대 피가 많이 흐려지긴 했지만, 그리온가에도 왕족의 피가 약간은 흐르고 있다는 뜻이다.

그 말은, 천지가 뒤바뀌는 커다란 사건이 벌어지면 쿠논에게도 아슬아슬하게 왕위계승권이 발생한다는 의미였다.

그렇다면 그리온가는 왕족의 파벌 싸움에 휘말릴 가능성이 상당히 높아진다. 그런 중요한 시기에 사교계에 나가지 않는다면 앞날이 불안해진다.

왕녀와의 약혼, 결혼에는 그런 의미도 담겨 있는 것이다.

뭐, 현재 국왕 슬하에는 자식들이 많으므로 쿠논의 왕위계승권은 어디까지나 가능성일 뿐이지만.

—그러나 가능성이 희박하다고 해도 그것이 무의미한지 아닌지는 별개의 문제다.

백여 년 만에 「영웅의 상흔」을 갖고 태어난 아이다. 지금 시대에는 그런 이유로 불상사에 휘말릴 가능성은 낮겠지만, 아예 없다고 단언할 수는 없다.

왕녀와 약혼을 맺었을 정도이니까.

무슨 일이 벌어질지 알 수가 없다.

그러므로 사교계가 중요해진다.

능수능란한 처세는 못할지라도 주변 귀족들과 친분을 적당히 쌓아두는 것만으로도 그리온가 및 쿠논의 장래가 달라질 것이다.

쿠논이 먼저 별채에 살고 싶다고 제안했지만, 아손도 그리온가 당주로서 그 의견에 찬성했다.

티나리자가 후작가 부인의 역할을 수행할 수 있도록 쿠논과 떨어뜨려놓을 필요가 있었다.

아직 어린 쿠논이 귀족들의 관계를 이해하고 있을 리는 없겠지만, 아주 바람직한 제안이었다. 아손은 티나리자를 설득했고, 쿠논이 따로 별채에서 살도록 결정했다.

그리고 되도록 만나러 가지 말라고도 타일렀다.

그렇기에 이코에게는 티나리자에게 쿠논에 관한 보고를 하지 말라고 명령해뒀다.

이야기를 들으면 아내는 참지 못하고 쿠논을 만나러 갈 테니까.

—그러나 이번에 들은 이 보고는 조금 맥락이 다른 이야기였다.

이 이야기는 아내에게 전할 만한 내용이었고, 쿠논을 마음껏 칭찬해줘도 좋을 만한 충분한 성과였다.

"쿠논은 본관으로 돌아올 생각이 없는가?"

여러 보고들을 들었다.

3개월 전부터 전력으로 마술에 몰두하게 됐다는 것.

몸을 만들기 위해 식사량을 늘렸다는 것.

검술, 이라고 칭할 만한 수준까지는 아닌 듯하지만, 무술을 시작했다는 것.

아주 최근에는 본관 목욕까지 손수 준비하고 있다는 것.

더욱이 약혼자인 미리카 휴그리아와의 관계가 조금 좋아졌다고도 들었다.

늘 고개를 숙이기 일쑤였던 아들이 어느새 긍정적으로 살고자 노력하게 됐다. 기쁘지 않을 리가 없었다. 미워서 따로 떨어져 사는 것도 아니지 않은가.

지금의 쿠논이라면 함께 살아도 괜찮지 않은가.

아손은 그렇게 생각했으나.

"……아직 이를지도 모르겠습니다."

쿠논을 수행하는 시녀가 난색을 표했다.

"현재 쿠논 님께서는 바뀌려고 애쓰시는 중입니다. 매일 필사적으로 스스로를 바꾸고 계십니다. 그런 때에 생활환경이나 생활습관이 바뀌면 쿠논 님의 목표에 지장이 생길까 우려가 됩니다."

"목표라."

그것도 들었다.

아들은 마술로 시각을 얻으려고 한다.

아손은 그것이 가능한 일인지 알 수 없었지만, 쿠논이 하고 싶다면 응원할 뿐이었다.

—현재 이렇게 성과를 거뒀다. 현재를 위해서라도, 미래를 위해서라도 분명 가치있는 노력이겠지.

쿠논이 본관을 떠난 지 약 반 년.

쿠논은 쿠논대로 별채 생활에 익숙해졌고, 본관은 본관대로 쿠논이 없는 생활에 익숙해졌다.

아손은 그다지 변한 것이 없었지만, 티나리자는 드디어 사교계에 나서기 시작했다.

다른 아들인 이쿠시오는 쿠논을 어떻게 대해야 할지 모르는지 곧잘 당혹해했다. 듣기에는 민망하지만 지금은 느긋하게 살고 있었다.

"……그렇군. 조금 더 지켜보도록 할까."

현 상태가 서로에게 나쁘지 않다고 생각했다.

각자 해야 할 일들이 있으니 굳이 함께 살아야 할 필요는 없을지도 모르겠다.

피차…… 아니, 무엇보다 쿠논이 집중할 수 있는 환경에 있다면 방해하지 않는 편이 낫겠지.

아손은 그렇게 판단하고서 현상유지를 결정했다.

—신분상 개인적인 의견을 말할 수 없는 처지지만, 이코 역시 그것이 바람직하다고 여겼다.

현재 쿠논은 마음을 열고있는 중이다.

예전의 쿠논은 이코를 일개 사용인으로밖에 여기지 않았을 것이다.

농담을 하든 웃기든 거의 반응이 없었다. 어쩌면 성가시다는 생각마저 했을지도 모르겠다.

사람 그 자체에 흥미가 없지 않을까…… 혹은 미움과 질투, 증오 같은 감정을 품고 있을지도 몰랐다.

그런데 지금은 제대로 된 대화가 가능했다.

보이지 않는 눈으로 이코를, 주변을, 사람을 보기 시작했다.

이코는 마술에 관해 잘 모르고, 쿠논의 소망이 미래에 이뤄질 수 있을지 판단할 수 없었다.

그러나 쿠논의 마음을 열고 타인을 향한 배려나 상식 같은 것을 익히게 하는 건 대단히 중요한 듯했다. 조금 무리를 해서라도 성격을 긍정적으로 바꾸고 싶었다.

두 번 다시 어두운 표정을 짓지 않도록.

어두운 표정으로 고개를 푹 숙인 아이를 과연 누가 보고 싶어 할까.

"이코, 늘 고맙다. 그대한테 꽤 무거운 부담이 될 텐데……."

"상관없습니다. 돈을 위해서니까요. 칭찬보다 급료 인상을 부탁드리고 싶은데요."

—이 대목에서 겸손을 떨면서 모호한 충성심을 과시하지 않고, 급료 이야기부터 꺼내는 사람이기에 아손은 안심하고 이코에게 쿠논을 맡길 수 있었다.

"핫핫핫. 돈 얘기는 바렌에게 하도록. 사용인들의 급료는 그 사람이 결정하니까."

"엥—. 바렌 씨는 돈에 인색해서 씨알도 안 먹힌다니까요."

심각하고 고지식한 성격이었다면 쿠논과 함께 고민에 빠져들어 침몰해버렸을 테니까.

그래서 되도록 활기찬 시녀를 곁에 붙여뒀다.

그 판단은 분명 틀리지 않았다.

—그러나 2년 뒤에 이 판단에 의문이 조금 생긴다는 것을 아손은 알지 못했다.

제3화 2년 뒤의 모습

시간은 평등하다.

귀족이든 악인이든 현재는 영원히 지속되지 않는다.

세월은 흐른다.

사람이 무슨 뜻을 품든, 개개인마다 무슨 사정이 있든, 매일 무슨 수련을 하든 변하지 않고.

"자료가 또 도착했어요."

"응."

책, 서류, 끈으로 엮어두기만 한 필사본, 용돈기입장 등등.

그것들은 테이블뿐만 아니라 바닥에까지 널려 있었다. 방의 절반을 점령한 상태였다.

최소한으로만 정돈해둔 상태였지만, 이 방의 주인은 어디에 무엇이 있는지 전부 파악했다.

마술에 몰두한 지 약 2년.

쿠논 그리온은 아홉 살이 됐다.

2년이 지났지만, 생활 자체는 별로 바뀐 것이 없었다.

별채 생활은 여전했고, 오전 강의와 마술 수업은 이어지고 있으며, 오후에는 마술과 검술 훈련에 매진했다. 일과인 목욕물 준비도 빼먹지 않고 수행했다.

크게 바뀐 점이 있다면 글자를 익혔다는 것이었다.

쿠논의 꿈, 혹은 야망을 이루기 위한 노력은 지금도 계속되고 있었다. 아버지 아손과 약혼자 미리카, 그리고 마술 선생 제니에 등 주변 사람들의 협력을 받으면서.

마술로 시각을 획득한다.

아직 달성되지 않았지만, 쿠논은 포기하지 않고 연습을 계속했다.

잇달아 배달된 책과 자료들은 주로 미리카와 제니에가 보낸 것이었다. 여전히 무엇이 어떻게 작용하는지 모르기에 물 마술에 관한 정보들을 계속해서 보내달라고 했다.

밤에는 그 책과 자료들을 읽는 일과를 배정했다.

시녀가 테이블에 엎어져 자는 쿠논을 발견하고서 침대로 옮겨주는 나날이 이어졌다.

"뭔가 마음에 걸리는 내용이 있었나요?"

시녀가 쿠논이 읽은 서류와 책을 정리하면서 물었다.

"어? 응, 글쎄……."

다음 책을 손에 든 쿠논이 머리에 막 입력한 정보를 정리하면서 대답했다.

"수견식(水見式) 점술과 화영(火影) 점술, 수정막과 유리막, 사역마, 악마와의 계약, 수련화(水煉華), 마경(魔鏡), 수경(水鏡), 무지개색 물고기의 비늘…… 그 정도가 신경이 쓰이는데."

그중에서 입으로 언급은 했지만, 「사역마」와 「악마와의 계약」은 무시하기로 했다.

궁금하지 않다면 거짓말이겠지만, 대가와 리스크가 너무 큰 것 같아서 신경 쓰면 안 되겠다고 마음먹었다.

“점술이라면, 점을 보는 건가요?”

“맞아. 수견식 점술은 주술적으로 가공한 그릇에 물을 담으면 알고 싶은 것을 보여준대. 분실물을 찾는다든지 미래를 본다든지, 그런 걸 점친대.”

“어, 그럼 제가 어딘가에서 잃어버린 젊음과 반짝이는 청춘 같은 것도 찾을 수 있을까요?”

“괜찮아. 이코는 아직 젊고, 한창 청춘이야.”

“아뇨, 저도 나이를 먹었거든요?”

“괜찮아. 이렇게나 아름다운 사용인은 이 세상에 둘도 없다니까?”

“나 참, 보시지도 못하면서.”

두 사람이 웃었다.

—사람에 따라 평가가 양극단으로 나뉠지도 모르겠지만, 어쨌든 이 2년 사이에 쿠논은 대단히 밝아졌다.

마술 덕분이었다. 마술만 있으면 사람은 밝아질 수 있었다. 근육도 붙었고, 차갑게 식었던 약혼자와의 관계도 양호해졌다. 용돈도 늘었다. 온통 좋은 일들뿐이었다.

“근데 그 뭐시기 점술로 제 남편감을 찾을 수 없을까요?”

“괜찮아. 이코처럼 좋은 여자는 남자가 내버려두지 않는다고. 아—아, 내가 후작가 차남이 아니었다면 아내로 삼았을 텐데에.”

“아이 참, 열 살이 넘는 연상을 붙잡아서 무슨 소리를 들으시려고요!”

두 사람이 웃었다.

기뻐해야 할 일인지, 기뻐해서는 안 되는 일인지.

쿠논은 조금 지나치게 밝아졌는지도 모르겠다.

"—음, 아주 좋아요!"

원래는 몸을 만들고 체력을 키우려고 시작한 무술이었다.

그러나 언젠가부터 동호류 검도술의 오우로 사범에게서 정식 검술을 익히게 됐다.

그가 쿠논에게 의외의 소질이 있음을 꿰뚫어봤기 때문이었다.

"쿠논 군은 정말로 근육이 좋아요. 동년배한테는 쉽사리 지지 않겠구만."

"정말입니까? 눈이 안 보이는데도요?"

"네. 검술을 제대로 구사하고 있죠. 눈이 보이진 않아도 감이 뛰어나니 여차할 때 의외의 전력이 될 것 같아요."

아니, 실은 검술을 **제대로** 구사한다고 할 수는 없긴 하지만.

검술이라기보다 봉술에 가깝고, 애당초 타인과 맞붙는 것을 상정하지 않았기에 검술과는 크게 동떨어졌다.

그러나 타인과 비교할 수 없는 환경이기에 쿠논은 지금 자신이 배우는 검술이 평범한 것이라고 생각했다.

오우로 사범은 기존에는 없는 조금 특수한 검술을 가르쳤지만, 쿠논은 알 턱이 없었다.

"알겠습니까? 계속 말하지만 기본 형태만 몸에 익히면 응용은 자연스레 따라오는 법이지요. 오로지 형태를 반복하는 겁니다. 반사적으로 나올 정도로. 무의식적으로 나올 정도로. 자고 있어도 나올 정도로. 그 수준까지 숙달되어야만 비로소 실전 때 실력을 조금이나마 낼 수 있지요. 그때 후회하지 않도록 철저히 연습하시지요.”

“예.”

쿠논은 대답을 하면서도 전혀 듣지 않았다. 오직 형태만을 의식하며 동작을 반복했다.

“—이상의 논거에 따라 물 확보를 최우선으로 고려하여 촌락을 세우고 주민들을 거주시켜야 한다.”

“됐습니다. 오늘 수업은 여기까지 하도록 하죠.”

가정교사인 플라라 남작 부인에게는 지금도 강의를 계속 받고 있었다.

쿠논은 이미 귀족학교에서 배울 수 있는 모든 것들을 학습했다. 지금은 그것을 확인하는 중이었다.

앞으로 강의를 한두 차례만 더 하면 그리온가에서 플라라 부인과의 계약을 해지하겠지. 티나리자 부인이 부탁하여 시작한 일이지만—막상 끝이 가까워지니 그녀는 가슴이 옥죄이는 듯했다.

2년 전의 쿠논을 잘 알기에 더더욱.

“이코, 홍차. 레이디께 오늘 추천하는 차를.”

“예, 똑같은 홍차 말이죠.”

지금 쿠논은 대단히 밝아졌다. 그 시절의 모습은 찾아볼 수 없을 정도로.

귀족으로서의 행동과 예의범절을 가르치는 것도 플라라 부인의 일이었다. 2년 전에는 쿠논이 너무나도 의기소침해서 가르치기가 꺼려졌다. 그러나 어떤 계기로 제대로 가르칠 수 있게 됐다.

발단은 쿠논의 요청이었다.

그가 「미리카를 대하는 법을 알려줬으면 좋겠다」고 말했다.

플라라 부인은 귀족다운— 쿠논의 말을 빌리자면 신사다운 행동을 알려줬다.

그리고 저 시녀가 「기왕이면 유머 있는 신사로 하죠」라며 편승했다.

유머 있는 신사.

플라라 부인은 환영하는 바였다. 엄격한 남자, 쿨한 남자도 나름의 멋이 있지만, 함께 있으면 지루하지 않고 즐거운 남자도 매력적이었다.

쿠논에게 분명 전자가 어울리지 않으므로 후자가 좋겠다고 생각했다. 그건 확실했다.

그러나 자칫 경박한 사람처럼 보이기 십상인데—.

"플라라 선생님."

"예."

"당신의 눈동자에 건배."

"……예."

쿠논은 틀림없이 가벼워졌다. 아니, 근본은 여전히 진지하므로 가벼워 보이게 됐다고 해야 할까.

그러나 2년 전 모습을 아는 플라라 부인에게는 그 역시 귀엽게 보였다.

자신에게 같은 또래의 자식이 있어서일까? 쿠논에게 감정이 강하게 이입됐다.

2년 전 모습에서 이토록 달라진 그가 앞으로 어떻게 변해갈까.

—곧 가정교사를 그만둬야 하는 플라라 부인은 그 모습을 지켜볼 수가 없다.

기대가 되기도 하고 불안하기도 했다.

신분차가 있긴 하지만, 그래도 쿠논을 자기 자식처럼 소중히 여겼기에 이별이 다가오니 가슴이 아팠다.

"이건 아름다운 선생님께 잘 어울리는 12년짜리 신왕국산입니다. 향기가 좋죠?"

"아, 쿠논 님, 아니에요. 이거 휴그리아산이에요. 국산이에요."

설령 가볍게 보일지라도 이별이 다가오니 가슴이 아팠다.

◆

그러던 어느 날.

"쿠논 님, 주인님께서 부르십니다."

저녁식사 때 시녀가 말했다.

"응? 지금?"

쿠논이 샌드위치를 한손에 들고서 자료를 읽다가 이코에게 확인했다.

"저녁을 드신 후에 오셔도 된대요."

이코가 그렇게 대답했다.

주인님, 즉 그리온가 당주이자 쿠논의 아버지가 부른다고 한다.

쿠논은 별채에서 생활하고 있었다. 가족들이 가끔 만나러 와주지만, 본관으로 호출하는 건 조금 드문 경우였다.

“나, 무슨 짓이라도 저질렀나?”

예전에 호출을 받았던 때는 아마 여름이었을 것이다.

실험을 겸해서 정원의 광범위한 구역에 색을 입힌 물을 마구 뿌려댔다.

그 결과, 온 정원이 피바다에 빠진 것처럼 새빨갛게 물들었다. 가족과 사용인들 모두 크게 경악하며 두려워했다.

―마력을 추가로 공급하지 않고도 착색된 물을 유지하는 데 간신히 성공한 뒤에 효과 범위와 유효시간을 측정하기 위해서 벌였던 실험이었다.

교사에게도 확실히 허락을 받고서 실시했다.

결과적으로 교사가 「이렇게 될 줄은 몰랐는데……」라면서 울고 말았지만. 예상치 못한 결과였나 보다.

그리고 귀가한 아버지가 밤인데도 훤히 보일 정도로 새빨갛게 물든 정원을 본 뒤에 놀라고 분노하여 아들을 호출했다.

호되게 혼났다.

그저 색을 입힌 물을 뿌렸을 뿐이니 아무런 해도 없고, 그저 실험이었다고 해명했는데도 당장 되돌리라고 했다.

“최근에 혼이 날만한 행동은 하지 않으신 것 같아요. 그 피바다 사건 때 실컷 혼나셨잖아요? 아무 관계도 없는 저까지 혼쭐이 났으니까요.”

“실험을 해보자고 말을 꺼낸 사람은 이코였으니 관계가 없진 않은데.”

“그토록 화려하게 저지르실 줄은 몰랐어요.”

"기왕 할 거면 화려하게 하라고 했던 기억이 있는데?"

"그건 너무 화려했습니다."

—이러한 책임 떠넘기기를 눈앞에서 벌였으니 아버지가 불에 기름을 부은 것처럼 분노한 거겠지. 그러나 두 사람은 아직도 그 사실을 깨닫지 못했다.

"그래도 저는, 그런 거 싫어하지 않는데요?"

"나도야. 모두 굉장히 놀랐으니까. 내가 평화로운 일상에 자극이라는 돌을 던졌음을 아무도 부정하지 못할 거야. 가끔은 그런 것도 좋지."

어쨌든 귀중한 실험결과를 얻었다.

인간은 느닷없이 피바다를 보면 놀란다.

이 사실을 안 것만으로도 쿠논은 만족했다.

역시 조금 지나치게 명랑해졌는지도 모르겠다.

저녁을 먹은 뒤 시녀와 함께 본관으로 향했다.

"쌀쌀하네."

조금 거리가 있지만 걸어가야 했다.

본관으로 이어지는 길에는 쿠논이 걸을 수 있도록 평평한 돌이 깔려 있었다. 그 위를 지팡이를 짚으며 나아갔다.

지금은 겨울이었다.

더욱이 밤이 되니 부는 바람도 차가워졌다.

쿠논은 달력도 계절도 아침도 밤도 신경 쓰지 않고 살고 있지만, 역시나 이럴 때마다 계절을 실감하곤 한다.

"그거 꺼내주세요, 그거."

"음? 응."

쿠논이 손가락을 딱 튕기자 사람 머리만한 「물 구슬(아오리)」이 생성됐다.

숫자는 두 개.

하나는 쿠논의 얼굴 앞에. 바람막이용이다.

나머지 하나는 뒤에서 걷는 시녀 앞에 띄웠다.

"따뜻해라~. 말캉말캉~."

그녀가 얼굴에 대고 비비며 끌어안았다.

「체온보다 조금 높은 온도」와 「초유연표피」 특성을 부여한 「물 구슬」은 간이 손난로다.

시녀는 이것을 좋아했다. 힘을 가하면 모양이 바뀌는, 신기한 「부드러운 물 구슬」은 만지기만 해도 기분이 좋아진다고.

미리카도 좋아하는 것으로 보아 여성은 이런 걸 좋아하는 경향이 있음을 학습했다.

참고로 여름에는 「저온 특성」을 부여하면 활약한다.

이건 여성뿐만 아니라 모두가 좋아한다……기보다 유용해하는 듯했다.

"쿠논 님, 기다리고 있었습니다."

"응."

현관 앞에서 기다리던 노집사 바렌의 안내를 받아 본관 안을 걸었다. 참고로 「물 구슬」은 이미 없애뒀다.

그들이 향한 곳은 응접실이었다.

노집사가 노크를 하고서 「쿠논 님께서 도착하셨습니다」 하고 말하자 안에서 「들어오도록」 하고 답했다.

이제부터는 쿠논 혼자서 들어가야만 했다. 집사와 시녀를 두고서 응접실에 발을 내디뎠다.

"부르셨습니까, 아버님……. 어라, 어머님과 형님도?"

들어가 보니 그리온가 모두가 모여 있었다.

아버지 아손.

어머니 티나리자.

그리고 형 이쿠시오.

부모님은 한 주에 한 번꼴로 만나러 와주는데, 형을 만난 지는 오래됐다.

그러나 쿠논은 알고 있었다. 이쿠시오가 만나러 오지는 않아도 쿠논의 모습을 살피러 가끔씩 별채에 들른다는 사실을.

—시녀의 말에 따르면 어렸을 적에 이쿠시오가 쿠논을 데리고서 놀러나갔다가 쿠논이 넘어져서 다쳤다고 한다. 그 이후로 동생을 어떻게 대해야 좋을지 몰라서 어색해졌다고.

보이지 않는다는 건 어떤 것인가.

형은 그때 비로소 이해했던 것이다.

다만 쿠논은 전혀 기억이 나질 않았다. 넘어지거나 다친 횟수가 워낙 많아서 일일이 마음에 담아두지 않았기 때문이었다.

"쿠논. 앉거라."

"예."

마치 보이는 것처럼 아주 자연스럽게 형의 옆에 앉았다.

지금껏 단련을 거듭해온 쿠논은 현재 이 방 정도의 크기라면 거의 모든 색깔을 식별할 수 있었다.

테이블을 끼고 맞은편에는 부모님이 앉아 있고, 옆에는 형이 있다.

"귀족학교에서 가르쳐주는 것은 다 배웠나?"

"예. 플라라 선생님께서 끝났다고 말씀하셨습니다."

글자를 익힌 이후로 쿠논의 학습속도는 빠르게 올라갔다. 본인은 성가신 것을 얼른 해치우고서 마술 훈련에 집중하고 싶은 마음이었겠지만.

"전에도 들었지만, 학교에 갈 생각은 없는 게냐?"

"없습니다. 제가 있어봤자 주변 사람들을 난감하게 할 뿐입니다."

가족조차 그러는데 밖에서는 오죽하랴. 쿠논은 그렇게 생각했다.

아니, 옛날에는 그렇게 생각했다.

—지금이라면 다른 사람들과 평범하게 소통할 수 있을지 모르겠다고 생각한다.

그러나 학교 공부 말고 우선해야할 것이 있으므로 현재는 다른 의미로 학교에 갈 마음이 없었다.

"네게 말을 했던가? 쿠논, 너는 귀족학교에 소속된 것으로 처리되어 있다."

"아, 예. 아버님은 아니고, 플라라 선생님께서 말해주셨습니다."

수업을 받을 때 그런 이야기가 나왔다.

그래서 그녀가 언제든지 학교에 다닐 수 있는데 갈 생각이 없느냐고 물었다. 그녀도 지금의 쿠논이라면 학교에 다닐 수 있으리라 판단했겠지.

물론「갈 마음이 없다」고 대답했지만.

"귀족 자제라면 반드시 다녀야할 의무가 있다고 했던가요?"

"그래. 뭐, 넌 사정이 사정인지라 폐하께서 꼭 다니지 않아도 좋다고 특별히 허가를 내려주셨지. 나도 새삼스레 네게 학교가 필요하다고 생각하진 않는다. 하고 싶은 걸 하면 그만이야."

이것이 바로 아버지 나름의 응원이었다.

분명 쿠논이 알아차리지 못한 부분도 아버지가 뒷받침을 해주고 있겠지.

"다만, 생각해줬으면 좋겠구나."

"용돈 사용처 말인가요?"

"아니, 용돈 이야기가 아니야."

"아버님께서는 누누이 잔소리를 하셨죠. 분명 낭비하는 것처럼 보일지도 모르겠지만, 전 계획적으로 쓰고 있습니다."

"용돈 이야기가 아니라니까."

"아버님, 늘 우리 가족들을 위해서 열심히 일해 주셔서 고맙습니다. 아주 감사합니다."

"그 얘기는 지금 됐다!"

"정원을 피바다로 만들어서 죄송합니다."

"그것도 지금은 됐지만, 다음에 또 그랬다가는 용돈을 두 달 동안 끊어버릴 테니 그리 알아라!"

쿠논은 벌벌 떨었다.

가장 듣고 싶지 않은 말이었다.

남편의 용돈 끊기 선언도, 용돈 끊기 선언에 벌벌 떠는 아들의 모습도 지금은 본론이 아니었다.

"여보. 진정해요."

아손이 평소답지 않게 감정적으로 말하자 아내가 달랬다. 그는 부글거리는 속내를 토해내듯 한숨을 내뱉었다.

"후우…… 그보다도, 미리카 전하 얘기다."

이 타이밍에 약혼녀의 이름이 나오자 쿠논은 얼굴을 찡그렸다.

쿠논의 귀족학교 이야기와 용돈 끊기 선언이 미리카와 무슨 관련이 있는지 모르겠다.

"넌 아직 모를 것 같다만, 전하의 약혼자로서 귀족의 의무를 완수하는 편이 나을 것 같구나. 귀족의 의무를 다하지 않은 자나 신분에 맞지 않는 행동은 사교계에서 약점이 된다. 쿠논, 너 때문에 미리카 전하가 뭇사람들의 따가운 시선을 받더라도 아무렇지 않겠느냐?"

"……그렇군요. 그런 말씀이셨군요."

현재 미리카와의 관계는 양호했다.

2년 전 약혼을 맺었던 초기에는 꽤나 삐걱거렸지만, 현재는 서로가 장래에 결혼을 하리라 인식하고 있었다.

적어도 쿠논에게는 거부할 이유가 없었다.

"나와 티나는 네가 귀족 자제의 의무를 다하는 편이 좋을 것이라 판단했다."

아손은 아내와 논의를 하고서 이 이야기를 하기로 결정했다.

예전의 쿠논에게는 말하지 않았던…… 말할 수 없었던 이야기였다.

분명 쿠논은 세상에 나갈 의욕도, 의사도 없이 좁은 저택 안에만 틀어박힌 채 생을 마치리라 생각했으니까.

그러나 상황이 바뀌었다.

이제 쿠논에게 그리온가라는 세상은 비좁아졌다. 현재 그는 바깥 세상의 정보를 긁어모으고 있을 정도였다.

용돈도 매달 다 쓰고 있었다. 다 써버린 뒤에는 어머니에게 졸라서 조금 융통을 받고 있음을, 아버지는 알고 있었다.

쿠논은 언젠가 마술을 통해서 세상을 향해 날아오를 것이다.

시기의 차이는 있겠지만 분명 그렇게 되리라.

그러한 미래를 예측하고서 이 이야기를 꺼낸 것이었다.

이것이 쿠논이 밖으로 나갈 계기가 될지도 모른다. 그것을 염두에 둔 제안이었다.

바깥 세상에 나가려면 인맥은 필수. 그렇다면 귀족의 의무를 다해야만 한다.

그런 이야기였다.

"귀족의 의무 말입니까……. 그러니 학교에 다녀라?"

쿠논은 학교에 갈 마음이 전혀 없었다.

부모님의 걱정도 전혀 통하지 않았다. 역시나 아홉 살짜리가 사교계의 상식과 그것에 근거한 부모님의 걱정을 헤아리기란 어려울 테니까.

그러나 쿠논은 생각했다.

귀찮긴 하지만, 결국 미리카를 위해서라면 체념해야할 것 같다는 마음이 솟아났다.

시각을 획득하겠다는 야망은 아직도 갈 길이 멀었다.

지금의 생활을 벗어나는 게 몹시도 애석하지만, 미리카를 위해서라면 길을 다소 우회해야겠지—.

"아니, 아까 전에도 말했지만 난 네가 학교가 필요 없다고 생각한다."

애끊는 심정으로 제안을 받아들이려고 했더니 아버지가 조금 다른 이야기를 꺼냈다.

"그러니 승급시험을 치르도록 해라."

"승급시험?"

"귀족학교는 6세부터 14세까지의 귀족 자제들이 다니는 곳이다. 학교를 다녀야 하는 기간은 정해지 있지 않고, 승급시험을 몇 차례 통과하면 졸업할 수 있지. 빠르면 입학한 지 한나절 만에 졸업하는 아이도 있고, 시간을 들여 차분히 배우는 아이도 있다."

즉—.

쿠논은 이야기를 머릿속으로 정리했다.

승급시험인지 뭔지를 통과하면 학교에 다닐 필요가 없다는 말이다.

플라라 선생이 학교에서 배워야 할 범위는 다 가르쳤다고 했다. 그렇다면 쿠논은 이미 승급시험인지 뭔지를 통과할 만한 능력을 갖췄다는 뜻이었다.

그래서 아버지가 학교는 갈 필요가 없으니 승급시험을 치르라고 말한 것이었다.

「시험을 치르면 통과할 수 있지?」라고.

"승급시험은 모두 다섯 번을 치러야 한다. 이쿠시오는 다음 시험을 통과하면 졸업이지."

"오호. 형님이 벌써 졸업을 하는구나."

형은 일곱 살 때부터 다닌 것으로 안다.

현재 열한 살이니 학교를 4년 정도 다닌 셈이었다.

쿠논이 무심코 형을 쳐다보자 이쿠시오가 말했다.

"미리카 전하도 다음 시험을 통과하면 끝이야. 아마 나랑 같이 졸업할 것 같아."

—이쿠시오는 며칠이라도 좋으니 동생과 함께 등교하길 바랐다.

이쿠시오는 귀족학교를 졸업한 뒤 이듬해 봄에 상급귀족학교에 입학할 예정이다.

그리온가의 후계자이므로 아버지의 일을 거들면서 언젠가 다가올 가업 상속을 대비하고자 함이었다.

그리고 분명 쿠논은 마술학교에 다닐 테니 이 기회를 놓치면 함께 등하교할 기회는 영영 없으리라.

"그렇구나……. 그럼 나도 함께 졸업해도 돼? 가능할지 어떨는지는 잘 모르겠지만."

학교에도 가본 적이 없고, 시험이라는 것도 치러본 적이 없지만.

그러나 쿠논이 시험을 통과할 만한 실력을 갖췄기에 플라라 선생이 강의는 이제 끝났다고 말한 거겠지.

만약에 실패한다면 그때 가서 다시 생각하면 된다. 쿠논은 그렇게 마음 편하게 생각했다.

예전의 소극적인 쿠논이었다면 도전조차 하지 않았을 테지.

"예?! 학교에 간다고요?!"

가족회의가 끝나고 며칠 뒤.

미리카가 「2주에 한 번은 약혼자와 만난다」는 의무를 다하기 위해서 찾아오자 쿠논은 귀족학교에 가게 됐다는 사실을 밝혔다.

"예. 그래봤자 승급시험을 치르려고 가는 것뿐이지만요."

"어머나! 좋네요! 그럼 쿠논 군이랑 함께 학교생활을 보낼 수 있겠네요!"

"그런가요? 전 솔직히 뭐가 뭔지 잘 모르겠지만요."

미리카의 흥분이 느껴졌다.

그녀가 흥분하여 물로 만든 고양이를 마구 쓰다듬고 있다는 건 알겠지만, 학교생활이라는 게 무엇인지 구체적으로 전혀 모르겠다.

"괜찮아요! 이 누나가 꼭 붙어 다닐게요!"

두 살 연상인 미리카는 2년 사이에 누나 기질이 급속도로 성장했다.

"아, 그럼 부탁드릴게요."

"예, 내게 맡겨만 두라고요!"

"걱정이 되는데……."

"예? ……무슨 일이라도?"

"제가 미리카 전하와 함께 학교에서 시간을 보내면 전하를 좋아하는 남자애들이 질투를 하지 아니겠어요?"

"어, 아…… 아아, 하아…… 괜찮을 것 같긴 한데……."

미리카는 어떻게 반응해야 좋을지 난처했다.

뭐라고 대답할지 수줍어하면서도 고민했다.

"어라? 혹시 인기가 별로 없다거나 그런……."

"무슨 소릴 하는 건가요! 인기는 있어요! 이래봬도 왕녀이니까! 날 좋아하는 남자애 따윈 오른손으로 헤아릴 수 있을 정도는 있다

구요!"

즉, 다섯 명 정도는 짐작이 간다는 뜻.

그것이 많은 건지 적은 건지 판단하기가 어렵긴 하지만— 쿠논은 결심했다.

반쯤 농담으로 던져본 말인데 정말로 누군가에게 원한을 살 가능성이 있는 듯하니 만약을 위해서 실전용 지팡이를 갖고 다니자고.

◆

쿠논이 학교에 가는 날이 찾아왔다.

"—어머, 멋져라! 이야기에 등장하는 백마 탄 왕자님의 모델이 바로 쿠논 님이셨어요?!"

시녀가 호들갑스럽게 칭찬하자 쿠논은 목에서 눈부시게 빛나는 나비넥타이를 좌우로 잡아당기며 당당히 말했다.

"드디어 내 정체가 발각된 모양이군. 지금까지 비밀로 해서 미안해."

동생과 시녀가 서로 마주보며 웃자 형 이쿠시오가 이상하다는 표정으로 쳐다봤다.

—어라, 내 동생이 저런 녀석이었나? 라고 생각하면서.

"형님, 왔어? 전 백마 탄 왕자님의 모델인 쿠논입니다."

"……어, 그래."

더욱이 먼저 말을 걸 줄은 몰랐다. 그래서 멋들어지게 받아주지도 못하고 당황하기만 했다.

가족회의를 마치고 며칠 뒤에 미리카에게 사정을 들려주고서 또 며칠이 지난 어느 날 아침.

아버지는 학교와 논의하여 일정을 조정했고, 어머니는 지금껏 억눌렀던 쿠논을 향한 걱정과 애정을 폭발시키듯 온갖 정성을 쏟아— 난생 처음으로 공공장소에 나가는 쿠논의 정장을 맞춰줬다.

마치 파티에 나가는 사람의 복장이었다.

뭐, 귀족으로서 그렇게까지 이상하지 않긴 하지만. 오늘이 쿠논의 입학식인 셈이니 이토록 멋을 부리는 이유도 모르는 바는 아니었다. 뭐, 행사는 없지만.

쿠논이 아침 일찍 본관에 오자 어머니 티나리자가 옷을 갈아입히고 머리를 만져줬다.

그리고 현관에서 시녀 이코와 기다리던 형 이쿠시오는…… 이럴 줄 알았다는 심정으로 쿠논의 겉모습을 굳이 지적하지 않기로 했다.

동생과 상당히 오랜만에 대화를 나눠보는 것이라서 형은 기분이 약간 고양되어 있었다.

"잘 다녀오렴."

—두 아들을 학교에 보내는 기적 같은 날이 찾아와서 눈물을 흘리는 어머니의 배웅을 받으며 두 사람은 마차에 탔다.

"아, 잠깐."

아니, 쿠논이 내려왔다.

"이제 됐다. 어머님, 다녀올게요."

마차 바퀴에 「물 구슬(아 오리)」을— 단단하면서도 탄력이 있는 물을 완충재처럼 두른 뒤 다시 올라탔다.

언젠가 마차가 심하게 흔들려 허리를 다쳤던 아버지를 위해서 고안해낸 장치였다.

"마술은 참 편리하네."

"응. 이렇게 편리하니 나 같은 사람도 일거리를 찾을 수 있을 것 같아."

찾을 수 있기는커녕 반드시 찾겠지, 하고 형은 생각했다.

마차가 부드럽게 움직였다.

"저기…… 역시 불안하냐?"

쿠논이 보이지는 않겠지만 창밖으로 고개를 돌리자 옆에 있던 형이 말을 걸었다.

"응?"

쿠논이 보이지 않는 눈으로 이쿠시오를 쳐다봤다.

오늘 쿠논은 화려한 가죽 안대를 둘렀다.

어차피 눈이 보이지 않으니 바깥 공기에 눈이 건조해지거나, 벌레나 먼지가 들어가지 않도록 안대를 착용하는 편이 낫겠다 싶어서.

"눈이 안 보이니 힘들지?"

"힘들어. 근데 이제 별로 불안하지는 않아."

"그래?"

"응. 나, 조금은 강해졌으니까."

단순명쾌한 말이었다.

그래. 확실히 강해지면 자신감이 생기고, 자신감이 생기면 당당하게 행동할 수 있다.

이쿠시오는 예전의 쿠논을 잘 알기에 위화감이 강하게 들었다.

그러나 이 역시 곧 익숙해지겠지. 밝아진 쿠논과 함께 지내다보면.

"형님한테도 걱정을 많이 끼쳤네. 내가 넘어져서 다친 일로 자책했었지? 난 이제 괜찮아. 예전에는 죽고 싶다는 생각도 했지만, 지금은 무슨 일이 생기든 반드시 살아나갈 거야."

"……응. 그렇구나."

확실히 강해졌다.

그리고 늠름해졌다.

"온 세상 사람들이 다 죽어도 나만은 살아가겠노라는 생각을 하고 있어. 형님, 미안하지만 난 살 거야. 모든 인류한테 미안할 정도로 오랫동안."

"……어, 그렇구나."

그리고 동생이 이런 녀석이었나? 라는 의문이 역시나 지워지질 않았다.

좋은 의미로든 나쁜 의미로든 마술이 동생을 바꿨다.

바꾸고 말았다.

…….

나쁜 쪽으로 변한 이유는 그 시녀 때문인 것도 같지만…… 아니, 분명 그 시녀의 존재가 크게 작용했겠지.

평소와 달리 흔들리지 않는 마차가 아주 부드럽게 나아갔다. 그리고 귀족학교 앞에서 정차했다.

"손 빌려줄까?"

지금까지 공백이었던 시간을 메우듯 두 사람은 여러 대화를 나누면서 목적지에 도착했다.

아직 회포를 다 풀지 못했지만 이쯤에서 일단 중지해야겠다.

형이 먼저 내려가 묻자 동생이 「괜찮아」 하고 고개를 가로저었다.

쿠논은 마치 눈이 보이는 것처럼 계단을 밟아 마차에서 내렸다. 분명 누구의 도움도 받을 필요가 없는 동작이었다.

"—쿠논 군! 이쿠시오 님!"

마차에서 내리니 여자애가 달려왔다.

미리카였다.

오늘부터 쿠논이 등교한다는 소리를 듣고서 교문 앞에서 기다렸다.

"좋은 아침입니다, 전하. 우와, 아침부터 당신의 아름다운 목소리를 들을 수 있다니 행운이군요. 얼마나 감사한지 한나절 정도 말씀을 드려도 될까요?"

"좋은 아침이에요, 쿠논 군. 나비넥타이가 귀엽네요."

"그죠? ……어라? 혹시 이거 전하보다도 귀여운가요?"

"그건 아니에요."

"다행이야. 만약에 그랬다면 이 자리에서 당장 찢어서 버렸을 겁니다."

최근 2년 사이에 쿠논은 어지러울 정도로 가벼운 말투와 농담을 구사하는 사람으로 바뀌었지만, 미리카는 이미 익숙해졌다. 그래서 경쾌하게 대화를 주고받을 수 있게 됐다.

"좋은 아침입니다, 전하."

왠지 저 두 사람 굉장하네, 라고 생각하면서 이쿠시오도 인사했다.

—난 쿠논의 가족이지만, 친분만 놓고 보면 미리카에 미치지 못하

겠지, 라고 생각했다. 약혼한 관계라서 사이가 좋은 거겠지, 라는 생각도 들었다.

그리하여 쿠논은 처음으로 휴그리아 왕국 귀족학교에 등교했다.

목소리와 인기척 모두 많이 느껴졌다.

왕도에 있는 그리온가의 저택와 그리온가의 별채.

쿠논은 기본적으로 이 두 곳에서만 생활했다. 그러므로 주변에 셀 수 없을 정도로 사람들이 많은 공공장소는 처음이었다.

쿠논은 예전이었다면 꽁무니를 뺐겠지, 라고 생각했다.

"전하. 오늘만은 제가 여자가 되도 될까요?"

"후후…… 그럼 난 남자가 될게요. 귀여운 아가씨, 손을."

쿠논이 에스코트를 부탁하자 미리카가 그의 왼손을 잡았다.

"……."

형은 「진짜로 친하네」라고 생각하면서 그 모습을 지켜봤다.

귀족학교답게 약혼을 한 남녀가 적지는 않았다. 그러나 그 중에서도 쿠논과 미리카는 유달리 친한 듯 보였다. 붙어 지내는 것이 익숙해져서일까?

"가볼까요."

"부탁드립니다. 형님, 가죠."

"응."

미리카가 손을 잡아 이끌자 쿠논이 걸어 나갔다.

옷차림은 연회에서나 볼 법한 정장.

얼굴에는 가죽 안대.

오른손에는 장식이 화려한 지팡이.

왼손에는 아홉 번째이긴 하지만 어엿한 왕가의 공주님.

그리고 시종처럼 뒤따르는 그리온 후작가의 차기 당주.

쿠논의 모습은 주변에 있는 학생이나 시종들의 시선을 끌 만큼 눈에 확 띄었다. 그러나 그는 신경 쓰지 않고, 이끌리는 대로 교문을 당당히 지났다.

—마중할 겸 안내역으로 대기하고 있던 교사가 아연실색하며 지켜볼 정도로 당당히.

"기다려주세요! 쿠논 그리온 씨!"

그 교사— 눈이 보이지 않는 후작가 차남을 마중하러 나가라는 성가실 것 같은 일을 떠맡은 여성교사 캐스트가 방금 앞을 지나친 세 사람을 쫓았다.

아무리 학교에서는 신분차를 고려하지 않는다고 해도 근무한 지 2년밖에 안 된 남작가 출신 캐스트에게는 조금 버거운 임무였다.

더욱이, 들었던 이야기와 달랐다.

조금 심약한 아이가 온다고 들었건만.

그에 해당하는 아이가 마치 왕자님처럼 당당하게 굴어서 무심코 놓치고 말았다.

저 아이가 정말로 그 쿠논 그리온인지, 정말로 눈이 보이지 않는 아이가 맞는지 의심스러울 정도였다.

그만큼 그의 태도가 몹시도 당당했다.

"예?"

쿠논과 미리카, 이쿠시오가 뒤를 돌아봤다.

옷차림이나 지팡이는 그나마 괜찮지만, 눈을 덮은 안대는 대단한 물건이었다.

정말로 눈이 보이지 않는다는 증거이니까.

"당신을 마중하러 나온이 학교의 교사, 캐스트입니다."

"아, 그런가요? 처음 뵙겠습니다, 캐스트 선생님. 쿠논 그리온입니다. 지금은 여자이니 커트시를."

"어? ……예?"

그가 보이지 않는 치맛자락을 펼치며 왼발을 뒤로 빼는 동작은 그야말로 훌륭한 커트시, 여성의 인사였다.

"……어? 여자인가요?"

통보 실수인가?

분명 남자라고 들었는데. 남자가 정장을 차려 입은 것처럼 보이는데 실은 여자였던가.

"생물학적인 성별은 남성. 성격도 남성. 하지만 지금만은 미소녀입니다."

그게 무슨 소리지? 더욱이 미 자를 붙인 이유가 뭐야. ……귀엽지 않은 건 아니지만.

캐스트는 설명을 들어도 의미를 알 수가 없었지만, 이쿠시오가 「그런 놀이인 것 같습니다. 신경 쓰지 마세요」라고 속삭이자 억지로 납득하기로 했다.

쿠논이 하도 당당하게 행동해서 농담인지 진담인지 정말로 판단할 수가 없었다.

분명 진지하게 생각하고 진지하게 상대하면 안 되는 유형이겠지.

그 사실을 일찍 알아차린 것만으로도 큰 수확이었다.

"미리카 씨, 여기서부터는 제가 데리고 가겠습니다."

"아, 예. 알겠습니다."

미리카는 수업을 들어야 하고, 쿠논은 시험을 치러야 하니 행선지가 달랐다.

"그럼 쿠논 군, 점심은 함께 먹도록 하죠."

"예, 전하. 형님도."

"그래. 낮에 보자고."

미리카와 이쿠시오는 학교 건물로, 쿠논은 캐스트의 안내를 받아 특별교실로 향했다.

특별교실은 교사와 학생이 일대일로 마주하는 좁은 공간이었다.

"개요는 들었나요?"

"예."

캐스트가 교단에 서서 묻자 쿠논이 자리에 앉아 대답했다.

"승급시험을 다섯 차례 통과하면 졸업이라고 들었습니다."

"맞아요. 기본적으로 이 학교에는 3년에서 5년 만에 졸업하는 학생들이 많습니다. 승급시험은 반년에 한 번, 배운 내용을 확인하기 위해서 치릅니다. 수업을 제대로 들었다면 그리 어렵지는 않습니다만, 승급시험에 떨어지면 그 후로 한 달 동안은 시험을 치를 수 없습니다. 여기까지는 이해했나요?"

"예."

쿠논이 고개를 끄덕였다.

"요컨대 시험에 통과하면 계속해서 승급시험을 치를 수가 있고, 통과하지 못하면 한 달을 기다려야 재시험을 치를 수가 있다는 얘기죠?"

"예, 그렇습니다. 원래는 시험을 통과하더라도 며칠쯤 간격을 둬야 다음 시험을 치를 수가 있는데, 쿠논 씨의 경우에는 특별조치로 매일 시험을 치를 수가 있습니다. 원래 쿠논 씨는 학교를 다닐 필요가 없으므로 아버님과 국왕 폐하께서 상의하시어 이런 형식으로 시험을 치르라는 지침을 내려주셨다고 합니다."

이런 특별조치는 드물지 않아서 학교 측도 익숙했다.

"선생님."

"예."

"제 아버님과 국왕 폐하께서는 친분이 돈독하다고 합니다. 이른바 유착관계죠. 학교 측에 압력을 가해서 죄송합니다."

"……예, 그런가요? 선생님은 방금 발언을 듣지 않은 걸로 할게요."

유착은 익숙한 것이었다. 귀족들은 가문끼리 서로 연결되어 있으니 유착관계가 있는 것이 당연했다. 그것이 상류사회였다.

뭐, 그래도 대놓고 말할 수는 없지만. 이른바 암묵적인 양해다.

"달리 질문은 없나요? 오늘 시험을 치르는 동안에 제가 줄곧 지켜볼 테니 궁금한 게 생길 때마다 뭐든지 물어봐도 상관없습니다만."

"선생님."

"예."

"아버님과 폐하께서 유착하시어—."

"아무것도 없는 것 같으니 바로 시험을 시작할까요. 그리고 이 선생님을 정치적인 위협에 휘말리게 하는 발언은 절대로 삼가주세요."

"예. 잘 부탁드립니다."

캐스트는 머리를 감싸쥐고 있었다.

쿠논은 오전 내내 무사히 시험을 마쳤다.

눈이 보이지 않는 사람이 어떻게 시험을 볼지 궁금했는데.

그가 「그래도 괜찮다」고 말한 이유는 금세 알았다. 아니, 원리는 모르겠지만.

쿠논은 정말로 눈이 보이지 않는지 의심스러울 정도로 필기시험을 척척 풀어나갔다.

그리고 데리러 온 미리카와 이쿠시오와 함께 식당으로 막 떠난 참이었다.

오늘의 시험은 끝났다.

다음 시험은 내일.

시험을 순조롭게 통과하면 앞으로 사흘 뒤에 졸업하게 된다.

시험에 통과한다면 말이지만.

"……왠지 납득이 안 가……."

채점은 다른 사람이 하므로 캐스트는 답안을 가볍게 훑어보기만 했는데…….

얼핏 봐도 전부 정답이었다.

쿠논은 시험 중에 줄곧 이상한 소리를 늘어놓았다. 난이도는 차치하더라도, 발언만 들었을 때는 불성실할 것 같은 그가 이러한 답안을 내놨다.

믿기지 않을 정도로 전부 정답이었다. 글씨도 아름다웠다. 자신의 악필이 창피할 정도였다.

납득이 가지 않을 정도로 완벽한 답안이었다.

◆

"—라일 오라버니……."

쿠논은 눈이 보이지 않는다.

그렇기에 주변 변화에 나름 민감했다.

귀족학교에서의 생활은 오늘로 3일차였다.

시험은 간단했고, 지금껏 겪어보지 못한 환경은 신선해서 나름 즐거웠다. 평범하게 학교를 다녔어도 괜찮을 뻔했다는 생각이 들만큼.

그러나 주변에 사람이 많다는 것은 다양한 사상과 사고방식을 지닌 사람들이 많다는 것을 의미한다.

—이제는 평화롭게 지낼 수 없겠네, 라고 쿠논은 생각했다.

학생 여섯 명 정도가 식당에 온 쿠논, 미리카, 이쿠시오의 앞길을 막아섰다.

왁자지껄했던 식당이 순간 정적에 휩싸였다. 화기애애했던 주변 분위기가 사라지더니 긴장감이 고조됐다.

그리고 미리카가 「오라버니」라고 말했다. 아무래도 그녀가 잘 아는 상대와 시비가 붙은 듯했다.

"미리카. 저 녀석이 네 약혼자냐?"

말을 던진 사람은 몸집이 큰 아이였다.

목소리에 위압감이 있었다. 고압적인 태도에서 오만함이 엿보였다.

—누구든 간에 미리카가 어려워 한다면 자신에게도 좋지 않은 상대라고 인식해도 문제없겠지.

"라일 전하, 무슨 용건이신지요?"

형 이쿠시오가 감싸듯 쿠논 앞에 나섰다.

쿠논은 형이 나서지 않았다면 자신이 먼저 나설 작정이었다. 그러나 하는 수 없이 형에게 맡기고서 상황을 지켜보기로 했다.

"뭐냐, 그리온가 영식. 난 발언을 허락한 적이 없다. 불경스럽기는."

"학교에서는 신분을 따지지 않을 텐데— 응……?"

"어……?"

아니, 상황을 잠자코 지켜볼 수가 없었다.

쿠논은 배가 고팠고, 학교에서 보낼 수 있는 시간은 한정되어 있었다. 학교에서 미리카, 이쿠시오와 함께 보내는 시간이 얼마나 귀중한지도 잘 알았다.

그래서 아무에게도 방해를 받고 싶지 않았다.

하물며 미리카와 이쿠시오가 긴장할 만한 상대다. 변변치 않은 작자겠지.

—쿠논은 눈에 보이지 않는 상태로 잘게 부순 「물 구슬(아오리)」을 조작하여 위협을 가한, 덩치가 큰 아이가 입은 바지의 한곳에 집중시켰다.

그 부분이 점점 젖어갔다. 바지에 물이 배어들더니 얼룩이 생겼다.

"—아? ……엇?!"

맨 먼저 알아차린 사람은 이쿠시오였다. 그다음은 미리카.

두 사람의 반응을 보고 당사자도 알아차린 듯했다.

그래서 쿠논이 천연덕스럽게 말했다.

"어라—? 이 사람 실례를 했네—."

일부로 다 들으라는 듯이.

소동에 휘말리고 싶지 않다는 듯 멀리서 지켜보던 주변 사람들이 귀를 의심하며 웅성거렸다.

"아, 아냐! 그거 아니라니까! 내, 내가 그럴 리 없다고!"

그 아이는 바지의 한 부분을 두 손으로 가리며 격렬하게 동요했다.

—아, 쿠논이 벌인 짓이구나, 하고 이해한 사람은 미리카와 이쿠시오뿐이었다.

"야, 쿠논……."

"쿠논 군……."

방해꾼이 떠났다.

이제는 소란을 떨어본들 어쩔 도리가 없다고 판단했는지 황급히 모두를 물리쳤다.

이쿠시오와 미리카가 일을 저지른 장본인을 돌아봤으나.

"형, 뭐 먹을래? 난, 햄버그!"

"야, 네가 한 거지?"

"미리카 전하는 뭘 드실래요? 저는, 햄버그!"

"……그렇군요. 쿠논 군이 벌인 짓이었네요. 이제와서 뭐라 따져봤자 소용없겠네요."

미리카가 체념한 듯 말하자 이쿠시오가 「미리카 전하께서도 그렇게 인식하시나요?」라면서 놀라워했다.

두 사람이 의외로 닮은 줄 알았더니만, 쿠논 쪽이 훨씬 **그런** 모양이었다. 아무래도 동생의 변화를 가볍게 넘겨짚은 듯했다.

예상보다 아주 아주 훨씬 밝아지고 강해진 것 같았다.

밝아지고 강해졌다고 인식해도 될는지 이제는 모르겠지만.

"그래서, 아까 그 사람은 누구였죠?"

세 사람은 평소처럼 평온한 분위기로 가득해진 식당에서 빈 테이블에 앉았다.

마음이 바뀌었는지 쿠논은 샌드위치를 주문했다. 햄버그는 빵 사이에 끼워달라고 했다.

색깔을 인식할 수 있는 쿠논은 테이블 매너도 확실히 익혔다. 지금은 스프든 샐러드든 문제없이 먹을 수 있었다.

그래도 역시나 샌드위치가 가장 먹기가 편했다. 식사 정도는 예절을 신경 쓰지 않고 편안한 마음으로 먹고 싶은 법이다.

"내 오빠예요. 한 살 많은 제6왕자, 라일 휴그리아예요."

미리카가 대답했다.

어머니가 달라서 그다지 남매라고 인식하지는 않지만, 틀림없는 같은 아버지 둔 남매였다.

—휴그리아 왕국의 국왕은 대대로 자손을 많이 낳는다.

이유가 무엇인지 확실하지는 않지만, 항간에서는 왕족 슬하에서 귀중한 마술사가 태어날 확률이 높아서 그렇다고 알려져 있다.

뭐, 그리온가에도 아주 옅지만 왕족의 피가 흐르고 있으니 신빙성이 낮은 이야기는 아니겠지.

그러나 자식들이 너무 많아서 어린 자식들은 거의 관심을 받질 못했다.

왕위계승권 3위 정도까지는 나라에서 중요하게 관리하지만, 마술사가 아닌 그 아래 자식은 평범한 귀족 자제 수준의 대우를 받았다.

학교에 있는 동안에 미리카와 라일을 호위해주는 사람도 없었다. 모두들 화려하게 생활하리라 짐작하겠지만, 의외로 왕성에서의 생활도 소박했다. 용돈도 상식적으로 받았다.

"정말로 전하의 오빠였습니까? 제 입장에서 보면 이쿠시오 형 같은?"

"예. 어머니는 다르지만, 오빠가 맞습니다."

"거짓말이죠?"

"사실입니다. 뭔가 걸리는 점이라도 있나요?"

"여동생을 소중히 여기지 않는 오빠는 없을 텐데요."

"……그러면 좋겠지만."

"……예? 정말로? 형님, 전하의 말씀이 사실이야?"

"사실이야."

동생이 일을 저지른 바람에 식욕이 없어진 이쿠시오는 가볍게 비프스튜와 샐러드, 빵을 먹었다.

진실이 밝혀진다면 큰일 날 테지만, 하다못해 졸업 때까지만 들키지 말아달라고 간절히 빌었다.

"사실이구나……. 나, 나쁜 짓을 저질렀네. 미리카 전하의 오빠라면 내 형이기도 한데."

이치를 따지면 분명 그렇긴 하다.

이쿠시오는 동생에게 타인을 생각하는 마음과 배려심이 아직 남아있음에 안도했다.

이미 괴짜라고 인식하고 있음을 부정할 수 없지만, 인간다운 올바른 감정이 남아 있다는 사실만으로도 위안이 됐다.

"그런가……. 근데 왜 형님께서는 폭력성을 감추지 않고 우리 앞을 야성적으로 가로막았던 거지?"

"마물과 맞닥뜨리기라도 했던 것처럼 표현하지 마……."

이쿠시오의 말은 무시당했다.

"내 위치가 올라갔기 때문이겠죠. 견제하려고 왔던 걸 거예요."

"전하의 위치? 견제?"

"예. 약혼자가 『영웅의 상흔』을 지닌, 마술사. 덕분에 왕족으로서 제 위치가 급상승했어요. 그것뿐이었다면 괜찮았겠지만…… 쿠논 군이 이렇게 바깥 무대에 나왔잖아요? 그렇게 되면 앞으로 사교계에서 우리의 위치가 강화될 테니까……. 라일 오라버니는 내가 본인보다 위에 서는 게 싫었던 거겠죠. 밑바닥 왕자와 왕녀의 위치가 조금 올라간다고 한들 아무런 의미도 없건만."

미리카가 그렇게 말을 끝맺었다.

"왠지 일이 복잡해졌군요."

"그러게요. 하지만 정말로 마음에 담아둘 필요는 없어요. 왕태자…… 계승권 제1위나 제2위 정도로 가까웠다면 여러 인맥들도 있었을 테지만요. 하지만 저나 라일 오라버니는 왕족으로서 대단한 가치가 없어요."

쿠논은 왕후 귀족이나 사교계에 관해 전혀 모른다. 그 세계에 발을 들일 생각이 없으니까.

가정교사도 최소한의 지식만 알려줬다.

이렇게 학교에 온 이유도 졸업하지 않으면 사교계에서 약점이 된다고 아버지가 설득했기 때문이었다.

분명 쿠논이 모르는 다양한 요소들이 얽혀있겠지.

그러나 일단.

"형님께 사과하러 가고 싶네요."

""안 돼.""

쿠논이 말하자 미리카와 이쿠시오가 즉각 부정했다.

—이제 만나게 하지 않는 편이 낫겠다.

두 사람은 상의 한 번 나누지 않고 똑같은 결론에 이르렀다.

또 만나게 했다가는 쿠논이 무슨 짓을 벌일지 알 수가 없었다. 그것이 정말로 무서웠다.

"엥? 어째서?"

이유를 모르는 건 본인뿐이었다.

◆

쿠논은 순조롭게 승급시험을 통과했다.

그리고 드디어 5일차 졸업시험을 맞이했다.

오늘만은 미리카, 이쿠시오와 함께 시험을 치를 수 있다.

세 사람이 같은 학교의 같은 교실에서 같은 시간을 보내는 건 아마 이번이 처음이자 마지막이겠지.

"아니, 셋뿐만이 아냐. 스무 명 정도가 동시에 시험을 받아."

"그렇구나. 아, 그런가? 선생님보다 학생 숫자가 많아서 한꺼번에 치르는 거구나. 내가 그랬던 것처럼 한 사람씩 시험을 치르면 효율이 떨어지니까."

"그렇지."

그리하여 이쿠시오와 함께 마차에 타는 것도 일단 오늘이 마지막이었다. 다음이 있을지 없을지는 시험 결과에 달렸다.

"그럼 이제 캐스트 선생님이 시험을 지켜봐주지도 않겠구나. 모처럼 친해졌는데."

―참고로 캐스트는 다른 교사와 매일 교대하며 쿠논의 시험을 감독할 줄 알았다.

그러나 결국 그녀는 사흘 내내 쿠논의 뒤치다꺼리를 했다. 처음부터 끝까지 성가신 일을 떠맡은 셈이었다.

신분차를 따지지 않는 귀족학교지만, 역시나 신분에 따른 차등 대우는 존재했다.

"친해졌어?"

"응. 여러 이야기들을 나눴어. 캐스트 선생님은 수석으로 상급귀족학교를 졸업한 뒤 교직에 임용됐대. 좋아하는 남성이 교사가 되고 싶다기에 뒤쫓듯 목표로 삼았다나봐. 근데 정작 그 남성은 시험에 떨어져 울면서 본가로 돌아갔고, 본인만 합격해서 올해로 2년차래."

"……그래."

생각한 것보다 더 친해졌다. 그보다 선생이 아이에게 무슨 소리를 하는 거야.

"연인을 모집하는 중이래. 형님, 찬스 아냐? 지금이라면 꼬실 수 있을지도?"

"……그러게. 마음이 내키면."

그리온가 형제는 그런 대화를 나누면서 흔들리는 마차를 타고 나아갔다.

"쿠논 군. 이쿠시오 님, 좋은 아침이에요."

오늘도 교문 앞에서 기다리던 미리카와 합류한 뒤 이번만은 함께 동일한 시험장으로 향했다.

이쿠시오가 말한 대로 시험장으로 준비된 교실에는 학생 스무 명 정도가 모여 있었다.

"미리카 님, 슬슬 약혼자를 소개해주세요."

"이쿠시오, 동생 좀 소개해라."

미리카, 이쿠시오의 지인도 함께 시험을 치르는 모양이었다. 쿠논은 낯선 일곱 명의 남녀들에게 둘러싸였다.

"저는 쿠논 그리온. 이쿠시오 그리온의 동생입니다."

쿠논이 자기소개를 했다.

그리고 말했다.

"솔직히 안도했어. 미리카 전하와 형 모두 소개해주질 않아서 혹시 둘 다 친구나 지인이 없는 게 아닌지 걱정했던지라."

"너, 그게 무슨 결례냐! 난 그나마 괜찮지만, 전하께 실례라고!"

"맞아요! 역시 무례해요! 쿠논 군이랑 시간을 보낼 거라서 한동안 내버려두라고 부탁한 거예요!"

두 사람이 분개했지만, 쿠논은 그래도 기뻤다.

"배려해주셔서 감사합니다. 하지만 걱정했던 건 사실입니다. 아무리 저라도 『친구 없어?』나 『지인 없어?』나 『학교에서 늘 혼자야?』라고 차마 물어볼 수 없으니까요. 그런 걸 어떻게 가볍게 물어볼 수 있겠어요……."

쿠논이 눈물을 참듯 눈구석을 눌렀다. 안대 위에서.

"다행이야……. 전하께 친구가 있어서 정말로 다행입니다. 형이 외톨이가 아니라서 다행이야……."

"쿠논 군……."

"친구 따윈 없어도 괜찮다고 내 인생을 빗대어 위로할 필요가 없어서, 정말로 다행이야."

쿠논이 친구가 없음을 넌지시 밝히자 미리카와 이쿠시오의 친구들은 마음이 흔들렸다.

가슴에서 무언가가 확 치밀어 올랐다.

쿠논은 태어났을 적부터 눈이 보이지 않아서 집 밖으로 거의 나가지 못했고, 학교에도 만족스레 다니지 못했던 고독한 소년처럼 들렸으니까.

현재 자신들은 당연하다는 듯 친구들에게 둘러싸여 있지만, 쿠논에게는 그런 사람들이 줄곧 존재하지 않았다.

그렇게 생각하니—.

"실은 전혀 아무렇지도 않죠?"

미리카가 진지한 얼굴로 신랄하게 지적하자 쿠논이 천연덕스럽게 수긍했다.

"사람은 의외로 혼자 지내도 괜찮거든요. 아하하."

"쿠논 군이라면 그리 말할 줄 알았어요. 우후후."

친구들이 뭐라 표현할 수 없는 표정을 지었다.

다만 미리카와 쿠논이 예상보다 사이가 좋은 것 같고, 재밌게 잘 지내는 것 같아서 그건 그것대로 다행이라고 받아들이기로 했다.

"야! 미리카!"

주변 친구들이 미묘한 표정을 짓는 와중에 두 사람만 웃고 있는, 무슨 상황인지 이해가 조금 되지 않는 이 현장에 다짜고짜 끼어든 사람이 있었다.

"아, 라일 오라버니."

지난번에 식당에서 만났던 미리카의 오빠인 라일이었다. 아마 그도 오늘 이곳에서 졸업시험을 함께 치르는 모양이었다.

쿠논의 주변뿐만 아니라 교실 전체에 긴장감이 흘렀다.

—라일은 평판이 그다지 좋지 않았다.

솔직히 말하자면 미움을 받고 있었다. 성격이 난폭하고 태도도 거만하고, 왕족이라는 강력한 뒷배도 있어서 교사의 지시도 따르지 않았다.

학교에서는 여러 의미로 성가신 문제아라고 인식하고 있었다.

자신과 비슷한 악동들을 끌어모아 패거리를 조직한 뒤 아이일지라도 용서받기 어려운, 나쁜 짓을 저지르고 다닌다는 소문도 나돌았다.

어쨌든 가까이 다가가고 싶지 않은 인물이다.

"형님!"

쿠논이 불쑥 끼어든 라일에게 달려가 그의 손을 잡았다.

"처음 뵙겠습니다, 형님! 전 미리카 전하의 약혼자인 쿠논 그리온입니다! 우와, 인사를 해서 다행이야! 지난번에는 경황이 없어서 인사를 나누질 못했으니까요!"

"뭐, 뭐야, 넌!"

라일이 손을 뿌리치려고 했지만 쿠논은 손을 놓지 않았다. 열 살도 되지 않은 연약한 아이처럼 보이는데 의외로 악력이 강했다.

"형님의 매제이지 않습니까! 오, 이 늠름한 목소리! 분명 얼굴도 늠름하시겠네요! 제 눈이 보였더라면 구멍이 뚫릴 정도로 그 늠름한 얼굴을 쳐다봤을 텐데요!"

"야, 야…… 미리카! 이 녀석은 뭐야?! 뭐냐고, 이 녀석은?!"

라일이 당혹스러워했다.

이유야 어떻든 간에 누군가가 초면에 이토록 호의적으로 대해준 적이 없었기에 어떻게 반응해야 좋을지 난감해했다.

"후, 후후, 후후후후……."

"큭큭큭……."

"—뭐야! 너희들은 왜 웃는데?!"

늘 안하무인인 악동이 찍소리도 못하고, 새빨개진 얼굴로 창피해하면서도 쿠논을 세게 거부하지 못하는 그 모습이 묘하게 귀엽게 보였다.

그야말로 열두 살이라는 나이에 딱 어울리는 모습처럼 비쳤다.

여러 의미로 쿠논은 역시나 강했다.

그 후에 별 문제없이 졸업시험을 치렀다. 쿠논, 미리카, 이쿠시오, 그리고 라일과 미리카, 이쿠시오의 친구들도 무사히 시험을 통과했다.

쿠논의 귀족학교 생활은 겨우 닷새 만에 무탈하게 끝을 맞이했다.

◆

오늘은 마술 수업을 받는 날이었다.

"쿠논 님, 졸업을 축하드립니다."

"감사합니다. 제니에 선생님."

2년 넘게 알고 지내온 가정교사 제니에가 그리온가를 방문했다.

오늘도 별채 정원에서 만나 마술 수업을 시작했다.

—불과 며칠 전에 쿠논은 귀족학교를 무사히 졸업했다. 이로써 귀족의 의무를 최소한으로 완수한 셈이었다.

쿠논은 미래의 일을 전혀 생각하고 있지 않지만, 적어도 사교계에 나가더라도 학교 문제 때문에 흠이 잡힐 일은 없으리라.

오늘도 실기 훈련을 마친 뒤에 제니에가 말했다.

"좋은 기회인 것 같아서 슬슬 진실을 밝힐까 합니다."

"진실?"

쿠논이 제니에를 봤다.

눈이 보이지 않으니 고개를 돌려본들 의미가 없지만, 돌아보지 않을 수가 없었다.

진실.

사람을 긴장시키기에 충분한 단어였다.

"마음의 준비는 됐나요? 전 지금부터 조금 충격적인 사실을 말할 건데요?"

"아니, 갑자기 그런 말을 하셔도…… 혹시 제니에 선생님이 밤하늘의 여신이라서 슬슬 신의 세계로 돌아가야만 한다는 그런 진실 말입니까……?

"개인적으로는 참 좋아하는 이야기지만 아닙니다. —이제 제가 쿠논 님한테 가르쳐줄 것이 없다는 것입니다."

"네?"

정말로 충격을 주는 사실이었다.

"지금까지 여러 번, 이 일을 그만두려고 했습니다. 이제는 어설프게라도 속일 수가 없어요. 솔직히 말하겠습니다. 오래전부터 제가 쿠논 님에게 가르쳐드릴 것이 없었습니다."

지금까지는 알량한 자존심을 지키기 위해서 이토록 적나라하게 말한 적이 없었다.

그러나 제니에는 이제 결심했다.

"예전에도 말씀드렸지만, 아버님께서는 공격성이 높은 마술은 가르치지 말라고 명하셨습니다. 그 한도 안에서 제가 가르칠 수 있는 범위는 전부 가르쳤습니다. 지금은 쿠논 님이 저보다 마력을 훨씬 더 잘 다룹니다. 지금의 숙련도라면 아마도 새로운 마술을 배우더라도 금세 저 같은 사람은 따라잡겠지요."

"그렇지 않아요! 가르쳐줄 게 없어서 선생님이 온갖 수단을 동원하여 절 속이려고 했던 마술의 잔기술들을 무척 좋아했는데요!"

"아, 제가 필사적이었음을 눈치챘군요. 그럼 얘기가 빠르겠네요."

이른바 질질 끌었다는 의미였다.

가르쳐줄 게 없으면서도 이런저런 이유를 대면서 할 일을 억지로 쥐어짜내 과제로 내줬다.

쿠논도 그 사실을 눈치챈 모양이다.

그런데 알면서도 왜 순순히 받아들였을까? 이유를 모르겠다.

"선생님의 고민의 흔적과 같은 잔기술 덕분에 제 마술의 폭이 확실히 넓어졌어요! 제게 살아갈 목표와 마술의 심연을 가르쳐준 것은 선생님의 잔기술이었어요!"

"정말로 그리 생각한다면 자꾸 잔기술이라고 하지 말아줘요. 난 그 잔기술조차도 필사적이었으니까요. 상처를 받았습니다. ……하지만 솔직히 말하자면 2년 동안에 정말로 속여 넘기기가 어려운 상황이 여러 번 있었다고 스스로도 생각해요."

"그렇지 않아요!"

"있었어요! 당사자가 그렇다고 말하잖아요! 쿠논 님은 저에 대해 뭘 안다는 건가요! ……아니, 알고 있나요! 복잡해라……!"

그렇다. 쿠논은 알았다.

제니에가 수업을 질질 끌어서 급료를 챙기려는 작전을 꿰뚫어봤다.

"급료입니까?! 급료가 부족한 게 이유인가요?!"

"아니에요! 오히려 반대입니다! 비싼 수업료를 받으면서도 하는 일이 없는 게 양심에 너무 찔려요!"

"제가 아버님께 급료를 인상해달라고 부탁드릴게요! 그러니 그만두겠다는 소리는 하지 말아줘요!"

"그러니까, 급료가 너무 높은 게 문제라고요!"

쿠논은 우수했다.

그리고 제니에는 마술사 세계에서는 평범한 축에 속했다.

아는 것들을 순식간에 다 흡수했으며, 가르칠 수 있는 범위도 한정된지라 이미 제자가 제니에를 앞선 상황이었다.

분명 이제 쿠논이 제니에에게 가르칠 수 있는 게 더 많겠지.

제니에는 평범한 마술사다. 그러나 마술사로서 자존심이 없는 것은 아니었다. 알량한 수준이지만 있긴 있었다.

그 자존심이 더는 교사로서 쿠논을 가르치는 것은 무리라고 말했다.

……그보다도 그만둬야겠다는 말을 여러 번 꺼냈지만, 그때마다 쿠논이 설득하여 어영부영 넘어가고 말았다.

좀처럼 찾기 어려운 조건 좋은 일자리였다. 발버둥을 칠지라도 교사로서의 책무를 방기하고 싶지 않았고, 쿠논의 성장도 지켜보고 싶었고, 급료도 좋았고. 편하기도 했고. 휴일도 많았고. 그리온가에서 내주는 간식도 맛있었고. 귀족의 손님으로서 상류계급의 기분도 조금이나마 맛볼 수 있었다.

여러 의미에서 떠나고 싶지 않은 직장이었다.

그러나 역시 이제는 한계였다.

"쿠논 님!"

제니에가 쿠논의 두 어깨를 잡았다.

"당신은 저 같은 사람보다 훨씬 우수한 마술사를 스승으로 들이셔야 합니다! 제 능력으로는 당신의 실력을 더는 키워줄 수가 없습니다! 높은 경지로 이끌어줄 수 없습니다! ……아니, 한계 이상으로 키워냈다고 봐요! 자화자찬 같아서 미안하지만 제 딴에는 잘한 편이에요!"

제니에가 고민을 거듭해온 가장 큰 이유가 이것이었다.

자신의 실력으로는 쿠논의 재능을 키울 수가 없다.

쿠논은 재능이 우수했기에 제니에가 가르쳐준 것 이상으로 성장해줬다. 그러나 슬슬 한계가 보이기 시작했다.

그 너머의 세계는 쿠논을 위해서라도 자신보다 더 유능한 마술사에게 맡기고 싶었다.

이제는 제니에의 존재가 쿠논의 성장을 방해하는 상황이었다. 알량한 마술사의 자존심이 이런 상황을 받아들일 수가 없었다.

쿠논을 놓아줘야만 하는 때가 온 것이다.

보다 높고, 보다 넓은 세계로 날아갈 수 있도록.

실은 훨신 일찍 그 시기가 오긴 했다.

하지만 쿠논이 붙잡았으니까.

최근 반년 동안은 정말로 질질 끌면서 빈둥빈둥 시간만 보냈다.

"솔직히 말하자면 1년 이상 전부터 가르칠 게 없었습니다. 온갖 꾀를 짜내서 수업을 하긴 했지만, 역시나 이제는 한계예요. 쿠논 님도 그리 생각하죠?"

"속여요!"

"예?"

"더 날 속여요! 더 화려하게 날 속여요! 난 제니에 선생님이 좋다고 말하는 거라고요! 여태껏 그래왔던 것처럼 얼렁뚱땅 계속 속이란 말이에요!"

"……."

제니에는 무심코 쿠논에게서 멀어졌다—. 왠지 연하의 남자가 박력있게 다가오는 것 같은 묘한 기분이 들었기 때문이기도 했다.

"……그래서 이제 한계라는 거예요."

쿠논의 주변에는 물로 만든 온갖 동물들이 있었다.

숫자는 50개 이상. 올려다봐야할 정도로 큰 것이 있는가 하면, 손톱만한 작은 생물도 있었다.

생물들을 모방하여 만든 물 덩어리였다.

햇볕을 반사하여 투명하게 반짝이는 그 모습들은 모두 예술품처럼 아름다웠다.

—쿠논이 갈고닦아온 「물 구슬(아 오리)」이다.

이제 이것은 초급 물 마술이 아니었다.

완성도가 매우 정교해서 제니에의 실력으로는 한 개조차 만들어낼 수 없을 정도였다.

천재 마술사가 세월을 들여 독자적인 마술을 고안해냈다며 국왕폐하에게 선보일 만한— 그러한 마술을 완성해냈다.

제니에가 「형태를 바꾸라」느니 「감촉을 바꾸라」느니 잔기술로 속여온 결과가 바로 이것이었다.

처음에는 「마술에서 실패는 늘 그림자처럼 따라다니는 것! 힘내라!」고 응원했지만, 이내 「그렇게까지 열심히 하지 않아도 되지 않을까?」라고 말을 바꿨다.

쿠논은 전자가 마음에 들었는지 실패할 때마다 그 말을 되뇌며 스스로를 격려했다. 제니에는 후자를 골라주길 바랐지만.

"……정말로, 이제 한계예요."

정말로 자신은 이런 마술을 가르친 적이 없었다.

만약에 누군가가 「저것을 알려달라」고 부탁하더라도 제니에는 가르칠 수가 없었다.

쿠논은 이미 제니에의 손에서 멀리 떠나버렸다.

"싫어! 선생님의 잔기술을 좋아해!"

"정말로 좋아한다면 잔기술이라고 하지 마! 두 번 다시 하지 마!"

—마지막으로 그런 말을 남기고서 스승 제니에는 그리온가를 떠났다.

"……제자한테 질 수는 없지."

제니에는 그리온가의 문을 지나 밖으로 나와 씩씩하게 걸어 나갔다.

—과거에 제니에는 마술학교에서 진짜 천재들을 본 뒤로 마술을 향한 열의가 꺾였다.

자신에게는 그만한 재능이 없었다.

마술사로서 각성한 것만으로도 장한 일이니 마술사로서 극한에 도전하는 것은 천재들에게 맡기면 된다며 체념했다.

그러나 첫 제자인 쿠논의 성장을 지켜보면서 꺾였던 열의가 다시 불타올랐다.

본인이 봐도 어린애 눈속임 수준의 민망한 잔기술일지라도 쿠논은 그것을 활용하여 다양성을 점점 늘리며 성장해왔다. 그는 틀림없는 천재이리라.

동시에 그가 필사적으로 노력해온 모습도 지켜봤다.

마술에서 실패는 늘 그림자처럼 따라다니는 것.

그렇게 스스로에게 되뇌면서 몇 번이고 도전하여 벽을 하나씩 넘어왔다.

제니에가 마술학교에서 봤던 천재들도 분명 그러한 노력을 거듭했겠지.

가르침을 받자마자 원리를 터득한 것이 아니라 시행착오를 수없이 반복했겠지.

새삼스럽지만 그 사실을 깨달았을 때 제니에는 스스로에게 물었다.

그 시절에 자신은 진정 필사적으로 노력했는가, 하고.

—아직 포기하기에는 이르다.

잔기술이 특기라고?

아무렴 어때?

잔기술일지라도 철저히 연구하다보면 터무니없는 성과를 이룰 수 있음을 쿠논이 가르쳐줬다.

"마술에서 실패는 늘 그림자처럼 따라다니는 것, 이라. ……아직 늦지 않았으려나."

—훗날 역사에 이름을 남기는 마술사 제니에 코스는 이때부터 평생을 바쳐서 마술의 심연에 도전하리라 결의했다고 한다.

제4화 다음은 어쩌지

“가버렸네요.”

“그러게.”

그만둘 것 같다는 낌새를 풍겼던 가정교사 제니에가 정말로 쿠논의 마술교사를 그만뒀다.

쿠논은 슬프긴 했지만, 징조가 여러 번 있었기에 각오는 하고 있었다.

언젠가 이런 날이 올지도 모른다고.

“어쩔 수 없는 일인지도 모르겠네요.”

역시나 그리온가와 관련한 인사 문제는 중요하므로 평소에는 격식없이 구는 시녀조차도 입을 꾹 다물었다.

자존심을 버리면서까지 진실을 말하는 제니에와 그녀를 만류하려는 쿠논의 모습을 조용히 지켜보기만 했다.

그리하여 제니에는 떠났고, 별채 정원에는 쿠논과 시녀, 그리고 그가 마술로 만들어낸 수많은 동물들만이 우두커니 있었다.

“제니에 님은 마술사로서 막 각성한 쿠논 님에게 알맞은 마술사였기에 고용했다고 들었어요. 마술학교 성적도 중간 수준이었다고 했죠.”

“그런 것 같았어.”

즉, 마술사로서 실력이 지극히 평범했다는 뜻이었다.

초보자는 가르칠 수 있지만, 그 이상의 사람은 가르치기가 벅차겠지.

쿠논의 마술 실력이 성장하면서 버거워하는 것 같은 낌새를 자주 내비쳤다.

"그래도 난 제니에 선생님이 좋았는데."

"그거, 진심이셨어요? 제니에 님의 잔기술을 좋아한다고 하셨는데요."

"진심이야. 틀림없는 내 진심."

쿠논은 보이지 않는 눈으로 주변에 있는 물로 된 동물들을 둘러봤다.

"애초에 말이야. 억지로라도 과제를 쥐어짜내는 잔기술을 1년 넘게 지속했다면 그건 이미 실력이라고 봐. 평범하게 가르칠 수 있는 내용은 책으로도 얼마든지 익힐 수 있고, 다른 교사도 가능하니까. 하지만 그 무모한 수업 방식은 제니에 선생님밖에 할 수가 없잖아. 내게는 그 방식이 맞았어. 진심이야. 그 발상력은 재능이라고 생각해."

이러니저러니 해도 제니에의 잔기술을 답습하면서 1년 넘게 마술을 연습했다. 분명 굳이 익힐 필요가 없는 기술까지 연습했을 것이다.

덕분에 이상할 정도로 마술이 능숙해졌다.

평범한 가르침이었다면 쿠논의 바람은 분명 이뤄지지 않았으리라.

그렇기에 보통은 하지 않았을 별난 수련을 거듭해온 이 2년은 아주 귀중한 시간이었다.

시간을 낭비했다는 생각은 조금도 들지 않았다.

다만—.

"근데 잔기술이라는 단어는 칭찬이 아닌가봐. 붙잡고 싶다는 마음만 앞서서 계속 말해버렸어. 난 그게 제니에 선생님의 가장 굉장한 부분이라고 생각했는데."

"뭐, 듣기에는 별로 좋지 않을지도 모르겠네요. 앞으로는 자제해 주세요."

마지막에 내뱉은 말을 듣고서는 화까지 내고 말았다.

속을 긁을 작정은 아니었는데.

"어쨌든 앞으로 허전하겠네. 아쉬운 사람을 잃었어."

"그 말투는 마치 세상을 떠난 것처럼 들리네요."

서로 속내를 터놓은 사람이 사라졌다는 사실이 그저 아쉬웠다.

"그러고 보니 이코, 플라라 선생님도 그만두는 거지?"

"그만둔다기보다 벌써 그만두셨어요."

"응? 인사도 안 했는데?"

"머지않아 주인님께서 말씀하실 테지만, 제가 먼저 알려드릴게요. 플라라님께서는 쿠논 님 앞에서 작별을 고하면 눈물이 나올 것 같다면서 주인님께 그만두겠다는 뜻을 전하셨대요."

플라라 가든 남작부인은 귀족학교에서 배워야할 것들을 가르쳐준 가정교사였다.

그러나 쿠논이 귀족학교 승급시험을 통과하여 졸업했기에 이제는 강의를 받을 필요가 없어졌다.

재능이 있는 그녀는 상급귀족학교 수업도 가능하지만, 그리온가를 물려받지 않는 쿠논은 그 수업을 받을 필요가 없었다.

"그랬구나. 지금까지의 고마움을 담아 편지라도 보낼까?"

"분명 기뻐하실 거예요. 아, 편지를 보내는 김에 가든 남작가에 18세부터 25세 사이에 높은 급료를 받는 키 크고 훤칠한 남성 사용인이 있는지 물어봐주실래요?"

"이코의 결혼상대?"

"예."

"날 버리고 남작가 사용인한테 시집을 가려고?"

"쿠논 님과 헤어지는 건 괴롭지만, 결혼은 하고 싶습니다. 게다가 쿠논 님은 이제 혼자서도 척척 해내실 수 있잖아요."

"척척은 무슨. 제니에 선생님에다가 플라라 선생님까지 그만둔 마당에 이코까지 없어지면 난 못 견뎌. 그거 알아? 토끼는 외로우면 죽는다는 소문이 있대."

"소문이라면 괜찮겠네요."

"그러게. 내가 토끼였다면 그 소문처럼 죽지는 않을 텐데 말이야. 하지만 난 외로우면 죽을 거야."

"아하하— 재미난 농담이네요! 슬슬 차를 내올게요."

"응."

"편지에 써주세요. 제 미래의 남편감에 관한 내용 말이에요."

"그건 싫어."

◆

제니에와의 작별이 꼭 그렇다는 뜻은 아니지만, 확실히 변화의 계기를 맞이했다는 느낌이었다.

귀족학교를 졸업했다는 증서를 손에 넣은 뒤로 인생의 한 단락을 매듭지었다는 기분이 들었다.

가정교사가 떠났으니 쿠논의 일상도 조금은 바뀌게 되겠지.

강의와 마술 수업은 대부분 오전 중에 진행됐기에 앞으로는 그 시간이 텅텅 비게 된다.

쿠논은 그 시간을 전부 할애하여 조사나 독서에 몰두하고 싶었지만…… 얼마 전에 들었던 제니에의 말이 마음에 걸렸다.

—더 우수한 마술사를 스승으로 삼아라.

시간은 유한하다.

독서나 조사는 혼자 있을 때 얼마든지 할 수 있다. 그러나 스승을 모셔서 훈련을 청하는 것은 언제든지 할 수 있는 게 아니다.

쿠논에게 있어 최고의 마술사는 제니에였다.

그러나 다른 마술사에게 흥미가 없다는 뜻은 결코 아니었다.

미지의 자극. 지금껏 접해보지 못했던 방면의 지식. 아홉 살 쿠논에게는 압도적으로 부족한 경험.

두 가정교사와 친해지면서 수업 내용과는 무관한 여러 가지를 배울 수 있었다. 그러나 그것들 역시 쓸모없지는 않았다고 쿠논은 생각했다.

분명 혼자서 묵묵히 노력하는 것만으로는 목표에 다가갈 수 없을 것이다. 지식과 경험, 마술 실력 모두가 부족하니까.

—새로운 마술 스승은 쿠논이 목표에 다가가기 위해서 꼭 필요한 존재일지도 모른다.

"새로운 마술 선생님이 필요할까? 이코는 어떻게 생각해?"

쿠논은 책을 읽던 손을 멈추고서 같은 방에서 대기하던 시녀에게 물었다.

"왕궁 마술사 제온리 핀롤 님께서 아주아주 아름다운 남성이라고 소문이 자자해요! 제온리 님을 스승으로 모실 수 있도록 주인님께 당장 말씀을 드리죠! 지금 당장! 당장요!"

그녀가 꽤 뜨겁게 말을 쏟아냈다.

"제온리 님이라. 근데 난 여성 선생님이 좋은데."

"이것 저것 따질 처진가요! 왕궁마술사라고요!"

"여성 왕궁마술사도 있지 않을까?"

"미리카 왕녀 전하께 이를 거예요. 쿠논 님께서 굉장히 음흉한 속셈을 품고서 여성 마술사를 스승으로 택했다고요."

"그건 곤란해. 하지만 아주머니 마술사도 있을 텐데?"

"나이가 들었어도 여자는 여자! 아무리 늙어도 여자예요! 전 쿠논 님을 나이에 따라 여성을 차별 대우하는 쓰레기로 키운 기억이 없어요! 그건 신사가 아닙니다!"

"그, 그래……. 내가 잘못 생각했어. 맞아, 아주머니도 여성이니까 남녀 사이에서 무슨 일이 벌어질지 알 수 없겠지."

아홉 살짜리 남자와 시녀 사이에서 무슨 일이 있었는지는 수수께끼지만, 쿠논은 깊이 납득했다.

"일단 아버님께 다른 마술사를 스승으로 삼고 싶다는 뜻을 전하고서 상담해볼게."

작별이 있으면 새로운 만남도 있는 법이다.

쿠논이 학교를 졸업하면서 두 가정교사들이 그리온가를 떠났다.

그러나 그것은 새로운 만남의 기회이기도 했다.

"새로운 마술 교사라."

그날 밤, 쿠논은 아버지에게 새로운 마술 교사에 관해 상담해봤다.

가끔은 시간을 함께 보내는 게 좋을 것 같아서 본관에서 가족들과 저녁을 함께 하기로 했다. 오늘도 왕성 근무를 마치고서 귀가하여 식탁에 앉은 아버지 아손에게 그 이야기를 꺼냈다.

딱히 숨길만한 내용이 아니므로 식사 자리에서 말해도 문제는 없었다.

"제니에 선생이 그만뒀나. 근시일 내에 그만둘 거라는 얘기는 들었는데."

"예, 오늘 그만뒀습니다. 마음 같아서는 더 함께 하고 싶었습니다만."

그녀는 쿠논의 만류로 반년 가까이 질질 끌다가 결국에는 밝히고 싶지 않았던 속내까지 고백하고서 떠나갔다.

역시나 더는 붙잡을 수가 없었고, 돌아오라고 요청해본들 거절당하겠지.

"그런가. 그쪽도 사정이 있을 테니 어쩔 수 없지."

아버지는 제니에가 그만둔 이유도 당사자로부터 확실히 들었다.

이제 자신의 수준으로는 쿠논의 재능을 피워낼 수가 없다고.

그리고 시녀의 보고도 이미 들었다. 꽤 오랫동안 임기응변식으로 수업을 진행해왔던 선생이 차라리 해고를 당하는 편이 낫겠다고 생각하고 있다고.

그 사실을 알기에 다른 마술 교사가 필요하다는 쿠논의 요청도 올 것이 왔다는 느낌으로 순순히 받아들일 수 있었다.

"그래서 다음은 왕궁마술사인 제온리 핀롤 님이 좋지 않을까 하는데요."

"잠깐, 쿠논."

그러나 그 주문은 순순히 받아들일 수가 없었다.

"어머. 제온리 님이라면 미모의 마술사로 소문이 자자한 분이죠?"

어머니 티나리자가 흥미를 보였다.

"저도 이름은 아는데요."

형 이쿠시오도 그렇게 말했다.

"기다려라. 왕궁마술사를 초빙하는 건 무리다."

후작이자 문관으로서 왕성을 드나드는 아버지가 난색을 표했다.

"네? 무리라고요? 국왕 폐하의 총애를 받아 유착관계를 맺은 아버님의 힘으로도요?"

"무리다—. 그리고 이코한테 내 방에 오라고 전하거라."

아손은 아들에게 쓸데없는 소리를 불어넣은, 이 자리에 없는 시녀에게 훈계하기로 결심했지만, 그 이야기는 각설하고.

"내 말을 잘 듣거라. 왕궁마술사란 왕성에서 근무하는 자의 직책명이기도 하다. 군부 등 한정된 부서에서 폐하 및 직속상관을 제외하고는 그 누구도 명령을 내릴 수가 없다. ……뭐, 쉽게 말하자면 그다지 자유롭지 않는 사람들이란 말이다. 왕성에서 좀처럼 나올 수가 없을 뿐더러 관계자가 아닌 사람과의 접촉도 엄격히 제한된다. 그러니 우리 저택에 초빙하기는커녕 만나게 해주는 것조차 어려워. 나조차도 마음대로 만날 수 없을 정도다. 그들은 연구원으로서 권력이나 신분이 가할 수 있는 영향력 바깥에 있다."

왕궁마술사.

나라에서 가장 우수한 마술사들을 가리킨다.

그들은 그 희소한 힘으로 나라를 위해서 일하고 있다. 그리고 비밀 유지 의무가 강제된 안건도 많아서 바깥세상과의 접촉도 허용되지 않는다. 그래서 소문만 무성한 경우가 많다.

수려한 외모로 화제에 오른 제온리처럼.

"그렇습니까? 그럼 이렇게 하는 건 어떨까요?"

"응?"

"제가 아버님을 따라 왕성에 놀러 갔다가 우연찮게 길을 잃어버렸는데 마침 지나가던 왕궁 마술사한테 우연찮게 도움을 받은 인연으로 제자로 들어간다는 작전은?"

쿠논이 의기양양한 얼굴로 말했다.

어떻게 구멍이 숭숭 뚫린 작전을 자랑스럽게 말할 수 있지?

"죄다 모호하군."

"모호? 성공률이 9할쯤 되는 치밀한 작전인데요?"

이토록 상반된 인식이 또 있을까?

성공률이 1할도 되지 않고 치밀함이라고는 조금도 없는 한없이 엉터리 작전이건만.

"치밀한 작전에 『우연찮게』라는 말은 쓰지 않는다. 그것도 두 번씩이나."

"그런가……. 완벽하다고 생각했는데……. 어머님, 그쵸?"

"그렇구나. 쿠논은 완벽해."

어머니는 쿠논에게 무르다.

남몰래 용돈을 융통해줄 만큼 무르다.

"여보, 어떻게든 안 되겠어요? 쿠논이 이렇게까지 부탁하는데요?"

"……알겠다. 말이라도 꺼내보마. 하지만 너무 기대는 하지 말거라."

그리고 남편은 아내에게 무르다.

저녁식사를 마친 뒤 쿠논은 형 이쿠시오의 방으로 불려갔다.

"아야야얏…… 아아…… 역시 이거지."

얼마 전에 귀족학교에서 함께 보낸 덕분에 오랫동안 쌓였던 응어리가 풀렸다. 지금은 공백의 시간을 메우듯 형제끼리 보내는 시간이 늘어났다.

지금 형은 알몸으로 침대에 엎드려 있었다.

그리고 쿠논은 형의 팔, 다리, 등…… 체온보다 뜨거운 열을 발하는 부위, 요컨대 타박상이나 근육통이 생긴 자리에 「끈적끈적한 차가운 물」을 부분적으로 부착했다.

타박상에 잘 듣는 약을 바른 뒤 「물」로 가둬뒀다. 염증을 다스리기 위한 일종의 물파스인 셈이었다.

"오늘 오우로 사범님이 왔어?"

"아니, 요즘에는 사범님의 도장에 다니고 있어. 다른 문하생들과 수련을 함께 해."

참고로 검술 사범 오우로 타우로는 무료로 틈틈이 쿠논도 가르치곤 했다.

어디까지나 이쿠시오의 검술을 지도하는 김에.

오우로 본인은 기본적으로 무술이나 자세밖에 가르치질 않으니 보수를 받을 만한 자격이 없다고 했다.

말은 그렇게 하면서도 쿠논의 검술을 꽤 열심히 봐줬다. 그러나 쿠논 본인은 몰랐다. 다른 사례를 모르기에 비교할 수가 없었다.

"재밌을 것 같네."

"재밌지. 하지만 상급귀족학교에 들어가면 검술만 연습할 수가 없으니까."

지난번에 귀족학교를 졸업한 이쿠시오는 내년 봄부터 상급귀족학교에 다니게 된다.

그 사이에는 시간을 자유롭게 보내도 좋다고 허락을 받아서 요즘에는 상급귀족학교 입학 준비를 거의 하지 않고 검술 훈련에 푹 빠졌다.

"넌 역시 마술학교에 갈 거냐?"

"아직 정하진 않았어. 마술학교는 타국에 있고, 머니까. 게다가 열두 살이 되어야만 입학할 수 있고."

쿠논은 아홉 살밖에 되지 않았다. 마술학교에 가봤자 아직 입학연령이 되지 않았다고 돌려보내겠지.

—그래도 그 전에 눈을 어떻게든 했으면 좋겠다고 바라고 있다.

열두 살까지는 시각을 획득한다.

만약에 획득할 수 없을 것 같다면 계획을 바꿔야 할지도 모르겠다.

지금은 시각을 얻는 것을 중심으로 노력하고 있다. 그러나 만약에 마술학교에 입학하기 전까지 얻지 못한다면…….

그때는 마술사로서 대성하는 것을 목표로 하고, 시각을 획득하는 목표는 후순위로 미뤄야할지도 모르겠다.

쿠논은 미래에 그리온가를 떠나게 된다.

시집을 오는 미리카와 결혼하여 작게나마 영지와 작위를 받게 되어 있었다. 그러나 그곳에서 어떻게 살아갈지는 명확하지 않았다.

만약의 때를 대비하여 어떻게든 돈을 벌 방법을 확립해둘 필요가 있었다.

장차 아내가 될 미리카에게 궁핍한 생활만은 겪게 하고 싶지 않으니까.

야망, 현실, 미래.

「눈을 만든다」는 목표까지 포함하여 쿠논은 지금껏 자신만을 생각해왔다. 그러나 요즘에는 조금씩 주변이나 미래에 관해서도 생각하게 됐다.

아직 아홉 살이다.

그래도 조금씩 어른이 되어가고 있다.

"마술학교 입학시험이 어렵다던데? 나 같은 게 시험을 쳐봤자 떨어지지 않을까?"

"아니, 넌 괜찮아. 정말 괜찮아. 내가 보증할게."

"그래? 마술을 아직 두 개밖에 쓸 줄 모르는데?"

"괜찮아. 지금 당장 시험을 봐도 넌 무조건 합격해. 내가 보증할게."

"아하하. 형은 동생을 너무 감싼다니까."

"그렇지 않아. 넌 괜찮을 거라고 생각했을 뿐이야. 정말로 보증한다니까."

마술사도 아닌 형이 보증해봤자 얼마나 신빙성이 있을지 의심스럽긴 하지만. 그래도 그는 자신만만하게 「당연한 것을 묻지 마」 하고 말하는 것 같은 표정이었다.

—마술사는 아니지만, 이쿠시오는 살짝 마술에 관해…… 동생이

지닌 물의 문장으로 뭘 할 수 있는지 조사해본 적이 있었다.

쿠논이 구사하는 마술들은 전부 기존의 것과 너무 다르다는 사실을 알게 됐다.

그래서 자신감을 갖고 괜찮다고 말할 수 있었다.

어쨌든 현직 물 마술사조차도 하지 못하는 물 마술을 의료에 응용하고 있으니까.

—얼마 전에 조금 깊이 베였던 이쿠시오의 팔에는 이제 흉터조차 보이지 않았다.

쿠논이 「열상용 점착수」로 상처 부위를 봉합하여 치료해준 덕분이었다.

정말로 순식간에 나았다.

동생의 응용력을 잘 아는데, 어떻게 마술학교 시험에 떨어지리라 생각할 수 있을까.

저녁 식사 때는 굳이 말하지 않았지만, 쿠논이야말로 장래에 왕궁 마술사가 되리라고 진심으로 생각했다.

더욱이 마술사 중에는 괴짜도 많다고 들었다. 그런 점에서도 쿠논은 문제가 없을 듯했다.

그들 사이에 끼더라도 분명 잘 해나갈 수 있으리라 싶었다.

◆

—휴그리아 왕국.

먼 옛날, 17왕 대전 때보다도 더 오래 전부터 존속해온 오래된 국가다. 토질이 좋아 농업이 발달했고, 굳이 말하자면 기풍이 보수적이다. 주변국과도 관계가 양호해서 오랫동안 전쟁의 불씨가 존재하지 않았다.

오래된 국가이기에 역사서에 적힐 만한 굵직한 사건들을 여럿 겪었지만, 근래에는 기재할 만한 큰 사건이 벌어지지 않았다.

그런 휴그리아 왕국의 왕성에서.

왕녀의 개인실치고는 간소한 방에서 편지를 읽던 미리카가 의자를 박차고 일어나 외쳤다.

"큰일났어! 큰일났어요, 로라!"

미리카의 전속 시녀인 로라는 큰일이 무엇인지 알고 있었다.

약혼자가 보낸 편지를 건네자 그녀가 낚아채듯 받고는 곧장 개봉하여 내용을 꼼꼼히 읽었다.

편지를 읽는 동안에 미리카의 낯빛이 노골적으로 바뀐 것을 봤다.

놀라움과 기쁨.

그리고 역시나 놀라움.

"쿠논 군이 성에 온대!"

—그렇군요. 큰일이군요. 로라는 납득했다.

제9왕녀 미리카에게 후작가 차남인 쿠논 그리온이라는 약혼자가 생긴 지 어언 2년이 지났다.

2주에 한 번은 꼭 만나야하는 의무가 부여됐기에 언제나 미리카가 만나러 갔었다. 상대방의 사정을 고려한 조치였다.

하지만 그 약혼자가 이번에는 왕성에 오는 모양이다.

—약혼자가 정해진 초창기에는 미리카의 표정이 어두웠다. 그러

나 지금은 그 약혼자와 만나는 날을 고대하게 됐다.

왜 2주에 한 번밖에 만나지 않는 걸까. 이틀이나 사흘마다 만나자는 뜻은 아니지만, 적어도 한 주에 한 번 정도는 괜찮지 않나? 언젠가부터 입버릇처럼 그 말을 입에 담게 됐다.

쿠논 그리온은 「영웅의 상흔」의 영향으로 시각을 갖지 않은 채 태어나고 자란 소년이다.

그런 그가 말과 행동을 보일 때마다 미리카는 일희일비했다.

시녀 로라는 주인을 매료시키고 농락하는 소년이 누구인지 평범하게 흥미를 품고 있었다.

만약 로라가 맹인으로 태어났다면 분명 비관하며 살았겠지.

그러나 미리카의 말에 따르면 쿠논 그리온은 상당히 밝은 소년인 듯했다. 그것이 사실인지 의심스러운 일화도 여러 개나 들었다. 그 부분도 흥미를 끌었다.

"쿠논 님께서 미리카 님을 뵈러 오시는 건가요?"

"어?! 아, 저기…… 어어, 그래……."

편지를 확인하던 미리카의 웃음에 점점 그늘이 드리워졌다. 아무래도 미리카를 만나러 오는 건 아닌 듯했다.

"왕궁마술사를 만나러 온대. 간단한 테스트를 봐서 통과한다면 마술 교사를 소개받을 수 있다나봐."

"어머. 대단하네요."

쿠논 그리온은 마술사로서 각성했다고 하지만, 아직은 실적이 없는 견습이나 마찬가지였다.

그런 견습 마술사가 정점에 위치하는 숙련된 왕궁마술사를 만나

다니, 상위 귀족의 연줄을 동원하더라도 어려운 일이었다.

그러나 이유를 알 것도 같았다.

이 역시 미리카가 아무것도 묻지 않았는데도 굳이 들려준 이야기인데, 쿠논이 구사하는 마술은 온통 귀를 의심케 하는 것들뿐이었다.

물로 동물을 만든다니, 영문을 모르겠다. 미리카의 말에 따르면 감촉까지도 완벽하게 재현할 수 있다던데……. 물로 어떻게 모피의 감촉을 표현할 수 있다는 거지?

—어쩌면 왕궁마술사도 그 황당한 이야기가 궁금하고 흥미로워서 불렀는지도 모르겠다.

"……나랑, 만나 주겠지?"

왕성에 온다고는 하지만, 미리카를 만나러 오는 것은 아니었다.

과연 만날 수 있을는지—. 미리카가 조금 걱정하는 눈치인데.

"답장을 하시는 게 어떨까요? 테스트를 마친 뒤에 차라도 한잔 하자고 덧붙이면 되지 않을까요?"

"하지만 만약에 만나지 않겠다고 하면……."

"미리카 님의 얘기를 들어봤을 때 쿠논 님께서 거절하실 것 같진 않은데요."

로라가 인식하는 쿠논 그리온이라면「제가 먼저 권하려고 했는데 아쉽게 됐네요, 나의 공주님. 그러니 일단 거절하고서 제가 먼저 권해도 될까요?」라고 말할 것 같았다.

—사랑에 빠진 소녀는 정말로 작은 일에도 일희일비하는구나.

먼 옛날의 자신과 겹쳐지는 그 모습을 보니 조금 멋쩍기도 하고, 흐뭇하기도 했다.

나도 나이를 먹었구나, 하고 로라는 생각했다.
그러나 지금은 그런 생각을 할 때가 아니었다.
"미리카 님. 확인하고 싶은 게 있는데요."
미리카가 답장을 보내기로 정했는지 서랍에서 편지지를 꺼냈다.
펜을 쥔 채로 무슨 내용을 쓸지 고민하다가 고개를 들었다.
"뭐야? 혹시 쿠논 군이 거절한다면 펑펑 울테지만, 성가시다는 표정은 짓지 마."
지을지도 모르겠다. 미리카가 한 번 울면 오래 가고, 귀찮아지니까.
……아니, 그 이야기는 지금 할 필요가 없겠지.
"제3왕녀 전하와 제4왕자 전하, 그밖에 다른 왕족 분들에 대한 견제나 대책이 필요하다고 봅니다."
"—그러네."
사랑에 빠진 자그마한 소녀가 자그마한 위정자의 표정을 지었다.
설령 왕위계승권에서 먼 제9왕녀일지라도 반론을 용납하지 않겠다는 위압감을 뿜어내는 저 근엄한 얼굴은 왕족임을 여실히 보여줬다.
"쿠논 군이 온다는 게 아직 알려지지 않았을까?"
"알려졌을 겁니다. 왕궁마술사와 접촉하는 단계에서 분명 정보가 새어나가지 않았을까 싶은데요.
즉, 상대가 먼저 알아차렸으니 무엇을 하든 뒤처졌다는 뜻이다.
현재 미리카의 처지에서는 왕궁 내의 정보전을 절대로 이길 수가 없었다. 오빠나 언니, 혹은 왕비들이 눈에 불을 켜고 있기 때문이었다. 서열이 낮은 제9왕녀의 입김은 조금도 먹히지 않았다.
그렇다고 해서 정보전을 포기하는 건 자살행위였다. 뭐든지 최대한 대처하는 것이 바로 휴그리아 왕족의 본분이었다.

"……그럼, 방문 일정도 새어나갔을까?"

"글쎄요……. 그건 잘 모르겠네요. 정보가 새어나갔더라도 이상하지는 않겠지만, 아직 쿠논 님께서는 실적이 없는지라 실력이 알려져 있질 않습니다. 그렇게까지 중요하게 관찰할 것 같지도 않습니다만."

"음……."

미리카가 근엄한 표정을 유지한 채 펜을 놀려 편지지에 글을 적어나갔다.

"레샤 언니를 만나러 갈 거야. 준비를 해줘. 그리고 이 편지도 보내주고."

"알겠습니다."

—그로부터 하루가 지나고 답장이 왔다.

"야호, 로라! 쿠논 군이 테스트를 마치고서 만나러 와준대!"

미리카가 편지 한 통을 받고서 방방 뛰며 기뻐했다.

"좋으시겠네요. 정확하게 뭐라고 적혀 있던가요?"

"으음—『괜찮으시다면 차 말고 더 오랫동안 시간을 함께 보낼 수 있도록 바깥의 레스토랑에서 저녁을 함께 하시지 않겠습니까? 제게 밤하늘 아래에서도 반짝이는 당신의 얼굴을 보여주세요. 뭐, 보이진 않겠지만요』래!"

"오호."

로라는 쿠논 소년, 제법이네, 라고 생각했다. 미리카의 기대를 웃도는 초대를 할 줄이야.

"쿠논 군이 먼저 저녁 식사를 하자고 권한 건 처음이야! 저기, 가도 되지?!"

"저와 함께 동행하시고 호위도 데려가시면요."

아직 어리지만 두 약혼자는 왕족과 귀족이다. 단둘이 있게 할 수는 없다. 귀가시간만 늦지 않으면 별 문제는 없겠지.

"오일 마사지를 준비해줘! 예쁘게 가꿔야겠어!"

"그런 건 아직 필요 없는데요."

열한 살짜리 어린애는 굳이 그런 걸 하지 않아도 괜찮다.

피부는 매끈매끈하고 물조차 튕길 만큼 탱탱하다. 머리카락도 젊음이 흘러넘쳐서 마치 천사의 고리처럼 반짝이고, 사랑에 빠진 투명한 눈동자는 눈이 부실 지경이다.

내가 진짜로 나이를 먹긴 먹었나 보다, 라고 로라는 절실히 생각했다.

제5화 자, 왕성으로.

"이 옷을 입을 기회가 또 올 줄은 몰랐습니다."

마차가 출발하여 그리온가 문을 지났을 때, 쿠논이 말했다.

"인생에서 무슨 일이 벌어질지 짐작할 수가 없네요."

지금 쿠논은 어머니 티나리자가 귀족학교에 갈 때 입으라고 만들어준 정장을 다시 착용했다. 귀여운 나비넥타이도 함께.

학교는 무사히 졸업했고, 파티에 나갈 일도 없었다. 무엇보다 아홉 살 쿠논의 신체는 금세 자란다.

그래서 더는 입을 기회가 없으리라 생각했다.

그러나 지금은 왕성으로 가는 길이었다. 정장을 빼놓을 수는 없었다.

마치 이런 일이 벌어질 줄 예상이라도 한 것 같은 어머니의 선견지명 덕분이었다.

맞은편에 앉아있는 아버지 아손도 정장을 입었다. 뭐, 아버지의 경우에는 매일 일하러 갈 때 착용하는 근무복에 불과하지만.

"그렇군. 나도 너와 함께 왕성에 갈 날이 올 줄은 생각도 못했다."

―어쩌면 딱 한 번은 있을지도 모르겠다 싶었지만, 그날이 이렇게 빨리 올 줄은 몰랐다.

미리카와 결혼하기 직전에 국왕 폐하께 인사를 드리러 가거나, 혹은 약혼 취소 서류에 서명을 하러 갈 때나……. 아버지는 막연하게 그렇게 생각했다. 쿠논과 왕성을 잇는 관계는 약혼 말고는 없으니까.

그러나 쿠논은 아버지의 그런 예상을 멋지게 배신했다.

지난번에 쿠논이 왕궁마술사를 스승으로 삼고 싶다고 요청한 뒤에 거절을 당하리라 각오하고서 폐하에게 넌지시 말씀드렸더니—.

만나도 좋다고 허가를 내려줬다.

이유를 물으니 왕궁마술사가 마술사로서 쿠논에게 흥미를 느꼈단다.

결코 연줄이나 유착관계로 허가를 받아낸 것이 아니었다.

"희한한 일이로군."

아버지는 문관이고 마술사와 관련된 부서에 속해 있지도 않으므로 마술을 잘 알지 못한다.

그러나 심상치 않은 일이라는 건 이해했다.

이미 **만지고 있으니까**.

마술이라는 신기한 현상 그 자체를.

"기왕이면 진짜 고양이를 키우시는 게 어떨까요? 아버님의 부와 권력이라면 별일도 아닐 텐데요."

"안 돼. 이런 게 있으면 집에서 업무를 볼 수 없게 돼."

그러나 「물 고양이」는 아버지의 무릎 위에서 부정의 말을 부정하듯 손길을 계속 받고 있었다.

아니, 오히려 긍정하는 건가—. 이처럼 고양이가 눈에 밟혀서 업무를 할 수 없는 지경이라고 하니.

물고양이.

그 정체는 쿠논이 마술로 만들어낸 물 덩어리였다. 형태와 질감, 온도를 바꾸는 기술의 정수를 쓸데없이 응축한 산물이었다. 제니에의 잔기술, 아니, 치밀한 교육의 집대성이라고도 할 수 있을지도 모르겠다. 몇 개월 전보다 더욱 실물에 가깝게 재현할 수 있게 됐다.

실제로 쿠논이 만들어낸 동물들 중에서도 고양이의 완성도가 단연코 높았다.

본인의 손으로 직접 만져본 적이 있으니까.

언젠가 저택 부지 안에 검은 고양이가 숨어들었다. 지금도 종종 놀러오곤 했다.

"그리온 후작가의 부와 권력을 행사하면 전 세계의 귀여운 고양이들을 긁어모을 수 있을 것 같은데요."

"무슨 헛소리를…… 티나는 강아지파다. 고양이 따윌 허락해주겠느냐."

동물은 사람의 발치에 들러붙기 일쑤.

쿠논이 동물에 발이 걸려서 넘어질 우려가 있다.

그런 이유 때문에 그리온가에서 동물은 키우느냐 마느냐 이전의 문제였다. 펫을 갖고 싶다는 이야기를 꺼낸 적조차 없었다.

"그렇습니까? 미리카 전하와 이코 모두 고양이는 귀족의 소양이라고 했는데요."

"소양?"

"귀족은 바깥에 고양이를 숨겨두는 게 일종의 능력이라나 뭐라나. 전 굳이 바깥에서 키울 필요가 있나 싶긴 하지만요. 하지만 집 안으로 끌어들이면 품위가 떨어진다는 소리를 듣는대요."

"……."

아버지는 「그거, 고양이가 아니라 정부 얘기 아닌가?」라고 생각했지만, 역시나 아홉 살짜리 아이에게는 아직 이른 이야기라서 삼가기로 했다.

이코뿐만 아니라 미리카까지 말했다면 비유적인 표현은 아니겠지. 이코의 단독 발언이었다면 감봉과 함께 훈계를 늘어놨을 테지만.

—아버지는 알지 못했다. 시녀 이코의 언동이 쿠논에게 전수되고, 쿠논의 언동이 미리카에게까지 상당한 영향을 끼쳤음을.

"……밖에다가 고양이를 숨긴다라."

묘하게 마음에 울리는 표현이었다.

어렸을 적에는 공부만 했고, 성인이 된 뒤로는 일만 했다.

취미다운 취미도 가지지 못하고 고지식하게 살아왔다—. 쿠논의 장래를 생각하니 불안해져서 도피하듯 더욱 일에 몰두했다.

그러나 쿠논은 이렇듯 왕궁마술사와 만날 수 있는 수준까지 성장했다.

현재 아손은 불안과 걱정을 거의 품지 않았다.

—스스로에게 허락해도 되지 않겠는가. 밖에다가 고양이를 숨겨두고 키우는 것도. 딱히 바람을 피우는 것도 아니니. 고양이를 키울 만한 재력과 권력도 있고.

오랜만에 고양이를 만졌더니…… 치유 되는 느낌이었다. 아주 잠시라도 좋으니 고양이를 쓰다듬으면서 아무것도 하지 않는 시간을 보내고 싶어졌다.

분명 몸과 마음 모두 지쳤기 때문이겠지.

고양이와 시간을 보낼 수 있다면 휴식도 괜찮겠다 싶을 정도로.

아버지의 마음에 야망의 불씨가 지펴졌다.

그 사실을 눈치채지 못한 쿠논은 여러 이야기를 늘어놓았다. 아버지는 아들의 이야기를 흘려들으면서 무릎 위에 놓인 「물 고양이」를 계속 쓰다듬었다.

그리고 마차가 왕성 문을 지났다.

"아버님, 도착했어요."

"잠깐. 조금만 더."

"집으로 돌아갈 때 하시죠. 또 만들어드릴게요."

"하지만 그건 이 아이가 아니잖아? 다른 아이잖아?"

"아버님, 그 고양이는 살아있는 동물이 아닌데……."

"그래서 아쉬운 거다. 네가 마술을 푼 순간, 이 아이가 이 세상에서 사라져버린다. 감촉과 체온도 느껴지는 이토록 귀여운 존재이건만…… 이 얼마나 덧없는가……."

"……전 이대로 있더라도 아무 문제없지만…… 근데 성에서 나온 사람이 기다리는 모양이에요."

"—얼른 내리자."

아손은 그 말을 듣고 마음을 고쳐먹었다. 신호를 주지 않아서 마차 문을 미처 열지 못했던 마부가 당황했으나 아손은 아랑곳 않고 제 손으로 문을 열었다.

"안녕하세요. 그리온 경."

"……아! 레샤 님 아니십니까!"

아주 짧은 시간이지만 대단한 사람을 기다리게 했다. 아손이 황급히 마차에서 내려 약식 인사를 올렸다.

—아손의 인사를 받은 사람은 왕궁마술사의 표식이 새겨진, 후드

달린 외투를 입은 여성이었다.

제2왕녀인 레샤였다.

“어머, 고양이를 데려온 거예요? 귀여운 검은 고양이.”

“아아, 이건 고양이가 아닙니다. 아들의 마술입니다.”

“예?”

레샤는 순간 무슨 말을 했는지 이해하지 못했다. 아손이 그녀의 앞에 고양이를 내려두자— 좌악 터지면서 물방울이 되어 사라졌다.

“……방금 그게, 마술……?”

레샤도 쿠논이 여러모로 재미난 것을 할 줄 안다는 소문을 듣긴 했으나…….

방금 본 것은 고양이 그 자체였다.

물로 만들어졌다는 것이 믿기지 않았다. 얼핏 봐서는 모를 정도로 형태가 정교한 고양이였다.

“처음 뵙겠습니다—.”

레샤가 땅바닥을 적신 물 흔적을 멍하니 바라보고 있으니 뒤이어 어린 남자가 마차에서 내렸다.

눈에는 가죽 안대를 착용하고, 지팡이를 짚고 다니는 열 살도 채 되지 않은 작은 소년이다.

“쿠논 그리온입니다. 오늘 절 위해서 시간을 내주셔서 감사드립니다.”

공손히 인사를 하는 그 모습은 작은 신사였다.

눈은 보이지 않아도 귀족교육을 확실히 받은 귀족 영식이었다.

“난 레샤라고 해요. 신참 왕궁마술사입니다.”

"잘 부탁드립니다. 레샤 님."

서로 간략하게 자기소개를 마친 뒤 레샤가 아손에게 시선을 보냈다.

"그리온 경, 내가 쿠논의 마중을 나왔습니다. 이대로 검은 탑으로 데려갈 예정인데, 괜찮겠죠?"

"예. 제 아들을 잘 부탁드립니다."

아손은 왕성의 직무실로, 쿠논은 왕궁마술사의 작업장인 검은 탑…… 왕성에서 격리된 건물로 가야 했다.

"그럼 쿠논, 시간이 늦어지면 함께 귀가를…… 아아, 그러고 보니 오늘 미리카 전하와 저녁을 함께 하기로 했다지?"

"예. 아버님께서 언변으로 어머님을 함락시켰다는 행운의 레스토랑을 예약—."

"알겠다, 그만! 즐겁게 즐기고 오너라!"

이런 상황에서 부부의 추억 이야기를 꺼내본들 창피할 뿐이었다.

아손은 「제 아들을 부탁드립니다. 그럼 실례하겠습니다」 하고 다시금 레샤에게 예를 표하고서 잰걸음으로 왕성으로 가버렸다.

"쿠논, 우리도 가죠."

"예—. 그럼 다녀올게."

그리온가의 사용인인 마부에게 인사하고서 쿠논도 레샤와 함께 움직였다.

"쿠논. 발밑은 괜찮아?"

걷는 걸 보조해주는 사람이 곁에 있을 줄 알았지만, 쿠논이 아무렇지도 않게 레샤와 나란히 걸었다.

"문제없습니다. 작은 돌멩이나 단차에는 약하지만, 평탄한 길이라면 괜찮습니다. 실내에서는 더더욱."

아손과는 경로가 다르긴 하지만, 쿠논과 레샤도 일단 왕성 안으로 들어갔다.

검은 탑은 왕성에서 떨어진 곳에 있었다. 그러나 아까 그곳에서는 성을 크게 우회해야만 하기에 성 안을 가로지르는 편이 빠르다고 했다.

"그래. 그럼 걸으면서 내 얘기를 들어줄래?"

"마술사의 진수를 바로 알려주시는 건가요?"

"아…… 난 아직 신참이라서 그런 걸 알려줄 수 있는 실력이 아냐."

"그럼 중주 마술의 신해석? 앗, 혹시 구해석을 신해석에 응용하는 법인가요?! 설마 입체 마법진과 사각 마법진의 새로운 학설? 굉장해! 역시 레샤 님이야!"

쿠논이 도무지 아이답지 않은 고도의 용어를 구사했다.

이 시점에서 레샤는 마술학교에도 아직 입학하지 않은 아이가 어째서 왕궁마술사를 스승으로 청했는지 그 이유를 깨달았다.

그리고 얼마나 의욕과 열의를 품고서 이곳에 왔는지도 대강 전해졌다.

이제는 달인들의 눈에 들 만한 실력을 갖고 있느냐 없느냐인데— 그전에.

"미안. 마술과 관련한 얘기가 아냐."

"……아, 예."

쿠논이 노골적으로 실망했다.

안다. 레샤도 잘 안다.

자신도 이런 시시한 이야기가 아니라 마술 이야기만 계속 나누고 싶었다. 성가신 일에 시달리지 않고 마술 연구만 하고 싶었다. 쿠논이 갖고 있는 오리지널리티가 풍부한 마술을 전부 알고 싶었다. 이야기를 듣고 싶어서 몸이 근질거릴 지경이었다.

그러나 반드시 먼저 해야만 하는 이야기가 있었다.

"미리카한테 부탁을 받았어. 너를."

"미리카 전하께서요?"

그가 노골적으로 흥미를 보였다.

두 약혼자가 사이가 좋은 것 같아서 퍽 다행이었다.

"넌 전혀 흥미가 없을 테지만 그래도 기억해두렴. 휴그리아에서는 어느 대에서든 후계자 쟁탈전이 벌어져왔어. 지금도 한창 벌어지고 있고."

현재 국왕의 자식은 모두 열일곱 명.

여자의 비율이 높은데, 왕자가 일곱 명, 왕녀는 열 명이 있다.

그 중에서 마술사로서 각성한 사람은 세 명이다.

제2왕녀와 제3왕녀, 제4왕자다.

그러나 제2왕녀 레샤는 마술사로서 살아가기로 결심했기에 왕위 계승권을 포기했다. 그러한 바탕 위에서 왕궁마술사로서 활동하고 있었다.

왕가의 족보에는 남아있지만, 후계자 쟁탈전과는 전혀 관계가 없는 존재였다.

문제는 제3왕녀와 제4왕자다.

"너도 알겠지만 왕태자는 제1왕자로 정해졌어. 하지만 방심은 금물이야. 휴그리아 왕국의 왕위계승은 실력주의 측면이 강해. 실적과 공훈에 따라 왕태자…… 차기 국왕 후보가 바뀌는 경우도 종종 있어. 솔직히 말해서 다음 왕위를 노리는 왕자와 왕녀들은 모두 우수한 마술사를 아군으로 삼고 싶어 해. 실적과 공훈을 위해서 말이야. 미리카는 네가 그런 다툼에 휘말릴까봐 걱정이 돼서— 뭐야 그거. 방금 그거 뭐야?!"

레샤가 시시하고 귀찮은 설명을 하다가 잠자코 듣고 있던 쿠논을 문득 봤는데— 그가 알 수 없는 방식으로 이동했다.

방금 그건 뭐지?

걷지 않았다.

방금 절대로 걷지 않았다.

걷지 않고 이동했다.

"네?"

"뭘 시치미를 떼는 거야?! 나 봤거든! —앗, 그거! 그거 말이야!"

역시나 이동했다. 마치 빙판 위에서 미끄러지듯 이동했다.

"아, 이거요? 얼음 날을 장착한『물 구슬(아 오리)』위에 올라탄 겁니다. 신발 밑창에 얇게 까는 방식으로요."

이론을 들었는데도 전혀 모르겠다.

"살짝 띄우는 게 비결입니다. 체중을 전부 실으면 마찰이 생겨서 잘 미끄러지질 않거든요."

이론을 모르는데 비결을 말해준들 이해할 수 있을 턱이 없었다.

"레샤 님도 타보실래요? 재밌어요. 편하고요. 저도 아름다운 당신과 함께 미끄러지고 싶고요."

"할래! —아니, 잠깐만! 내 얘기가 먼저야!"

레샤도 마술사였다.

듣도 보도 못한 마술을 접하면 흥미가 생길 수밖에 없었다. 오히려 흥미진진했다. 머릿속에 온통 흥미뿐이었다. 시시한 왕위 계승권(가정사) 이야기 따윈 아무렇든 좋았다.

아까 그 물 고양이와 바닥을 스윽 미끄러지며 나아가는 기술은 굉장했다. 레샤는 이미 쿠논에게 강한 흥미와 관심을 품고 있었다.

그러나, 그렇기에.

"이제 내 얘기를 정리할게! 어쨌든 선불리 어느 파벌이나 진영에 가담하면 안 돼! 내가 최대한 곁에서 지켜줄 테지만, 만약을 위해 언동에 신경 써! 꼬투리라도 잡히면 귀찮아지고, 서류에 서명해서도 안 돼! 얘, 알겠니?! 알아들었지?! 그럼 나도 탈래!"

새로운 마술을 얼른 체험해보고 싶다는 조바심에 말을 빠르게 쏟아내긴 했지만, 레샤는 경고를 해달라는 미리카의 부탁을 수행했다.

결국 레샤 본인이 따라다니면서 접촉해오는 야심가들로부터 쿠논을 지키면 되는 것이다. 그저 그뿐이다. 무슨 말이 더 필요할까.

그보다는 새로운 마술이다.

지금은 그쪽이 최우선이다.

—그날 낮에는 왕성 복도를 미끄러지는 왕궁마술사와 어린 소년, 그리고 그들을 쫓는 병사와 기사가 일으킨 소동이 왕성 안에서 화제에 올랐다.

그 이야기를 듣고서 아손이 머리를 싸쥐었음은 말할 필요가 없었다.

◆

""죄송합니다.""

신이 난 나머지 왕성 복도를 계속 달린 바람에 병사와 기사까지 동원되는 커다란 소동이 벌어지고 말았다.

사람에게도 작은 동물과 비슷한 습성이 있는지 추격을 받으니 공연히 충동적으로 도망치고 싶어졌다. 그것이 소동을 키운 원인이 되고 말았다.

결국에는 기사에게 붙잡혀 엄중경고를 받았다. 불명예스러운 일이었다.

—쿠논이 왕성에 오자마자 일으킨 이 「복도 미끄럼 대사건」은 길이길이 진귀한 사건으로 남아 회자되게 된다.

"……그럼. 마음을 다잡고서 가볼까."

레샤와 쿠논은 기사에게 설교를 들은 뒤 왕성 밖으로 쫓겨나는 느낌으로 풀려났다.

뭐, 이성을 조금 잃고서 까불긴 했지만 그 덕분에 원래 목적을 다시 떠올렸으니 잘 됐다고 생각하자.

"기사는 굉장하네요. 그 정도 속도로 미끄러졌는데도 여유롭게 쫓아오다니. 제가 낼 수 있는 최고속도였는데."

"맞아! 그 사람 이상했지! 그만한 속도를…… 아니, 쿠논. 이제 됐으니까 가자."

새로운 마술은 예상 밖으로 무척 흥미로웠다.

레샤는 아직 흥분이 가라앉지 않은 마음을 숨긴 채 어쨌든 검은 탑으로, 왕궁마술사의 작업장으로 쿠논을 데려가기로 했다.

왕궁마술사들은 대부분 마술에 매료된 사람들이다.

현재 레샤가 느끼는 흥분을 이해하고서 공유할 수 있는 사람이 많으리라.

그런 사람들만 모여 있는 곳답게 왕성에서 소동을 일으켰다는 이유보다는 쿠논을 늦게 데려왔다는 이유로 혼이 날 것 같았다.

"—어서 오게, 쿠논 그리온 군. 난 왕궁마술사 총감인 론디몬드일세. 왕궁마술사 총책임자지."

목소리를 들어보니 아버지보다 연상인 남성인 듯했다.

"처, 처음 뵙겠습니다. 론디몬드 총감님. 쿠논 그리온입니다."

검은 탑에 도착했다.

우선은 곧장 총감실로 안내를 받았다. 아마도 집무실 같은 곳이겠지.

의자에 앉으니 론디몬드 총감이 맞은편에 있었다.

그리고 쿠논 옆에는 레샤가 있었다.

쿠논은 가슴이 두근거렸다. 검은 탑에 들어온 뒤로 줄곧 긴장했고 또한 흥분했다.

이곳에서 만난 사람들 때문이었다.

만나는 사람들마다 농도가 짙은 마력을 휘감고 있었다.

가정교사 제니에 말고는 다른 마술사의 존재를 몰랐던 쿠논에게는 이곳에 온 것 자체가 이미 귀중한 체험이었다.

제니에와는 전혀 달랐다.

느껴지는 마력이 전혀 달랐다.

특히 이 론디몬드는 특별했다.

레샤의 마력도 제니에와는 다르긴 했지만 상상했던 범위였다.

그러나 이 사람은 달랐다.

상상했던 것보다 훨씬 대단했다. 혹시 문헌에 기록된 전설의 마술사는 이런 사람이 아니었을까 싶을 만큼 각별하게 달랐다.

"저기, 오늘 제 억지 때문에 귀한 시간을 뺏어서 참으로 죄송합니다."

"신경쓰지 말게. 자네가 만나고 싶다기에 부른 게 아니라 우리가 자네를 만나고 싶어서 부른 걸세. 가능했다면 우리가 자네 집에 가서 만나고 싶었지."

몸 둘 바를 모르겠다.

목소리가 낮아서인지, 아니면 마력에 압도돼서인지 론디몬드의 위압감에 짓눌릴 것만 같았다.

"자네는 물의 문장이 있다고 들었네만. 어디에 있나?"

"왼쪽 어깨입니다."

"흐음— 그렇군. 역시 이성(二星)인가?"

"이……성요?"

"마술학교에 가면 배울 걸세. 마술사가 지닌 문장은 다섯 랭크로 나뉘어져 있네."

쿠논은 안대에 가려진 눈을 번쩍 떴다.

마술사라면 알고 있어야할 상식이겠지—. 그러나 쿠논은 아직 신참이나 마찬가지라서 처음 듣는 소리였다.

"일곱 가지로 나뉘어져 있는 게 아니고요?"

화, 수, 토, 풍, 광, 암, 마(魔).

쿠논이 아는 일곱 종류의 문장은 말 그대로 일곱 종류의 속성으로 나뉜다.

쿠논은 수다. 물이라서 다행이라고 생각한다.

"그것도 틀린 말은 아니네만 그건 계통이라고 하고, 기본적으로 일곱 종류의 문장이 확인됐네. 그 일곱 종류의 문장이 각각 다섯 랭크로 나뉜다는 느낌이지."

즉, 마술사의 문장은 엄밀히 따져서 서른다섯 종류가 있다는 뜻이다.

"전 이성인가요? 말씀을 들어보니 아래에서 두 번째인가요?"

"내가 봤을 때는 그렇다네. 통계를 보면 이성이 가장 많지. 뭐, 마술사의 격으로 따지자면 보통이라고 할 수 있을까. 레샤 군도 이성이야."

"격? 랭크가 다르면 뭔가가 달라집니까?"

"구체적으로 큰 차이점은 없네. 랭크는 재능과는 관계가 없으니 굳이 차이점을 꼽자면 마력의 총량 정도일까. 명확히 말할 수 있는 차이는 그 정도겠지. 문장이나 마력에 관한 연구가 더욱 진행되면 다른 차이점도 발견할 수 있을지도 모르겠군."

쿠논은 고개를 끄덕였다.

마력의 총량이 다른 정도라면 딱히 문제는 없을 듯했다.

재능이나 마술사로서의 실력이 현격히 차이 난다고 했다면 낙담했을지도 모르겠지만.

그렇지 않다고 했으니 됐다.

"론디몬드 총감님께서는 삼성인가요?"

"후훗. 알겠는가?"

"느껴지는 마력의 농도가 전혀 다릅니다. 마치 다른 생물체가 아닌지 의심스러울 정도로요."

"농도라. 재밌는 표현이로군."

"저나 레샤 님이 시장에서 파는 치즈라면 총감님은 정성을 쏟아서 만든 블루치즈처럼 다릅니다."

"냄새가 날 것 같은 비유로군. 블루치즈를 싫어하지는 않네만."

"블루치즈 총감님께서는 삼성인가요?"

"핫핫핫. 다음에 그리 부르면 화를 낼 걸세?"

론디몬드는 웃어넘기고서 「난 사성이네」라고 대답했다.

"아아, 사성……."

"……어라? 안 놀랍나?"

론디몬드가 사람들을 반드시 놀라게 할 수 있다고 자부하는 이야기였지만, 쿠논은 잘 와닿지가 않았다.

"총감님, 이 소년은 사성이 얼마나 희귀한지 잘 모르니까요."

레샤가 말하자 론디몬드가 수긍했다.

"음, 그렇지. 쿠논 군은 아직 마술학교에서 배워야할 것들을 아직 익히지 못했지. 사성은…… 뭐, 언젠가 알게 될 테니 군이 설명할 필요는 없나."

—사성은 실질적으로 현존하는 마술사의 최고 랭크다. 전 세계에서 확인된 사람은 여섯 명뿐. 오성의 문장을 지닌 마술사는 과거 기록에만 남아 있다.

쿠논은 그 사실을 나중에 알게 된다.

"그 개념은 마술학교에서 익히나요?"

"맞아. 업계 사람들끼리라서 하는 얘기네만, 마술 관련 서적의 저자는 9할 이상이 마술학교와 관련되어 있어서 특정 정보를 일부로 감춰두는 경우가 많지. 별의 숫자에 따른 랭크 구분이나 홍(紅)의 마술사, 창(蒼)의 마술사에 관한 내용이나, 특정한 고유마술을 갖고 있는 사람도 있네. 현 시대에서 말하는 용사나 성녀 같은 사람들 말일세."

"저기, 홍의 마술사와 창의 마술사는 뭔가요?"

"세계 최고의 마녀가 직접 인정한 사람의 칭호라고 해야 할까. 자세한 내용은 마술학교에 입학하여 스스로 알아보도록 하게나. 얘기를 되돌리자면— 간단히 말해서 책만으로는 교재로서 부족하다는 뜻이야. 뭐, 아홉 살밖에 안 된 그대는 아직 몰라도 되는 내용이라고 할 수 있으려나."

마술학교에 입학할 수 있는 최소연령은 열두 살이다.

요컨대 시기상조라는 뜻이다.

세계 최고의 마녀는 알지만, 나머지는 전혀 모르겠다. 궁금하긴 하지만 론디몬드의 말대로 더 이상은 언급하지 않기로 했다.

"쿠논 군, 그럼 슬슬 괜찮을까?"

"예?"

"테스트 말이네. 우린 자네한테 무척 흥미가 많다네. 슬슬 자네의 마술을 보여줬으면 하는데."

그랬다.

론디몬드의 마력에 압도돼서 잠깐 까먹었는데, 쿠논은 마술 스승을 구하기 위해 이곳에 왔다.

문장에 관한 새로운 사실이나 전혀 다른 마력을 느꼈다는 사실만으로 만족하고 말았지만, 본론은 지금부터였다.

"총감님, 저 소년은 대단해요. 엄청 대단해요."

"오, 레샤 군은 치사하군. 먼저 뭔가를 봤나?"

"봤다기보다는 체험했습니다."

"더더욱 치사하군. 체험을 했다고? 뭘 체험했는지 참으로 흥미롭군."

론디몬드가 일어섰다.

"자, 레샤 군, 즐거운 시간이 시작됐네. 쿠논 군의 테스트를 시작한다는 소식을 모두한테 전해주게나."

검은 탑에 들어온 지 얼마나 됐다고 또다시 밖으로 나가게 됐다.

이번에는 스무 명쯤 되는 인원과 함께.

쿠논은 눈이 보이지 않지만 느껴지는 마력을 통해 성별이나 나이를 어느 정도 구별할 수 있었다.

노인의 마력은 응축되어 있다고 해야 할까, 그다지 넓게 퍼지지 않은 느낌이다.

분명 나이를 먹어가면서 마력을 제어하는 기술이 향상되기 때문이겠지. 정확히 말하자면 마술 훈련의 양에 비례한다고 해야 할까.

왕궁마술사라면 매일 훈련과 수련, 연구 모두 결코 등한시하지 않겠지.

마력의 차이는 말 그대로 마술사로서의 차이이다.

쿠논의 입장에서는 이 모든 사람들이 베테랑이자 방대한 지식을 보유한 휴그리아 왕국의 마술 역사의 개척자들이었다.

그런 사람들이 잡담조차 나누지 않고 쿠논에게 집중했다.

싫어도 시선이 느껴졌다. 자신에게 강한 관심을 보이는 감정과 함께.

쿠논의 눈이 보이지 않는다는 것도, 쿠논이 어린애라는 것도 그들은 전혀 신경 쓰지 않겠지. 그저 자신이 모르는 마술을 볼 수 있다는 기대로 쿠논에게 주목할 뿐이었다.

쿠논은 긴장함과 동시에 흥분도 됐다.

분명 이 자리에 있는 마술사 중 누가 스승이 되더라도 자신을 마술의 깊은 영역으로 이끌어줄 것이다.

"―그럼 시작할까?"

그런 왕궁마술사들을 통솔하는 론디몬드 총감이 테스트 개시를 선언했다.

쿠논은 잘 부탁한다며 고개를 숙였다.

"쿠논 군. 우선 자네가 사용할 수 있는 마술은 몇 가지인가?"

"두 가지입니다."

적다는 소리를 들을 것 같지만 쿠논은 솔직히 대답했다. 허세를 부려봤자 두 가지밖에 쓰지 못하는 건 변함이 없으니까.

그러나 아무도 아무런 반응을 보이지 않았다.

비웃지도 않았고 낙담하지도 않았다.

변함없이 쿠논을 쳐다봤다.

"좋네. 자네의 교사였던 제니에 코스는 자네 아버님의 지시를 착실히 지켰구만."

"예. 아버님께서는 제가 공격용 마술을 익히는 건 이르다고 판단하셨습니다."

"참고로 자네는 그 판단을 어떻게 생각했지?"

"타당하다고 생각했습니다. 그런 마술을 익히면 어떻게든 여러모로 시도해보고 싶어지니까요. 그 과정에서 사람이나 동물을 다치게 할지도 모릅니다. 제가 이런 말을 하면 우습게 들리시겠지만, 공격성이 높은 마술은 아이한테는 과도한 장난감이라고 생각합니다. 마술과 마력을 더 깊이 이해한 뒤에 배우는 편이 낫습니다."

"그렇구먼."

이 질문들도 테스트에 포함되는지 모르겠다. 대답을 듣고서 론디몬드의 말투와 표정이 변화하지 않았기에 호감을 샀는지 어땠는지도 모르겠다.

쿠논은 약간 불안해졌다.

"두 가지라하면 『물 구슬(아 오리)』과 『물 거품(아 루브)(洗泡)』인가?"

"예."

물을 생성하는 「물 구슬(아 오리)」.

거품을 생성하여 오염을 제거하는 「물 거품(아 루브)」.

그것이 쿠논이 현재 구사할 수 있는 두 가지 마술이었다.

다만 「물 구슬(아 오리)」의 특성 변화로 「물 거품(아 루브)」과 동일한 형태, 동일한 효과를 지닌 마술을 재현할 수 있기에 후자는 거의 사용하지 않지만.

"빅토 군. 『물 구슬(아 오리)』를 사용해주겠나?"

"예."

론디몬드가 호명한 젊은 남성 마술사가 지시대로 「물 구슬(아 오리)」를 영창했다.
그러자— 주변에 서른 개 이상의 「물 구슬」이 발생하여 떠올랐다.
"쿠논 군. 이 『물 구슬』를 자네의 『물 구슬(아 오리)』로 빼앗을 수 있겠나?"
"……아!"
놀랐다.
누군가의 마술을 빼앗는다—. 지금껏 그런 발상을 해본 적이 없었으니까.
「물 구슬(아 오리)」은 물을 생성하여 조작하는 기술인데, 실은 다른 사용법이 하나 더 있다.
그것은 실존하는 물을 이용하여 구사하는 「물 구슬(아 오리)」이다.
이 경우에는 그곳에 있는 물을 조작하기만 할 뿐 새롭게 생성하는 것이 아니다. 물 구술의 특성인 「생성하여 조작한다」 중에서 「조작한다」는 효과밖에 없다.
동일하다고 생각할지도 모르지만, 실제로는 효과가 전혀 다르다.
그러나 제니에는 이 경우에도 마력을 거의 동일하게 소모하므로 사용할 기회가 거의 없다고 했다.
쿠논도 그렇게 생각했지만, 그것이 맹점이었다.
「어느 곳에 있는 물을 사용한다」는 개념은 마술사가 생성해낸 물도 대상이 되는 듯했다.
눈이 확 뜨이는 느낌이었다.
쿠논이 생각하지도 않았던 개념이 이리도 간단히 불쑥 튀어나오다니.
—갑자기 의욕이 샘솟았다.

이대로 귀가하더라도 지금껏 얻은 것들만으로도 만족할 수 있을 듯했다. 그러나 쿠논의 지식욕이 들끓었다.

반드시 테스트를 통과하여 왕궁마술사와 유착관계를 맺고 싶었다.

"거기까지."

론디몬드가 외치자 쿠논은 바닥에 무릎을 꿇었다.

오랜만에, 필사적으로, 전력으로 마술을 구사한 바람에 숨이 찼다.

"쿠논 군, 괜찮구만. 자네는 참 괜찮군."

론디몬드가 쿠논을 칭찬했지만― 쿠논 본인은 납득할 수가 없었다.

마술사 빅토가 생성한 「물 구술」은 서른 개 이상.

그 중에서 쿠논이 빼앗은 숫자는 고작 두 개였다.

필사적으로 안간힘을 썼는데도 고작 두 개.

물은 당연히 조작할 수 있는 물질이라 여겼다. 그런데 「저항하는 물」은 처음이었다. 상당히 고전했다. 자신의 생각대로 전혀 흘러가지 않았다.

역시나 왕궁마술사의 실력이 쿠논보다 월등히 낫다는 뜻이었다.

"빅토 군, 어땠나?"

"놀랐습니다. 단 한 개도 빼앗지 못할 줄 알았는데요. 저도 어렸을 적에 제어하는 데 상당히 고생하기도 했고요. ―이 아일, 제게 주시겠어요?"

"웃기지 마. 바보."

"웃기지 마. 누가 바보래. 이 바보가."

"여자한테 차인 놈이 어디서."

"네가 누굴 돌봐줄 처지냐? 자기 앞가림도 못하는 주제에."

쿠논을 상대했던 빅토라는 남성 마술사가 동료에게 심한 독설을 들었다. 빅토가 「여자한테 차인 건 관계없잖아」 하고 화를 냈지만, 불에 기름을 들이부은 것처럼 말다툼이 격해졌다.

"핫핫핫. 모두가 쿠논 군을 원하는 모양이군. 누가 이 아이를 맡을지는 차차 논의하도록 할까."

쿠논은 무릎을 꿇고서 두 손을 땅바닥에 댄 채로 고개를 들었다.

"혹시 테스트는 합격입니까?"

방금 전에 마술사들이 자신의 소유권을 두고서 대화를 나눴다. 특히 론디몬드의 발언이 결정적이었다.

결과는 만족스럽지 않았지만, 유착관계를 맺을 수 있다면 문제는 없었다. —마술사 빅토를 기필코 언젠가 추월할 테니 지금은 진 것으로 해두지.

"아니, 모처럼 왔으니 조금만 더 해주지 않겠나."

…….

테스트는 이미 합격한 분위기인 것 같은데.

그런데 계속하란다.

—불만은 없다.

이대로 끝내면 빅토에게 당한 채로 물러나야만 했다. 모처럼 찾아온 기회이니 조금이라도 좋은 모습을 보여주고 싶었다.

쿠논은 기합을 다시 넣고서 다음 테스트에 임했는데—.

"—우핫핫핫핫! 우오호오오오오오! 이거 재밌구만!"

기합을 다시 넣고서 도전한 결과, 초로의 론디몬드가 방정을 떠는 추태를 볼 수 있었다. 뭐, 보이지는 않지만.

「뭔가 해보라」는 소리에 쿠논은 거대한 「물 구슬(아오리)」을 하나 생성했다.

「초연체 물 구슬(超軟體水球)」이라 명명한 그것은 초유연성과 초신축성을 지닌 막으로 물을 감싼 것이다. 사람이든 물체든 뭐든 무게가 어느 정도 나가는 사물이 올라타면 푹 꺼지는 특성이 있다.

론디몬드가 그것에 신나게 뛰어들었다.

그러고는 초연체수구의 물컹한 감촉에 빠졌다.

만지는 감촉이 재밌는지 헤엄을 치기도 하고, 굴러다니기도 하고, 방방 뛰어도 보는 등 나이답지 않게 아주 활기찼다.

그 모습을 보고 쿠논은 약간 깼다.

미리카가 저것을 즐겁게 즐겼을 때는 아무런 위화감도 느껴지지 않았지만, 역시나 아저씨가 방정을 떠니 느낌이 조금 달랐다.

눈이 보이지는 않지만, 어린애가 봐서는 안 될 것 같은 기분이었다.

그러나 쿠논과는 달리 왕궁마술사들은 그 광경을 지켜보며 「총감님, 치사해」라느니 「저랑 바꿔요」라느니 「어서 내려오라고 아저씨」 하고 야유를 날렸다.

아저씨보다는 물컹거리는 물체에 더 큰 흥미를 보이는 듯했다.

—훗날 론디몬드가 「이렇게 즐거웠던 것은 20년 만이로군」 하고 소감을 밝힌 이 사건은 「사성 총감, 아이에게 농락당한 사건」으로서 유서 깊은 검은 탑에 영원히 기록된다.

왕궁마술사들이 「초연체 물 구슬」을 갖고 노는 동안에 놀이를 마친 론디몬드와 다른 마술사들이 고찰에 들어갔다.

"—쿠션으로 사용할 수 있을 것 같구먼."

"—그러게요. 어느 정도 높이라면 낙하 충격을 줄일 수 있을 것 같습니다."

"—감촉이 재밌네요. 침대로 딱 좋을 것 같아."

"—그러네. 실제로 벌써 누운 사람도 있으니."

"—전 종종 낮잠 용도로 써요. 물 온도도 어느 정도 조절할 수 있거든요."

쿠논도 천연덕스럽게 끼어들었지만, 아무도 신경쓰지 않았다.

그 후로 저 물체는 물의 특성을 얼마나 갖고 있는가.

더 물컹물컹한 물체에 불을 갖다 대면 어떻게 되는가.

지속시간은 얼마나 되는가, 조금 더 탱탱하면 누워있기에 딱이겠어, 아니 난 저 부드러운 감촉이 딱 좋은데, 등등 열띤 토론이 벌어졌다.

"—어이쿠, 맞아. 테스트를 계속해야지."

론디몬드가 제정신을 차렸다.

「초연체 물 구슬」에 관해 여러모로 시험해보고 싶은 것들이 많지만, 그건 나중에 해도 된다.

"탄력을 조금 더 올리면 어떻게 될 것 같아요? 엄청 팡팡 튀어요. 성 2층 정도는 가볍게 넘을 수 있죠."

"뭐라?! ……아니, 쿠논 군, 그만두게. 「물 구슬」로 우리의 흥미를 자극했다가는 자네는 오늘 집에 못 돌아갈 걸세. 자넬 돌려보내기 싫어질 거네. 이미 몇 명은 그런 마음을 먹었겠지. 뭐, 우린 그래도 상관없지만.”

나직이 덧붙인 론디몬드의 말까지는 쿠논의 귀에 들어가지 않았다. 무심코 합의했다가는 정말로 집으로 돌려보내지 않겠다는 진심이 담긴 말이었지만.

그러나 다행히도 쿠논은 미리카와의 저녁 약속을 떠올리다가 그 말을 듣지 못했다.

아침 일찍 왔건만 「물 구슬」을 관찰하는 데 시간을 사용한 바람에 벌써 오후가 다 됐다.

개인적으로도 즐거운 시간이었고 여러 실험들도 해보고 싶었지만, 약혼자와의 저녁 식사 쪽이 간신히 더 우선이었다.

「초연체 물 구슬」은 쿠논이 보여줄 수 있는 것들 중 하나에 불과했다. 그것 하나만으로도 이토록 시간을 빼앗겨서야 밤까지 다 끝나지 않겠지.

애당초 이미 테스트는 허울만 남은 느낌이었다. 그러니 얼른 다른 걸 보여주자.

“저거 말고도 이런 것도 할 수 있어요.”

쿠논이 앞으로 내민 두 손바닥 위에서 갑자기 검은 고양이가 생성됐다.

이미 시장판처럼 변했으니 론디몬드의 진행은 더는 필요가 없겠지.

쿠논은 시간을 절약하기 위해 보여줄 만한 것들을 쭉쭉 선보이기로 했다. 개인적으로도 우수한 마술사들의 의견을 많이 듣고 싶었다.

보여주고 싶었다. 숨겨야 하는 마술은 아직 갖고 있지 않으니까.

“소문으로만 들었던 동물 재현인가.”

"예."

쿠논이 내밀자 누군가가 받아들었다.

"—아, 체온이 따뜻해……. 대단해. 감촉도 고양이 그 자체야."

"그냥 고양이를 닮은 것뿐인데요."

동물은 잔뜩 만들 수 있다. 도감에서 읽은 삽화와 정보를 바탕으로 그대로 재현할 수 있다.

그러나 감촉까지 똑같이 재현할 수 있는 동물은 실제로 만져본 적이 있는 고양이뿐이었다.

그 감촉 정보를 바탕으로 물을 덮는 막의 형태와 질감을 꽤 세세히 조정하여 간신히 완성해낸 명작이었다.

쿠논이 가장 고생한 「물 구슬」의 변형이었다. 시간도 많이 걸렸다.

이토록 시간을 들여서 습득할 필요가 있을까, 라는 회의감을 느낀 적도 한두 번이 아니었지만. 그래도 이 마술을 보거나 만져본 사람들의 반응이 좋으니 결과적으로 잘 한 것같다. 미리카도 만날 때마다 서서히 실물과 비슷해져가는 「물 고양이」를 보고서 기뻐했다.

"움직일 수는 없습니다. 서거나 앉거나 웅크리는 세 패턴뿐입니다. 제가 고양이의 행동을 눈으로 볼 수 있다면 세밀히 움직일 수 있을지도 모르겠지만."

쿠논은 눈이 보이지 않아서 고양이가 어떻게 움직이는지 설명만 듣고서는 잘 알 수가 없었다. 상상으로 보완한 것은 고양이가 눈을 깜빡이는 행동 정도였다.

"—움직이게 한다라. 「물 구슬」을 변형하여 그렇게 보이도록 한다는 의미로군."

"—생명체처럼 보이게 한다. 변형시킨다. 색을 바꾼다. 하아, 그야말로 물다운 느낌이네."

"—고양이 좀 줘봐."

"—싫어. 이 아이는 내가 기를 거야."

생명체가 아니니 기를 수는 없겠지만.

"상세한 형태를 알고 있고, 움직임을 헤아릴 수 있는 물체라면 물로 재현할 수 있다 이 말인가."

"그렇죠."

론디몬드가 말하자 쿠논이 수긍했다.

"아마 가능할 겁니다. 실은—."

실제로 이미 해본 적이 있었다.

시녀 이코를 물로 재현해본 적이 있으니까.

인간의 행동은 자기 자신을 참고할 수 있다. 얼굴 생김새까지는 표현할 수 없는지라 조형이 투박하긴 하지만, 멀리서 보면 시녀처럼 느껴지는「물 인형」을 만들어냈다.

다만 시녀 본인에게 감상을 물어보니 움직임이 꽤 이상하다고 했지만.

"움직임이 이상하다?"

"사람이 실제로 걷는 모습과 비교하여『물 인형』의 걷는 모습이 왠지 이질적이라고……."

시녀가 적절히 설명하질 못해서 쿠논도 문제점을 잘 알 수가 없었다.

달리 해야 할 일도 있었고, 보고 있으면 징그러우니 그만뒀으면 좋겠다고 시녀가 말해서 그 이후로는 시도하지 않았다.

"시녀가 싫어해서 연구도 그다지 진행하지 않았습니다. 솔직히 선보일 만한 수준은……."

"총감님, 직접 보는 편이 더 빠르지 않을까요?"

"맞는 말이네. 쿠논 군, 이 자리에서 그 기술을 보여주지 않겠나?"

처음 보는 마술은 좋은 의미로든 나쁜 의미로든 관찰대상이었다.

"알겠습니다."

그리고 쿠논은 가벼운 마음으로 응하고 말았다.

—하지 말 걸 그랬다고 훗날 후회하게 되지만.

왜 시녀가 싫어했는지 생각했어야 했다.

쿠논도.

론디몬드도.

다른 왕궁마술사들도.

「물 인형」은 원래 「물 구슬(아 오리)」이다.

그저 「물 구슬」을 생성하여 조작하는 마술이다.

그러한 「물 구슬」의 특성을 그대로 지닌 「물 인형」은 당연히 어느 정도 공중에 뜬다.

시녀가 징그럽다고 말한 것은 바로 이 때문이었다.

사람처럼 생겼는데 사람과는 전혀 다른 방식으로 움직인다.

지면을 미끄러지듯 걷거나 때로는 공중에 붕 뜬다. 장애물과 부딪치면 그냥 통과하거나 터져버린다.

멀리서 보면 사람처럼 생긴 「물 인형」은 그 불가사의한 동작 때문에 일반인의 눈에는 사람이 아닌 존재로 비칠 우려가 있었다.

—그것은 우연이었다.

아니, 그 우연이 벌어질 정도로 계속했으니 이미 필연일지도 모르겠다.

왕성 3층의 어느 방을 청소하던 메이드가 불현듯 창문 쪽으로 시선을 돌렸다.

그 순간이었다.

사람처럼 생긴 것이 창문 밖을 스쳐 지나갔다.

위에서 아래로.

워낙 순식간이라서 메이드는 무슨 일이 벌어졌는지, 방금 그게 무엇이었는지 미처 인식하지 못했다.

"—꺄, 꺄아아아아아아아아아아아아아!!"

그리고 그 광경을 곱씹다가 사태를 이해하고서 뒤늦게 비명을 질렀다.

뛰어내렸다.

위층 창문에서 누군가가 뛰어내렸다고.

더욱이 색깔을 얼핏 보니 사용인의 복장이었다. 분명 동료 메이드이리라.

비명을 듣고서 병사와 기사들이 달려왔다.

겁먹은 메이드가 방금 창문 밖에서 보인 것을 설명했다.

소동이 벌어졌다.

그 방으로 모여든 메이드들의 얼굴이 창백해졌다. 동료 중 누군가가 뛰어내렸다고 짐작하고서 누가 없어졌는지 확인하는 과정에서 소문이 퍼져나갔다.

그런 와중에 냉정한 기사 하나가 창문을 열고서 아래를 확인했다.

아무도 없었다.

사람이 떨어진 흔적도 없었다.

메이드가 잘못 봤나? 아니, 그렇다고 하기에는 진짜로 겁을 먹은 듯했다. 무언가를 봤다는 것은 의심할 여지가 없겠지.

"……."

밖에는 아무도 없었다.

보이는 것이라고는 멀리 떨어진 검은 탑 앞에 모여서 소란을 피우는 왕궁마술사들…….

"—저건가?"

그리고 그들의 위를 숭숭 날아다니는 사용인처럼 생긴 인형이었다.

소동을 일으킨 범인이 판명됐다.

이 사건은 왕궁마술사 총감 및 왕궁마술사들에게 1개월 감봉 처분, 쿠논 그리온에게는 엄중경고 처분이 내려진 뒤 사건은 막을 내렸다.

쿠논은 엄청나게 혼났다.

""죄송합니다.""

곧장 달려온 기사들과 문관에게 호되게 혼이 나고서 왕궁마술사들과 쿠논이 가장 큰 피해자인 비명을 질렀던 그 메이드에게 사과했다.

바깥에 있던 마술사들은 성 안에서 그것이 어떻게 보일지 전혀 생각하지 못했다.

성에서 여러 사람들이 우르르 몰려오기에「무슨 일이 있나?」하고 의아해하며 태연히 맞이했을 정도였다.
왕성까지 날아간 쿠논의「물 인형」때문에 성 안에서 투신 사건이 벌어진 줄 착각하여 큰 소동이 벌어졌다는 소리를 듣고서 납작 엎드렸다.
왕궁마술사 총감 론디몬드가 그 자리에서 자신을 비롯한 왕궁마술사에게 감봉 조치를 내리겠다고 선언한 뒤 깎인 급료 중 일부를 고스란히 그녀에게 위자료로 지급함으로써 화해가 성립됐다.
이미 벌어진 일이니 어쩔 수 없다. 일이 터졌으니 합의를 보든 어떻게든 사건의 매듭을 짓는 게 중요하다. 누가 그 사건을 추궁했을 때「아, 그 이야기는 이미 끝났어요」하고 넘어갈 수 있도록. 권력자에게 책임소재를 따지며 문제를 크고 복잡하게 만들고 싶어 하는 무리도 없지 않으니까. 내버려두면 귀찮아진다.
이렇듯 매듭을 지은 뒤 납작 엎드린 왕궁마술사들을 남겨두고서 병사와 기사들이 물러갔다.
—오늘 아침에「복도 미끄럼 대사건」을 저지른 레샤와 쿠논을 붙잡았던 그 기사도 있었다. 그의 시선이 따가웠다. 뭐, 쿠논은 눈이 보이지 않아서 잘 모르겠지만. 그러나 레샤의 마음에는 똑똑히 닿았다.
“이런, 이런. 조금 도가 지나쳤나 보군.”
론디몬드가 어이가 없다는 표정으로 한숨을 내뱉었다.
그가 바로「이건 어디까지 날릴 수 있지? 해본 적이 없나? 한 번 시도해보지 않겠나?」하고 말을 꺼냈던 장본인이었다.

"사람을 날리는 건 안 되겠네요……. 재밌긴 했지만."

레샤도 한숨을 내뱉었다.

그녀는 「더 빨리! 더 빨리!」 하고 부추겼던 장본인이었다.

"저, 오전에만 두 번이나 혼이 났는데……."

두 사건의 원흉으로 낙인이 찍힌 쿠논도 한숨을 내뱉었다.

왕성을 처음 방문한 날에 오전에만 두 번씩이나.

한 번이라면 엄중경고로 끝날 것 같지만 두 번째는 없다. 두 번은 누가 봐도 너무 고의적이다.

아버지가 집에서 필시 꾸짖겠지.

대단히 우울했다.

"—그런데 이 아이는 어쩔 생각입니까?"

마찬가지로 조금 침울해진 왕궁마술사 중 하나…… 목소리를 들어보니 빅토로 추정되는 마술사가 쿠논의 처우를 론디몬드에게 물었다.

"글쎄. 계속 낙담한들 아무 소용도 없으니 마음을 다잡고 다시 시작해볼까."

태도가 너무 빨리 돌변해서 반성의 기미가 전혀 느껴지지 않았다. 그러나 계속 낙담한들 아무것도 진행되지 않으므로 어쩔 수 없었다.

"—와아."

함성을 지르며 「초연체 물 구슬」에 달려드는 사람도 있는가 하면.

"—고양이 내놔!"

"—만지지 마! 내가 키울 거야!"

「물 고양이」를 두고서 쟁탈전을 벌이는 사람도 있었다. 도무지 반성의 기미가 보이지 않는 어른들이었다.

그래서 쿠논도 신경 쓰지 않기로 했다.

마술에서 실패는 늘 그림자처럼 따라다니는 것.

실험하고 실패하면서 조금씩 진보해가는 것이다. 일일이 마음에 담아본들 아무 소용도 없겠지.

그렇다고 해도 사건을 머릿속에서 지워버리는 속도가 너무 빠르긴 하지만.

"다음은 이론을 서로 논하도록 할까. 탑에서 점심을 먹으면서 이야기를 나누지, 쿠논 군."

"예. 참고로 제 테스트 결과는요?"

"굳이 들을 필요가 있겠나? 자네의 스승은 내가 책임지고 생각해보도록 함세."

즉, 합격이라는 뜻이다.

어렴풋하게 느끼긴 했지만 확실한 답을 받으니 기쁨이 단숨에 치밀었다.

"……해냈다! 해냈어!"

쿠논 그리온. 아홉 살.

겨울의 어느 날, 왕궁마술사에게 인정받았다.

귀족의 영식으로서가 아니라 일개 견습 마술사로서.

처음으로 자기 손으로 쟁취해낸 공훈이었다.

그리고 공식적으로 기록된 오점이 **세 개**나 늘어난 날이기도 했다.

◆

점심을 먹으면서 왕궁마술사들과 즐거운 대화를 계속 나눴다.

흥미로운 실험, 실패담, 새로운 마술 고찰.

필사적으로 공부해온 쿠논의 지식을 가볍게 능가하는 이야기들이 잇달아 나왔다.

쿠논은 이야기를 듣는 족족 메모했다.

단 한 마디라도 흘려듣지 않겠다는 듯, 절대로 잊지 않겠다는 듯 귀중한 시간을 기록해나갔다.

"제 실패담 말입니까? 여러 가지를 저지르긴 했는데……."

반대로 왕궁마술사들 중 한 사람이 물음을 던지자 당황했다.

가만히 듣기만 해도 수준이 상당히 높은 이야기들뿐이었다. 이해가 되지 않아서 그대로 메모만 해둔 이야기도 많았다.

그런 사람들에게 자신이 들려줄 수 있는 이야기라면 역시—.

"온도가 높은 『물 구슬(아 오리)』을 무심코 만져 화상을 입은 적도 있었고, 간이 사우나에서 퍼진 적도 있었고, 미끄러져서 넘어진 적도 있었죠. 비행을 시도하려다가 실패한 적도 있었고요. 맞아, 맞아, 「초연체 물 구슬」로 동물을 제작할 때 마무리 조정에 실패한 적도 있었고요."

필연적으로 쿠논이 판단하기에 완성도가 높고 개성이 풍부한 마술 이야기를 꺼낼 수밖에 없었다.

"잠깐만."

"마음에 걸리는 대목이 꽤 있어……."

"비행이라니, 뭐야? 물로? 어떻게?"

수많은 마술을 봐온 왕궁마술사조차도 쿠논의 이야기를 듣고서 궁금해하는 부분이 많았다. 쿠논의 입장에서는 단 하나라도 주목을 끌었다면 다행이었다.

“장래의 목표는 있나? 막연하게라도 상관없네만.”

론디몬드가 묻자 쿠논은 자신을 움직이게 하는 원동력을 밝혔다.

“제 목표는 마술로 눈을 만드는 겁니다.”

숨길만한 내용도 아니고, 기필코 이뤄내겠다고 쿠논은 결심했다.

설령 이 자리에서 마술 선구자들이 「그런 건 불가능해」라고 비웃을지라도.

“그런가. 그렇구만.”

아무도 웃지 않았다.

—그리고 그 즐거운 시간은 아버지 아손이 찾아오면서 끝을 맞이했다.

“내가 왜 왔는지 이유를 알겠지?”

어떤 마술사가 「쿠논 군, 아버지께서 오셨어」 하고 말했다.

시간도 잊고서 대화에 푹 빠져 있던 중이었다. 그 말이 무슨 의미인지 머릿속에 떠오르자 스스로도 느낄 정도로 얼굴에서 핏기가 싹 가셨다.

왔다.

드디어 오고 말았다.

레샤를 따라 검은 탑 현관으로 가자 아버지가 우뚝 서있었다. 기척만으로도 분노했음을 느낄 수 있었다.

그리고 확실히 말했다.

내가 왜 왔는지 이유를 알겠지? 라고.

"저기, 아버님. 오늘은 뭐라고 해야 할까, 밤에 저녁 약속이 있어서 같이 귀가하지는 못하겠습니다만……. 애석하게도……."

아들이 동요하여 말투까지 이상해졌는데도 아버지는 가차 없었다.

"두 번이다. 이 아비는 오전 중에만 두 번이나 아들에 관한 볼멘소리를 들었다. 쿠논, 이게 어찌된 일이냐?"

"……죄송합니다. 덤벙거렸습니다."

아니나 다를까 일을 두 번이나 일을 저질러서 혼이 났다.

딱 한 번이라면 모를까 두 번이나 저질렀으니 역시나 조용히 넘어가주지 않았다. 뭐, 실은 한 번이라도 절대로 안 되긴 하지만.

"아뇨, 그리온 경. 쿠논은 잘못이 없습니다. 나와 다른 마술사들이 그리 하라고 지시를……."

"그건 아닙니다."

레샤가 감싸려고 하자 아버지가 엄한 목소리로 가로막았다.

"전 마술에 정통하진 않지만, 무슨 일이 벌어지든 술자한테 아무 책임도 없다고 생각하진 않습니다. 왕녀님의 말씀대로라면 누군가가 시켜서 사람을 다치게 했다, 누군가가 명령해서 사람을 죽였다는 식으로 책임을 남 탓으로 돌리게 될 겁니다. 쿠논, 알겠냐? 내가 왜 네게 공격용으로 이용할 수 있을 만한 마술을 가르치지 못하도록 막았는지. 넌 네가 구사하는 마술로 어떤 일이 벌어질 수 있을지 아직 생각을 하지 못하는 미숙한 어린애이기 때문이다. 그래서 오늘 같은 소동을 일으킨 거다. 누가 무슨 말을 하든 사람이나 물건을

상하게 할 것 같다면 단호히 거부하거라. 누가 하라고 해서 했다가 나쁜 결과가 벌어졌다. 하지만 누가 시켜서 했을 뿐이니 아무 잘못도 없다며 무책임하게 구는 건 용납할 수 없다. 마술은 힘이다. 힘을 휘두르는 이상 무엇에 사용하든 책임이 늘 따르기 마련이다. 앞으로 마술을 본격적으로 배울 작정이라면 무책임한 아이의 마음부터 졸업하거라. 자신이 구사하는 마술로 무슨 일이 벌어질지 충분히 고려하고서 쓰거라."

"……예. 죄송합니다."

쿠논이 순순히 사과했다.

아버지의 말이 맞았다. 할 말이 전혀 없었다.

설령 론디몬드가 지시했다고 해도 무슨 일이 벌어질지 곰곰이 생각하고서 사용할 걸 그랬다.

「물 인형」을 왕성 근처까지 날린 사람은 쿠논이었다.

검은 탑이 어째서 왕성에서 멀리 떨어져 있는지 생각했다면 왕성 쪽으로는 마술을 날려서는 안 된다는 것쯤은 금세 헤아릴 수 있을 터였다.

변명을 할 수가 없었다.

"……왠지 미안하게 됐네."

쿠논을 부추겨서 마술을 쓰게 한 사람들 중 하나인 레샤가 마술사 일동을 대신하여 고개를 숙였다.

"왜 레샤 님까지……. 아뇨, 이제 됐습니다."

어쨌든 이 사건은 이로써 끝이다.

아버지도 길게 끌 일은 아니라고 생각했다—. 이곳이 장차 아들의 직장이 될 가능성이 높으니 필요 이상으로 분란을 만들 이유는 없었다.

쿠논은 이 시간까지 검은 탑에 있었다.

그것이야말로 왕궁마술사들이 아들을 마음에 들었다는 증거이니 분명 테스트도 합격했겠지.

"그럼 쿠논, 난 이만 돌아가마. 너도 슬슬 전하의 곁으로 가도록."

"예. ……어?"

"부디 미리카 전하께 무례하게 굴지 않도록."

출입구 근처에서 「초연체 물 구슬」에 파묻혀서 자는 마술사들을 뭐라 형언할 수 없는 얼굴로 힐끗 보고서 아버지가 나가버렸다.

그리고 남겨진 쿠논은 그 말의 의미가 무엇인지 헤아렸다.

즐거운 이야기에 너무 푹 빠져서 시간 감각을 완전히 잊어버렸다.

시간은 이미 저녁이 다 됐다.

아손의 입장에서는 퇴근하기에 조금 이른 시각이긴 하지만— 저녁 약속 전에 쿠논을 꾸짖어두고 싶었겠지.

즐거운 시간을 보내기 전에, 너무 들뜨기 전에.

"그러네. 슬슬 미리카를 데리러 가는 게 좋겠어."

"예? 어라? 혹시 벌써 약속시간이 됐나요?"

하늘이 붉게 물들기는커녕 캄캄해졌을 정도였다. 눈이 보이지 않는 쿠논은 모르겠지만.

그리하여 쿠논은 아쉬운 마음을 안고서 검은 탑을 뒤로 했다.

"—아, 잠깐만."

레샤가 일단 아까 그 방으로 돌아가 쿠논의 귀가를 전하자 동료들이 가차 없이 야유를 쏟아냈다. 그녀가 다시 돌아오더니 어서 가자며 걸어 나가려던 쿠논을 만류했다.

"모처럼 마술사들끼리 만났으니 결합 기술로 빨리 가자."

"예? 결합 기술?"

"그 물 마술로 비행을 시도해봤다고 했잖아? 아직 완성되지 않았지?"

현재 출입구 근처에서 사람들이 파묻혀서 자는 것만큼 커다란 「물 구슬」을 타고서 날아간다는 발상이었다. 「물 구슬(아 오리)」에는 「공중에 뜬다」는 성질이 있어서 그 특성을 살려보고자 했다.

"예, 가능합니다만……. 그런데 뜰 수는 있어도 이동은……."

"자자. 그만 떠들고 얼른 꺼내봐."

레샤가 시키는 대로 쿠논은 둘이서 탈 만큼 커다란 「물 구슬」을 생성했다.

"영차. 자, 쿠논도 타."

"옳지 않아요."

"응?"

"저, 이렇게 단 둘이서 날거나 하늘을 나는 건 약혼자랑 먼저 하기로 정했습니다. 레샤 님도 약혼자한테 오해를 살 걸요? 그날 남자랑 단 둘이서 하늘을 날았지, 하고 추궁을 들을 거예요."

웬 걱정이람.

"됐으니까 타라면 타! 난 약혼자 따윈 없으니까!"

이상한 걱정보다는 새로운 마술이 우선이었다.

레샤는 이미 타고 있었다. 차려놓은 밥상이나 마찬가지인 이 상황에서 마술에 푹 빠진 왕궁마술사가 참을 수 있을 리가 없었다.

쿠논이 내켜하지 않자 레샤가 잡아당겨 억지로 태웠다. 사정을 모르는 사람이 봤다면 납치 유괴쯤으로 착각할 만한 강압이었다.

"……어쩔 수 없네."

쿠논은 이미 타버렸기에 체념했다.

왕궁마술사는 아니지만 쿠논도 마술에 푹 빠졌다. 레샤가 무얼 하려는지, 무얼 하고 싶어 하는지 궁금하지 않을 리가 없었다.

쿠논은 지시한 대로「물 구슬」를 조작하여 띄웠다.

"만족스러운 속도는 낼 수가 없어요. 그저 표류하는 수준인데……."

그래서 비행한다기보다 부유한다는 느낌이었다.

"내 문장은 바람이야. 중력이 없다면 바람의 추진력으로 나아갈 수 있을 거야. 상승효과지."

쿠논은 재밌을 것 같다고 생각했다.

상승.

즉, 마술을 결합하여 날아보자는 뜻인가?

쿠논의 마술 조작과 레샤가 구사하는 바람의 힘을 조합하면 속도가 얼마나 나올까.

—검은 탑에 와서 귀중한 이야기들을 많이 들었지만, 정작 왕궁마술사의 실력은 거의 실감하지 못했다. 뭐, 이야기만 들어도 실력의 편린을 느낄 수 있었지만.

그러나 그 실력을 엿볼 수 있는 실험이 가능하다면 대환영이었다.

"『물 구슬(아오리)』에 탑승한다는 발상을 하지 못했어. 굉장히 흥미로워."

"흥미로운 건 저도 마찬가지입니다. 저도 당신한테 흥미가 많습니다. 분명 짓궂은 바람처럼 아이를 현혹하고 농락하는 마성의 여성이겠죠."

"왜 내가 아이만 농락할 수 있다고 한정짓는 거야? 아이만 농락하는 여자라고 하니 특수한 취미를 가진 사람 같잖아. —뭐, 됐어. 자, 가자!"

"부드러워서 다행이네."

"부드러워서 다행이네요."

쿠논이 조작하고 레샤가 바람을 일으킨다.

두 마술을 결합했더니 터무니없는 속도로 날았다.

강한 맞바람이 몸을 때리자 쿠논은 조작을 실수했고, 균형을 잃고서 불시착했다.

아니, 추락이었다.

"죄송합니다. 제가 실수해서……."

"아니. 첫 시도였으니 실패할 가능성을 생각했어야 했어. 내 감독 실수야."

가까스로 「초연체 물 구슬」을 마치 쿠션처럼 두 사람의 몸에 두르는 형태로 생성한 덕분에 무사히 생환했다.

두 사람은 땅과 격렬하게 부딪친 뒤 데굴데굴 구르다가 멈추자 몸을 떨며 일어섰다.

두 사람 모두 공포에 질린 나머지 갓 태어난 새끼 사슴처럼 다리를 부들부들 떨었다.

정말로 실수했다면 죽었을 것이다. 그 정도의 속도로 추락한 사고였다.

“실험을 더 해볼 필요가 있겠어.”

“그러게요.”

하마터면 사망 사고가 벌어질 뻔했지만, 이것은 운반이나 이동의 역사를 크게 바꿀 만한 발견—.

“—세 번째로군요. 레샤 님.”

“…….”

아마 두 사람이 화려하게 땅바닥을 구르는 모습을 어디선가 보고서 달려왔나 보다.

오늘 아침에 「복도 미끄럼 대사건」을 저질러 붙잡혔고, 인형 추락 사건을 일으켜 따가운 눈총을 받았다. 그리고 지금.

이미 얼굴을 기억해버린 그 기사와 오늘 세 번째로 재회했다.

두 사람 모두 굉장히 혼났다.

◆

—제9왕녀 미리카 휴그리아는 진즉에 전투태세에 돌입했다.

약혼자와 처음으로 저녁을 먹는 날이었다.

이것을 전투라 부르지 않는다면 뭐라고 하겠는가.

“미리카 님, 진정하세요.”

“…….”

해가 기울고 약속 시간이 다가오자 미리카는 한층 더 불안해져 방

안을 어슬렁거렸다.

시녀 로라의 목소리가 들리지 않을 정도로 긴장감이 고조됐다.

정오가 지난 후부터 안절부절못했다. 차 마시는 시간이 지났을 무렵에는 준비를 완전히 끝마쳤다. 쓸데없이 자꾸만 재촉하니까.

이 날을 위해서 기합을 불어넣고 공을 들인 금색 머리카락은 어린아이 특유의 부드러운 반짝임과 어우러져 눈이 부실 지경이었다. 이것이 바로 젊음인가.

필요 이상으로 손질하지는 않았지만, 매일 욕조에 오랫동안 몸을 담그며 가꾼 하얀 피부는 싱그러움과 탄력, 윤기를 과시하고 있었다. 이것이 바로 젊음이었다.

눈동자와 색깔이 동일한, 조금 어른스러운 파란 드레스는 오늘을 위해서 급하게 준비했다.

이제는 그가 오기만을 기다리면 된다.

약혼자와의 저녁식사.

첫 저녁식사.

더 자세히 말하자면 처음으로 하는 외출 데이트다.

늘 가던 그리온가의 별채가 아니라 다른 곳에 간다.

오늘 미리카에게서는 절대로 실패해서는 안 된다는 기백이 느껴졌다.

"……."

로라가 숨을 살짝 내뱉었다.

첫 데이트인데 이토록 의욕을 보이는 게 아주 귀여웠다.

그렇다면 이제는 내버려두는 편이 나을지도 모르겠다.

—잠시 후 미리카의 방에 딱딱한 소리가 울렸다.

노크 소리였다.

기다리고 기다렸던 때가 왔다.

포획되어 갇힌 육식 짐승처럼 어슬렁거리던 미리카가 순식간에 테이블에 앉았다. 그리고 내용물이 식어버린 찻잔을 우아하게 들었다.

"로라."

"예."

물밑에서는 발버둥을 치고 있지만, 물 위에서는 우아하게.

미리카가 겉모습을 감쪽같이 꾸미고서 지시를 내리자 로라가 문 바깥에 있는 상대에게 용건을 물었다.

"—쿠논 그리온 님께서 도착하셨습니다."

드디어 왔다.

미리카는 더는 기다릴 수 없다는 듯 벌떡 일어나 로라를 앞질러 문을 먼저 열어버리고 말았다.

쿠논을 보고 싶다는 감정이 우아하게 보여야 한다는 이성을 뛰어넘고 말았다.

"미리카 님, 기다리세요."

그런 미리카를 좇아 로라도 천천히 뒤를 따랐다.

과연 어떤 남자일까.

소중한 공주님의 마음을 사로잡은 왕자님이 누구일지 전속 시녀도 매우 흥미진진했다.

결론부터 말하자면 꽤 대단한 아이였다.

"—오늘은 제대로 에스코트하겠습니다. 자, 손을."

눈에 안대를 한 소년이었다. 듣던 대로 눈이 보이지 않는 듯했다.

그러나 행동에서는 그런 느낌이 전혀 들지 않았다.

아직 어울리지는 않지만, 한껏 발돋움을 한 신사다운 태도로 작은 공주님을 리드했다. 마차에 올라탈 때와 내릴 때에는 손을 꼭 빌려줬다. 쿠논이 그녀와 함께 예약해둔 레스토랑에 들어갔다.

고급 레스토랑으로 알려진 가게 안에 들어가니 작은 신사와 숙녀는 큰 주목을 받았다.

테이블에 앉아있는 귀족으로 보이는 사람도, 장사로 크게 성공한 것 같은 사람도 이곳과 어울리지 않는 어린 커플에게 시선을 돌렸다.

"기다리고 있었습니다. 그리온 님."

격식 높은 식당답게 종업원이 예의를 차렸다. 비록 어릴지라도 한 사람의 신사와 숙녀로서 대하면서 예약한 개인실 석으로 안내했다.

"—그대의 푸르른 눈동자와 드레스에 건배."

그 말을 시작으로 두 사람은 화기애애하게 대화를 나눴다. 그동안에 시녀 로라와 동행한 호위가 만약을 대비하여 대기했다.

"—왕궁마술사는 모두 굉장했어요. 전하의 그 싱그러운 머리카락처럼요."

대화가 진행되고, 전채요리가 나왔을 즈음에 미리카의 긴장도 상당히 풀렸다.

"—그럭저럭 테스트도 합격했습니다. 일이 어떻게 흘러갈지는 듣지 못했지만, 분명 전하의 그 빛깔과 윤기, 형태까지 완벽한 손톱처럼 얘기가 잘 마무리되겠죠."

테스트에 합격하면 왕궁마술사를 가정교사로 붙여주겠다는 이야기였지, 하고 로라는 생각했다. 오늘 쿠논이 왕성에 온 이유이기도 했다.

왕궁마술사가 왕성을 떠나는 건 꽤 큰일이다. 원래는 허락되지 않는데 과연 어떻게 될는지……. 그러나 그것은 일개 시녀가 관심을 가질 만한 일이 아니었다.

"—흥미로운 이야기도 잔뜩 들었습니다. 아, 물론 전하의 빛나는 이야기도 매력적이지만요. 그나저나 이 고기 맛있군요. 맛이 대단히 깨끗해요."

깨끗한 맛은 대체 뭐지.

쿠논이 무슨 말을 하는지 이해가 약간 되지 않는 때도 있었지만, 미리카가 즐거워하는 눈치이니 상관없겠지.

두 사람은 이미 단 둘만의 세계에 빠졌다. 외부인이 참견을 해서는 안 된다.

저녁 식사가 진행되고 디저트가 나왔다.

이 테이블에 앉은 신사와 숙녀는 술을 마실 수 없기에…… 더욱이 귀가시간까지 정해져 있기에 디저트를 다 먹으면 데이트는 종료다. 공연을 보러 가지도 않고, 근사한 바에 가지도 않는다.

무사히 끝날 것 같아서 로라는 조금 안도했다.

쿠논 그리온.

직접 보니 미리카가 말한 대로 조금 별난 아이구나 싶었다. 그것이 로라의 솔직한 감상이었다.

……그렇게 방심하던 때였다.

"—지금 전 이런 저녁밖에 대접해드릴 수가 없습니다. 하지만 전하와 결혼한다면 매일매일 이런 시간을 보낼 수 있겠죠. 당신과 함께 인생을 걸어 나가게 될 10년 후 미래가 무척이나 기대됩니다."

"아."

무심코 소리가 새어나오려고 하자 로라는 황급히 손으로 제 입을 막았다.

이따금씩 튀어나오는 경박한 발언들은 「예예, 그러네」라며 흘려 넘겼지만, 지금 이 발언은 마음에 울렸다. 예상치 못하게 울렸다. 이제는 귀엽다고도, 소녀라고도 할 수 없는 로라의 여심에까지 강하게 울렸다.

시선을 돌리니 미리카도 마찬가지로 손으로 입을 가렸다.

방금 그 말에 마음이 설랬다는 듯이.

귀까지 새빨개져서는 흔들리는 눈동자로 쿠논을 쳐다봤다.

어째선지 남자 호위마저 똑같은 포즈를 취했다. 왜 저 남자까지 가슴이 두근거렸는지 수수께끼였다.

—분명 미리카는 귀가한 뒤에 설렘을 표출하며 잠이 오지 않는 밤을 보낼 테지, 라고 로라는 생각했다.

쿠논 그리온.

꽤 대단한 아이였다.

제6화 새로운 스승

정신을 차려보니 아침이었다.

더할 나위 없이 즐거웠던 하루가 끝났음을 깨닫고서 쿠논은 맥이 조금 빠졌다.

어제는 처음으로 왕성에 갔다.

검은 탑에서 제니에 이외의 마술사들과 대화를 나눴다.

밤에는 예정대로 미리카와 저녁을 먹으러 갔다. 그러나 미리카에게는 미안하지만, 솔직히 검은 탑에서 겪었던 일들이 머릿속에서 맴돌아서 잘 기억나질 않았다.

결례를 범한 것 같지는 않지만, 분명 기분이 들떠서 평소보다 배려를 등한시했을지도 모르겠다. 사과의 편지 정도는 쓰는 편이 좋을지도 모르겠다.

그리고 그리온가의 별채에 돌아온 후로는 메모와 기억을 바탕으로 줄곧 생각하면서 생각을 정리했다…… 아니, 정리가 되진 않았지만 떠오른 것들을 전부 리포트로 썼다.

정신을 차려보니 의식을 잃었고, 일어나보니 어느덧 아침이 밝았다. 그리고 침대에 누워 있었다.

분명 시녀가 테이블에 엎어져 자던 쿠논을 침대로 옮겨줬겠지.

어제는 왕궁마술사들과 행복한 시간을 보냈던 신나는 하루였다.

자각은 못했지만 피곤했나 보다. 어느새 잠에 빠졌고, 어느새 어제가 끝나버렸다.

쿠논의 의욕이나 마술의 재능이 어떤지는 차치하더라도 그는 아직 아홉 살밖에 되지 않았다. 다소 단련했다고 해도 어린애의 체력은 뻔했다.

"……어라? 이코?"

"예. 좋은 아침입니다, 쿠논 님."

오늘도 실내에서 대기하고 있던 시녀가 쿠논의 부름에 응답했다.

"혹시 좀 늦지 않았어?"

평소보다 머리가 맑았다. 보통 푹 자고서 일어나면 몸 상태가 이랬다.

"그렇죠. 조금 늦었죠."

"깨우지 그랬어."

평소에는 더 일찍 깨워주는데.

쿠논은 시간과 체력과 마력이 아깝다고 생각했다. 수면 부족 따윈 체력이나 마력이 다 떨어져 지쳤을 때 낮잠으로 보충하면 된다고 생각했다.

"안 돼요, 쿠논 님. 어젯밤에는 정말로 늦은 시각까지 깨있으셨잖아요. 어린애는 자는 것도 중요해요. 신체가 성장하는 중요한 시기이니까요."

시녀가 그렇게까지 말하니 더는 불만을 늘어놓을 수 없지만.

"성장이라. 역시 여성은 키가 큰 남성을 좋아해?"

"키가 큰 사람을 좋아하는 분도 분명 있죠. 뭐, 전 크든 작든 쿠논 님을 좋아하지만요."

"고마워. 나도 이코를…… 에구, 미리카 전하한테 미안해서 더는 말을 못하겠네."

"엥— 치사해요. 여자만 말하게 하다니 쿠논 님은 바람둥이~."

두 사람은 서로를 보고 웃은 뒤 행동을 개시했다.

"오늘은 오전 운동을 오후로 미룰 테니 아침을 준비해줘."

"알겠습니다."

시녀가 준비해둔 대야를 들고서 밖으로 나가 마술로 물을 채운 뒤 세수를 했다.

이를 닦고, 따뜻한 「물 구슬(아 오리)」로 머리 전체를 가볍게 적셔서 정돈한 뒤 물을 뺐다. 이 역시 「물 구슬(아 오리)」로 할 수 있는 기술이었다.

쿠논은 매일 아침마다 거르지 않는 몸단장을 하면서 어젯밤을 떠올렸다.

언제 잤는지 기억은 나지 않지만, 몽롱한 의식으로 리포트를 썼던 것 같다.

그러나 머릿속에 담은 것을 모두 적은 기억이 없었다.

그러니 어제 입력한 정보를 다 정리하지 못했다는 것이다.

검은 탑에서 겪었던 귀중한 체험들을 남김없이 자신의 것으로 삼아야만 했다.

기억이 아직 또렷하게 남아 있는 동안에.

기억을 더듬어보니 왕성에서 세 번이나 혼이 났던 일이 맨 먼저 떠올랐다.

꾸지람을 들었던 기억은 늘 잊히지가 않는데, 정작 기억해두고 싶은 것은 잊혀 간다. 기억력이란 참 골치 아프다.

"좋아."

몸과 마음 모두 개운해진 쿠논은 기합을 불어넣고서 방으로 돌아갔다.

리포트 작성을 마치고서 이번에는 실험과 검증 작업에 들어갔다.

충실한 시간이었지만, 역시나 귀중한 의견을 들려줄 스승을 갖고 싶었다.

검은 탑에서 달콤하고도 자극적인 시간을 경험했기에 그 생각이 더더욱 간절해졌다.

그로부터 며칠쯤 지나, 충실하지만 무언가 채워지지 않는 나날을 보내고 있으니— 드디어 낭보가 도착했다.

"야호! 이코, 새로운 선생님이 온대!"

「새로운 스승을 붙여주겠다」고 약속해준 왕궁마술사 총감 론디몬드 씨가 보낸 편지에는 쿠논과 시녀가 기뻐할 만한 내용이 적혀 있었다.

"잘 됐네요. 언제 오신대요?"

"내일이래. 좋겠네, 이코."

"예?"

"네가 만나고 싶어 했던 제온리 님이 온대."

"예에?! 미모의 마술사로 소문이 자자한 그 제온리 님요?!"

검은 탑에 갔던 그날.

쿠논은 전혀 흥미가 없었다……기보다 그곳에서 보내는 시간이 너무 즐거워서 제온리의 이름이 미처 떠오르지 않았지만.

그러나 누군가가 잡담을 나누던 중에 분명 이렇게 말했다.

—제온리도 참 불행하네. 이렇게 재미난 애가 왔는데 자리를 비우다니, 라고.

마술과 관련 없는 내용이었기에 쿠논은 굳이 캐묻지 않았지만, 그 발언이 어렴풋하게 기억났다.

그날 미모로 소문난 왕궁마술사 제온리 핀롤은 검은 탑에 없었다.

그 제온리가 교사로서 그리온가에 와준다고 했다.

"진짜 오는 건가요?! 내일은 화장을 해야겠어요!"

"나 아닌 다른 사람한테 예쁘장한 모습을 보이려고? 질투심에 미쳐버릴 거야."

"미안, 쿠논 님! 지금은 만담을 받아줄 수가 없어요! 어쩌지. 손톱 손질을 해야겠네! 머리도 다듬어야 하고! 그리고 살도 좀 빼야겠고! 실례합니다!"

시녀가 허둥지둥 방 밖으로 뛰쳐나갔다.

…….

"……이코한테 차이니 마음이 좀 아프네."

홀로 남은 방에서 쿠논이 외롭다는 듯 불쑥 중얼거렸다. 그러고는 한숨을 살짝 내뱉고서 편지를 집어넣은 뒤 오늘의 실험 결과를 리포트로 작성하는 작업에 착수했다.

◆

이튿날.

아침부터…… 아니, 전날부터 상태가 이상했던 시녀와 함께 기다리고 있으니 오후에 그들이 찾아왔다.

"어라?"

시녀를 대동하고서 그리온가 본관 현관까지 마중을 나갔던 쿠논은 위화감을 느꼈다.

외부에서 온 마차가 지금 조금 떨어진 지점에 정차했다.

거기까지는 괜찮은데— 마부를 제외하고 마차에서 내린 사람이 셋이었다.

"쿠논 군!"

그리고 그 중 한 사람은 미리카였다.

"전하?"

그녀는 오늘 올 예정이 없었다. 미리카와의 만남은 2주에 한 번. 어제는 왕궁에 간 김에 저녁을 함께 한 측면이 강했다.

"와버렸어요!"

"아, 예……."

"……어머, 기쁘지 않은가 봐요?"

"아뇨."

미리카가 약간 침울해하며 말하자 쿠논이 즉각 대답했다.

"예상치 못한 만남에 놀랐을 뿐입니다. 전 전하와 만날 때마다 매번 마음의 준비를 합니다. 이처럼 느닷없이 만나면 전하의 귀여움과 아름다움에 바짝 긴장돼서 아무 말도 나오질 않거든요. 그야말로 뱀이 노려보는 개구리처럼? 근데 눈이 보이지 않아서 노려본다는 게 뭔지 잘 모르지만요! 아핫핫! 어라? 향수를 바꿨나요? 이번 향수는 어른스럽고 근사하네요. 잘 어울려요."

"아, 아이 참……. 향수는 아직 이르다고 해서 뿌리지 않았어요. ……뭐, 비누는 바꾸긴 했지만……."

쿠논이 실없는 말로 난타를 가하자 미리카가 얼떨떨해하다가 마지막 말에만 반응하며 부끄러워했다. 쿠논은 갑작스런 방문 때문에 당황한 속내를 가까스로 얼버무렸다.

불현듯 내보이는 반응은 의외로 마음에 남는 법이다. 쿠논은 만에 하나라도 여성의 마음에 상처를 남길 바에야 다소 경박하게 보이는 편이 낫다고 생각한다.

이것이 바로 신사의 의기다.

"이봐, 다리오. 왠지 미래에 바람을 마구 피어댈 것 같은 꼬맹이가 있어."

"말조심해. 저 사람이 쿠논 그리온 님이야."

미리카와 함께 마차에서 내린 두 남성이 미리카의 뒤에 서있었다. 그 중 하나가 내뱉은 폭언을 똑똑히 들었지만, 쿠논은 신경 쓰지 않았다.

여성을 슬프게 할 바에야 평판이 다소 떨어지는 것이 낫다.

이 역시 신사의 의기다.

"처음 뵙겠습니다. 환영합니다. 제가 쿠논 그리온입니다."

미리카가 눈치껏 피해주자 쿠논이 한걸음 앞으로 나가 인사를 했다. 두 사람 중에 하나가 기다리던 제온리겠지.

아니, 아마도 왼쪽 남자일 것이다. 오른쪽 남자의 목소리는 기억이 난다.

"네가 쿠논이냐?"

왼쪽 남자가 말했다.

"내가 제온리야. 론디몬드가 재미난 꼬맹이가 있으니 만나고 오라길래 왔다. 미리 말해두겠지만 재미없으면 그 순간에 끝이다. 알겠나?"

"……."

쿠논은 침을 삼켰다.

딱히 제온리의 거친 언사에 질색한 것은 아니었다.

거리를 몇 걸음 더 좁히고 나서야 느껴지는 제온리의 마력에 압도됐기 때문이었다.

이렇게나 마력이 짙다니.

대단히 짙어서 끈적끈적할 지경이라고 해야 할까.

론디몬드도 블루치즈처럼 짙었지만, 제온리의 마력은 마치 벌꿀처럼 짙었다.

"당신이 제온리……."

무심코 중얼거렸다.

솔직히 상상 이상으로 굉장한 사람이 온 모양이었다.

론디몬드는 제쳐두고, 그는 어제 만났던 왕궁마술사들 중 그 누구보다도 마술에 정통하리라.

마력을 통해 직감으로 깨달았다.

나이는 아마 20대 초반. 제니에보다 두어 살 정도 연상이겠지.

아직 청년인데도 마치 숙련된 노마술사 정도의 마력을 갖고 있었다.

—이 사람을 스승으로 모시고 싶다.

쿠논은 만나자마자 그렇게 생각했다.

소문이 자자한 미모의 진위는 알 수 없지만 실력만은 틀림없었다. 그렇다면 갈팡질팡할 때가 아니었다.

"님 자를 붙여라. 잘 들어. 난 꼬맹이를 싫어해. 울거나 떼를 쓰면 당장 돌아갈 거야. 좋아서 온 게 아니라는 걸 잊지 말라고."

"즉, 사회의 압박을 못 이겨서 온 거군요. 그런 게 있죠. 잘 압니다!"

"압박이라고 해야 하나…… 아아, 뭐 됐어."

실실거리는 쿠논을 보고서 독기가 빠져버린 제온리는 엄포를 놓는 것을 포기했다.

"그쪽 분은 지난번에 왕성에서 민폐를 끼쳤던 기사님이군요."

오른쪽 남자의 기척은 익숙했다. 잊고 싶은 불쾌한 기억과 바로 이어졌다.

"예. 지난번에는…… 뭐라고 해야 좋을지 모르겠습니다만. 저도 임무에 충실했을 뿐이니 그건 그거고, 이건 이거라고 생각해줬으면 좋겠습니다."

혼을 낸 사람과 혼이 난 사람의 관계였다. 확실히 뭐라고 해야 할지 난처한 관계였다.

쿠논이 「민폐를 끼쳤습니다」라고 말할 수는 있지만, 진지한 기사가 「민폐였습니다」라고 답할 수는 없겠지. 굳이 이 자리에서까지 주의를 줄 필요도 없을 테니.

"전 제3기사단 소속 다리오 선즈입니다."

이로써 성에서 온 사람들과 자기소개를 마쳤다.

솔직히 미리카와 다리오는 왜 왔는지 모르겠지만, 나중에 사정을 듣기로 하자.

"그럼 이쪽으로 오시죠. 전 별채에서 살고 있습니다. 그나저나 제온리 님은 미모의 마술사라고 하던데 맞습니까? 전 눈이 보이지 않아서 당신의 얼굴이 멋있는지 잘 모르겠습니다."

"뭐? 당연히 멋있지."

"오호라, 굉장하네요!"

"……너 말이야. 날 약간 바보 취급하는 것 같은데?"

"그렇지 않은데요? 무슨 불만이라도 있습니까?"

쿠논의 발언을 그대로 따지면 무례하지는 않았다.

다만 쿠논의 말이 이상하리만치 가볍게 느껴졌을 뿐이었다.

—쿠논이 지금껏 접해왔던 아이들과 전혀 다르게 행동하자 제온리는 벌써부터 조금 당혹스러웠다.

제온리가 온다는 소식을 들었기에 별채 정원에 테이블을 마련해놨다. 날씨가 화창하고 바람도 잔잔해서 야외에 자리를 준비했다.

우선은 차를 마시면서 대화를 나누는 게 좋겠다고 생각해서였다.

다만 예정과 달리 미리카와 다리오도 왔기에 쿠논은 시녀에게 의자를 두 개 더 추가하라고 지시했다.

"아뇨, 전 미리카 전하와 제온을 호위하러온 처지인지라."

다리오가 거절했지만 결국에는 테이블에서 떨어진 곳에 의자를 두고서 대기하기로 했다.

어디까지나 호위이므로 호위로서의 거리를 유지하고 싶다고 했다.

"쿠논 군은 들어본 적이 없습니까? 왕궁마술사는 자유롭게 움직일 수 없습니다. 직책상 나라 최고의 마술 연구자이니까요."

"아, 아버님한테 들은 것 같기도."

왕궁마술사를 스승으로 모시고 싶다고 말했을 때 아버지가 비슷한 발언을 했다.

"그래서 호위가 따라온 거군요. 맞아, 마술 정보는 중요하니까. 누가 노리더라도 이상하지 않겠죠."

항간에 나도는 마술 정보는 세계적으로 발표된 것들뿐이다. 혹은 실험이나 시행이 부족하여 불확실한 가설이나 뜬금없이 튀어나온 새로운 학설이거나.

그 이외에는 각 마술사들이 독자적으로 실시하는 연구에서 비롯된 정보들뿐이다. 그러므로 해당 마술사를 거느리는 국가나 조직, 혹은 마술사 개인이 그 성과와 정보를 독점하는 상태다.

그것들은 밖으로 쉽사리 누설해서는 안 되는 정보이며 업계에 몸을 담은 사람이라면 눈에 핏발을 세우고서 갖고 싶어 하는 정보이기도 하다.

요컨대 마술에 관한 귀중한 정보들을 많이 안다는 사실만으로도 왕궁마술사는 영리목적으로 납치를 당할 가능성이 있다고 한다.

제니에처럼 시내에서 살아가는 평범한 마술사는 해당하지 않겠지만.

"그런데 미리카 전하께서는 왜 이곳에?"

"왕궁마술사가 외출하는 이유를 만들어주려고요. 표면상 제온리 님과 다리오 님은 그리온가에 방문하는 날 호위하고자 동행한 거거든요."

"아, 그렇구나. 그런 것도 가능하군요."

"방식이 조금 억지스러운 것도 같지만, 나도 자세히는…… 다만 왕궁마술사를 움직이려면 상응하는 이유가 필요한지라."

제온리도 대놓고 왕궁마술사로서 온 것은 아닐 테니 남들 눈에 공주님을 호위하는 기사처럼 비치도록 꾸미고 왔겠지.

"절 위해서 제온리 님을 모시고 와주셨군요. 감사합니다. 전하."

"아, 아뇨…… 나도 쿠논 군을 만나고 싶었으니까……."

"저도요. 귀여운 나의 공주님."

"—이봐, 작작해. 나도 같은 테이블에 있다는 거 잊었나. 꼬맹이들이 꽁냥대는 모습을 차마 봐줄 수가 없구만."

얌전히 차를 마시던 제온리가 이상한 방향으로 탈선하려는 아이들의 대화에 끼어들었다.

"피차 사정은 다 파악했겠지? 이번에는 이 형과 즐거운 마술 이야기나 나누자고. 애송이, 좋지?"

"예. 잘 부탁드립니다."

그 말을 기점으로 쿠논과 제온리의 분위기가 바뀌었다.

아니, 정확하게는 **아직** 쿠논만.

지금껏 쿠논은 평소처럼 실없이 행동했다. 그러나 지금은 보이지 않는 은색 눈동자로 제온리를 응시했다.

무지한 꼬맹이를 골려주려는 의도가 빤히 보이는, 실실 웃고 있는 제온리의 얼굴을.

취미가 고약한 사람이다.

이 자리에서 그 사실을 모르는 사람은 눈이 보이지 않는 쿠논뿐이었다.

"새삼스레 기초를 언급할 필요는 없겠지. 확 건너뛰어서 실용적인 부분부터 해볼까.”

“알겠습니다.”

“중주는 몇 단까지 쓸 수 있나?”

“31단입니다.”

“뭐?”

“무리를 하면 32단입니다. 하지만 종종 실패도 합니다.”

“……제법이잖아.”

제온리는 비로소 납득했다.

왜 자신에게 쿠논을 만나라는 명령이 내려졌는지를.

마술사들 사이에서 나돌던, 헛소문처럼 들리는 쿠논의 지식과 실력이 거짓이 아님을.

그 이야기들이 정말로 사실이라면 자신이 벌이는 실험과 연구에 알맞은 인재다. 조수나 제자 따윈 필요 없다고 생각하지만, 딱 잘라 거절할 생각도 없었다.

스승은 제자를 키운다.

제자는 스승을 돕는다.

양쪽 모두에게 이득이 된다면, 특히 자신에게 이득이 된다면 거절할 이유가 없었다.

“뭐, 난 50단은 할 수 있지만.”

“50단?! 그렇게나 많이?! 어떻게?!”

“나야말로 듣고 싶어. 어떻게 30…… 아니, 20단의 벽을 넘었지? 그거, 독학으로 가능할 리가 없잖아. 네게 마술을 가르쳤던 스승도 거기까지는 못했을 거 아냐.”

"문장을 중첩했습니다. 현재는 이중(二重)이 기본입니다."

"……독학으로 그 경지에 이르다니. 핫, 위험한 꼬맹이네."

이때, 비로소 제온리가 다른 의미로 웃었다.

틀림없는 영재다. 아직 다듬지 않은 원석이다. 동료 왕궁마술사들이 왜 서로 갖겠다고 다퉜는지 이유를 잘 알겠다.

현재 제온리도 이 작은 견습 마술사를 조금 갖고 싶어졌다.

"네게 마술을 가르친 사람이 제니에 코스였지?"

"예. 지인이신가요?"

"아니, 정보로만 들었을 뿐이야. 초보자한테는 나쁜 스승이 아니었다고 봐. 무슨 일이든 단계를 밟아나가야 해. 느닷없이 두어 단씩 건너뛰어서 가르쳐본들 알아먹을 리가 없잖아? 유능한 마술사일수록 가르치는 데 서투른 경향이 있지. 나도 아마 초보자는 못 가르칠 거다. 난 처음부터 할 줄 알아서 초보자가 왜 고생하는지 잘 모르거든."

자화자찬을 은근히 끼워 넣는 제온리의 말투는 따지지 말자.

그렇다. 현재 쿠논의 역량을 헤아려봤을 때 제니에 코스의 교육이 나쁘지 않았다는 말이었다.

설령 쿠논의 자질이 훌륭했더라도 왕궁마술사와 만나기 전까지 잘 키워낸 사람은 틀림없이 그녀였다.

우수한 마술사와 우수한 마술 교사는 동의어가 아니라는 뜻이다.

"좋아. 실력은 대충 알았다. 마술을 실제로 보여봐라."

"그전에 50단을 하는 법부터 알려주세요."

"안 돼. 가치 없는 녀석한테 가르쳐봤자 쓸데없어. 난 시간을 낭비하는 취미는 없거든. 할 수 있는지부터 증명하고서 당당히 가르침을 청해. 내게 아양을 떨어봤자 소용없어."

"멋진 제온리 스승님, 제발 가르쳐주세요. 스승님의 멋진 모습을 보고 싶어라. 그리고 넓은 도량과 상냥한 마음씨와 사랑, 이따금씩 엿보이는 고독한 옆얼굴도 보고 싶어라. 뭐, 보이지는 않지만."

"지적할 게 넘치지만 끝이 없을 것 같아 그만두겠는데, 우선 스승님이라고 부르지 마. 아직 인정 안 했어. ―실력이라면 이 자리에서 살짝만 보여주마. 과제로서 말이야."

제온리가 그렇게 말하더니 테이블 바로 옆에 토벽을 세웠다.

쿠논이 가장 먼저 반응하고서 반사적으로 그쪽을 쳐다봤다. 제온리의 마력이 움직이는 흐름을 쫓았기 때문이었다.

"내 문장은 삼성 토속성이다. 다들 토속성은 수수하다고 여기는데, 이게 사실은 아주 심오하거든……. 그건 됐나. 너, 침대를 생성할 수 있지? 꺼내. 난 잔다. 그동안 넌 마술로 이 벽을 부숴봐라. 그게 과제다. 해내지 못하면 바로 끝이야. 다음 기회는 없는 줄 알아라."

―아마도 해내겠지.

제온리는 그렇게 예상하면서 쿠논이 만들어낸 「초연체 물 구슬」에 몸을 묻었다. 무심코 감탄사가 새어나왔다.

상상 이상으로 부드러웠다.

몸에 가해지는 부하가 사라졌다. 깃털 더미에 뛰어든 것처럼 푹신푹신했다.

물에 닿았는데도 전혀 젖지 않는 이 신기한 감촉.

겨울임을 고려했는지 온도도 따뜻했다.

애써 무시해왔던 피곤과 수면 부족이 어금니를 드러내고서 가차 없이 의식에 달려들었다.

그 무게를 견디지 못하고 아니, 견디지 않고 제온리는 순식간에 잠에 빠졌다.

이 마술을 동료들 중 하나에게 반드시 습득시키자고 생각하면서.

곧바로 곯아떨어진 제온리에게 흥미를 잃었는지 쿠논이 우뚝 선 토벽을 만졌다.

흙을 딱딱하게 굳힌 한 장의 판 같은 느낌이었다.

두께도 그리 두껍지 않았고, 치밀하게 측정하여 만든 것처럼 똑바른 직사각형이었다. 마치 목수가 준비한 건축 자재 같았다.

밀어봤으나 꿈쩍도 하지 않았다. 지팡이로 가볍게 툭툭 찔러보니 딱딱한 소리만이 되울렸다.

전력으로 때려봤자 금조차 가지 않겠지. 오히려 지팡이가 부러질지도 모르겠다.

토벽은 무서우리만치 딱딱했고 감촉은 꺼끌꺼끌했다.

마른 흙으로 만들어진 듯했다.

그러나 이 벽을 구성하고 있는 마력이 굉장했다.

쿠논의 「물 구슬(아 오리)」과 마찬가지로 마력을 투입하여 분리한 독립형이다. 마력을 지속적으로 소모하는 형식이 아니라 사전에 마력을 담아두는 형식이다.

술자가 해제하든가, 아니면 투입된 마력이 다 떨어질 때까지 존속할 것이다.

쿠논이 감으로 헤아려보니 이 벽은 이틀 정도는 유지될 듯했다.

최장지속시간이 한나절에 불과한 쿠논은 이 토벽 하나만으로 제온리의 실력을 파악했다.

설령 그가 아니더라도 왕궁마술사 정도라면 누가 오든 쿠논은 많은 것들을 배울 수 있겠지.

그러나 이것은 왕궁마술사들 중에서도 특출난 실력자가 구사한 마술이었다.

은근히 자화자찬을 늘어놓을 만한 실력이었다.

제온리는 쿠논보다 훨씬 위에 있는 마술사였다.

"……과연."

이렇게 만지고만 있어도 공부가 됐다.

담겨있는 마력이 꽤나 응축된 상태다. 이런 식으로 지속시간도 늘리고 강도도 유지할 수 있구나.

역시나 이렇게 마력을 꾹꾹 눌러 담는 건 마술사 업계에서는 상식인 듯했다. 쿠논은 본인 나름대로 해석하여 도달한 경지였지만, 마술사에게는 흔하디흔한 기술이었다.

마력을 꾹꾹 눌러 담은 밀도가 월등히 다르지만.

아마도 40단이 넘는 중주 마술의 결정체이리라.

문제는 어떻게 그 정도까지 횟수를 늘리냐는 것인데…….

—마술은 문장이다.

—문장은 마법진이다.

마술은 마법진에서 나온다. 마력으로 그려진 마법진에서 **그 형태**에 맞게 마력이 방출된다. 그것이 마술이다.

술자는 그 마법진을 짜내어 다양한 마술을 구사한다.

특정한 「단어」로 짜인 마법진이 여러 개나 발견되고 발표되고 있지만, 그것은 어디까지나 기초다. 이 기초를 정형마술이라고 한다.

마술의 진수는 정형마술에서 발전시킨 술사의 독자적인 마술. 오리지널리티에 특화된 마술이다.

중주란 기초가 되는 문장을…… 마법진을 분할하여 재구축한 숫자를 가리킨다. 단순히 말하자면 정형마술을 몇 번이나 개조했느냐는 의미다.

그 숫자가 오리지널리티와 술자의 수준을 보여준다고 할 수 있다.

숫자가 늘면 늘수록 난도가 높아지고 제어하기도 어려워진다. 실패를 밥 먹듯이 한다. 그것이 바로 시행(試行)이다.

쿠논은 「기초가 되는 마법진을 두 개 중첩한다」는 발상으로 제온리가 언급했던 「20단의 벽」을 넘었다.

그래서 쿠논의 「물 구슬(아 오리)」는 동일한 마술을 동시에 두 개를 사용한다고 해석할 수 있다. 한 마술이 10단씩 담당하는 느낌이다.

"……."

쿠논은 「초연체 물 구슬」에 몸을 묻고서 푹 자는 제온리를 돌아보며 탄식을 살짝 내뱉었다.

그리고 테이블로 돌아갔다.

"미리카 전하, 잠시 대화를 나누죠."

"예?"

미리카는 마술 이야기가 나오자 쓸데없이 끼어들지 않고 조용히 지켜보기만 했다. 그러나 쿠논이 돌아와서 그렇게 말하자 깜짝 놀랐다.

과제는 괜찮은지 묻고 싶었지만 묻지 않았다. 마술을 잘 모르니까.

—아마 제온리는 피곤했나 보다.

지금 막 잠들었다. 바로 깨우기가 미안해서 쿠논은 시간을 더 끌기로 했다.

만져보고서 알았다.

저 정도라면 금세 부술 수 있다.

"……우옷?!"

자고 있던 제온리가 소리를 냈다.

"아차, 아주 푹 자버렸군……. 으앗."

「초연체 물 구슬」이 너무 물컹물컹해서 제온리는 몸을 일으키지 못하고 그만 그 속에 빠져버렸다. 몸을 굴리다가 땅바닥에 한 번 떨어지고 나서야 일어설 수 있었다.

설마 의식을 잃을 정도로 깊은 수면에 빠질 줄은 몰랐다.

정말로 예상치 못했다. 선잠이라도 잘 수 있으면 족하다고 생각했는데.

하늘을 보니 아직 파랬다.

그리 오랫동안 잠들지는 않은 듯했다.

"잘 주무셨습니까?"

그렇게 물어본 쿠논은 제쳐두고, 미리카와 다리오는 꽤 어이없어하는 눈빛이었다. 이 녀석은 왜 잔 거야, 하고 따지듯이.

제온리는 그런 사소한 일을 신경쓰지 않는 성격이지만.

"오, 꼬맹이. 너 상당히 여유롭구나. 벽 부수는 건 포기했나?"

쿠논은 테이블에서 미리카와 담소를 나눴던 모양이다.

제온리가 테이블에 불쑥 다가가 아이들의 다과인 스콘을 불쑥 빼어먹었다.

—과제로 내놨던 토벽은 여전히 남아 있었다.

"아, 이제 부숴버려도 될까요?"

"해봐. 할 수 있으면—."

쿠논이 벽 쪽으로 손을 뻗자 토벽에 물거품이 퍼져나갔다. 작은 거품들이 표면을 뒤덮었다.

「물 거품(아루브)」이다.

자잘한 거품들을 일으키고 오염을 분리해내는 효과가 있어서 무언가를 세척할 때 쓰는 초급 세정 마술이다.

"……흥."

화장이 진한 시녀가 끓여준 홍차를 마시고서 코웃음을 치며— 기쁘다는 듯 웃으면서.

"과제의 의도를 파악했나?"

"허용량 이상의 물을 흡수하면 극단적으로 물러지는 토벽 맞죠? 부러뜨릴 목적으로 만든 건빵처럼 바짝 말라 있어서 금세 알아차렸습니다."

"부러뜨리라고 건빵처럼 만든 건 아니지만, 거의 정답이다. 근데 왜 『물 거품(아루브)』을 택했냐? 네 특기 마술은 자유자재로 변환할 수 있는 『물 구슬(아오리)』이잖아? 난 그 마술로 시행착오를 거듭한 끝에 벽을 무너뜨리는 그림을 예상했는데 말이야."

시행착오를 거듭하다보면 결국에는 토벽이 무너진다.

요컨대 포기하지만 않으면 무너뜨릴 수 있는 벽이었다.

쿠논은 아직 공격용 마술을 습득하지 않았다고 들어서 직접적인 공격이나 충격을 주지 않고도 부술 수 있는 벽, 돌파할 수 있는 과제를 준비했다.

다만 쿠논이 보유한 모든 마력을 한계까지 쥐어짜내야만 하는 수준으로 벽의 수분 허용량을 설정했다.

그런 바보처럼 우직한 방식으로 도전했다면 꽤 고전했을 텐데.

"이쪽이 더 편할 것 같았거든요."

쿠논이 그렇게 말하자마자 토벽의 상부가 거품과 함께 우르르 무너졌다.

흙 속으로 침식한 물거품 하나하나가 소량의 흙을 안에 머금고서 벽에서 떨어져나갔다.

토벽 그 자체를 오염으로 간주하고서 토벽을 씻어낸 것이다.

"편하다라……. 좋구만. 바보처럼 밀어붙이는 방식은 좋아하질 않아. 이만큼 스마트하다면 나쁘지 않아. 상황과 대상마다 적합한 마술이 있어. 무릇 마술사란 그것을 명확히 꿰뚫어 볼 줄 알아야 해. 힘을 과시하는 것 말고는 아무짝에도 쓸모없는 마술 난타는 불의 문장을 지닌 바보들한테 시키면 돼."

"그럼 절 제자로 받아주는 건가요? 야호!"

"잠깐! 아직 승낙하지 않았어!"

"그래도 받아줄 거죠? 과제도 풀었으니까요. 스마트하게."

"……쳇, 별 수 없구만."

저렇게 솔직하게 기뻐하니 쓸데없이 반항하고 싶어지긴 하지만……

약속은 약속이다.

미리카와 다리오, 화장이 짙은 시녀도 「더는 트집을 잡지 마」라는 표정으로 제온리를 째려봤다.

무섭지는 않지만, 다툼을 벌였다가는 훗날 귀찮아질 것 같았다.

"—쿠논, 넌 오늘부터 내 제자다. 기뻐해라. 오늘 넌 틀림없이 세계 최고의 행운을 거머쥔 꼬맹이다. 내가 네 스승이 됐으니 말이지."

제온리 핀롤.

쿠논의 인생에 중요한 전환점을 가져다준 만남이지만, 그것은 제온리에게도 마찬가지였다.

이 시기를 기점으로 그는 실적을 잇달아 쌓아서 전 세계에 명성을 떨치게 된다.

그리고 전환점을 맞이한 사람이 하나 더 있었다.

"하하, 세계 최고…… 확실히 그렇군요. 스승님도 찾아냈고, 미리카 전하도 곁에 있으니 더 이상 바란다면 벌을 받겠죠."

"아이, 쿠논 군도 참……."

"알고는 있겠지만, 한마디 해두마. 약혼녀보다는 스승이 우선이다."

"뭐로고요?"

미리카가 지금껏 들어본 적이 없을 정도로 목소리를 낮게 깔며 제온리를 쳐다봤다.

마치 지옥 밑바닥에서 기어나온 악마의 목소리 같다고 쿠논은 생각했다.

화가 난 여성은 무시무시하다고 시녀에게서 들었지만, 틀린 말이 아닌 듯했다.

미리카가 화난 모습은 처음 봤는데, 그녀 역시 예외가…….

아니, 그녀이기에 쿠논이 특별하게 받아들인 거겠지. 다른 누구도 아닌 미리카가 화가 났기에 무서운 것이다.

"연애는 어른이 되고 나서 해라. 내 제자가 된 이상 언젠가 쿠논을 마술학교에 보낼 거다. 그때까지 할 일들이 산더미야. 가르쳐야 할 것들도 끝이 없고, 내 실험에도 동참해야 한다. 낭비할 시간이 없어. 애당초 당신은 어쩔 셈이지, 미리카 전하."

"무슨 말인가요?"

"**약혼자**가 죽을 만큼 노력하는 시간들을 마냥 지켜보기만 해서 되겠느냐는 얘기야. 당신도 해야 할 일을 하는 편이 낫지 않을까? 쿠논은 내 제자가 된 거라니까? 장차 쿠논은 쭉쭉 커서 팍팍 출세할 거다. 공훈도 어마어마하게 쌓을 테고 말이야. 작위도 받을 거다. 언제까지 **당신의 약혼자**로 남을지는 아무도 장담할 수 없을 걸? 언젠가 나 정도는 아니어도 쿠논을 원하는 여자들이 떼로 몰려들 텐데? 제9왕녀님, 이제 알겠나?"

"읏……!"

미리카가 이를 악물고서 반론을 꾹 삼켰다.

그 말을 듣자마자 쿠논을 원하는 여자— 자신의 언니들의 얼굴이 떠올랐기 때문이었다.

미리카는 제9왕녀다. 왕족 중에서 대단히 서열이 낮다.

서열이 높은 오빠와 언니들이 활개를 치고 다녀서 왕성 내 정보전도 절대로 이길 수가 없는 실정이었다.

언니들이 진심으로 쿠논을…… 제9왕녀의 약혼자를 원하게 된다면 분명 별다른 저항도 못해보고 빼앗기겠지.

제온리의 말이 맞았다.

절망스러울 정도로 맞는 말이었다.

마술사로서 두드러지게 두각을 드러냈던 쿠논은 현재 왕궁마술사의 제자가 될 정도로 성장했다.

그에 비해 자신은?

귀족의 의무인 교육을 받고는 있지만 그뿐이었다.

누군가에게 인정을 받은 적도 없고, 서열이 낮다는 현실에 그저 주저앉아 있기만 했다. 무언가를 얻으려고 애를 쓴 적도 없었다. 학교에 가는데도 호위조차 붙여주지 않을 만큼 가치가 낮은 제9왕녀로서 살아갈 따름이었다.

—거기까지 생각하고서 깨달았다.

이미 쿠논은 자신과 어울리는 상대가 아니라는 사실을.

어렸을 적에는 쿠논이 약혼자라는 사실이 너무 고통스러워서 달아났다.

그러나 지금은 정반대였다.

쿠논이 미리카를 놔두고서 먼저 앞서 가버렸다.

미리카가 부르면 쿠논이 뒤를 돌아봐주니 미처 깨닫지 못했다. 실제로 이미 두 사람의 거리는 크게 벌어졌다.

그 사이에 누군가가 들어갈 수 있을 정도로.

들어가려고 마음만 먹으면 쉽게 끼어들 수 있을 정도로.

장래에 대성할 가능성이 높은 마술사 쿠논의 가치를, 불면 날아가

버릴 것 같은 하위 왕족보다 더 귀하게 보는 사람들도 적지 않을 터이다.

"스승님, 전하를 괴롭히지 말아요."

"괴롭힌 기억은 없다만. 내 딴에는 오히려 응원을 해준 건데? 너희들은 잘 어울리니까."

제온리의 말에 거짓은 담겨 있지 않았다.

그녀의 마음을 헤집으며 갖고 노는 것처럼 보이지만, 정말로 거짓말이 아니었다. 반쯤은 골려주려는 작정으로 내뱉은 말인지도 모르겠지만.

"말은 그렇게 하면서도 실은 여자를 괴롭히는 걸 좋아하죠? 스승님은 그런 타입 같으니까."

"뭐?"

"그래서 정신을 차려보면 때를 놓쳐버리는 타입이죠? 성격이 삐뚤어졌으니까. 좋아하는 여자한테 장난만 치다가 딴 사람한테 빼앗기는 타입이죠? 상냥하게 대해주는 데 서툴러서."

"……."

아무 근거도 없는 아이의 허언이었다. 진지하게 들을 가치도 없었다.

그러나 문득 인생을 돌이켜보니 약간은 맞는 부분도 있어서 조금 분했다.

그리하여 제온리의 첫 방문이 끝났다.

쿠논에게는 전환점을 가져다주고.

제온리에게는 실험, 연구가 나아갈 수 있는 계기를 마련해주고.

그리고.

"……뭐라도 해야만 해."

제9왕녀 미리카 휴그리아의 마음에 불을 지피고서.

◆

봄 막바지에 쿠논은 열 살 생일을 맞이했다.

가족들의 축하 인사를 듣고서야 비로소 생일임을 알아차렸을 정도로 매일 바쁘게 보냈다.

제온리의 제자가 된 지 약 3개월이 지났다.

하루하루가 홍차에 떨어뜨린 설탕처럼 순식간에 녹아갔다.

"제자라고 해야 할까, 이제는 조수라는 표현이 더 가까울지도 모르겠네요."

"그러게 말이야. 이렇게까지 부려먹을 줄은 몰랐어."

"혹은 문서 작성 담당."

"그러네. 다음에 스승님한테 급여라도 청구해볼까."

휴식에 들어간 쿠논이 시녀가 끓여준 홍차를 마시며 한숨을 돌렸다.

아침에 일어나 줄곧 자기 방에서 서류 작업을 한다.

작업을 저녁 전에 마친 뒤 저녁부터 밤까지는 운동과 마술 훈련을 한다.

그리고 쓰러지듯 취침한다.

요즘에는 매일 그런 생활이 이어졌다.

제온리는 정말로 사람을 막 다뤘다. 며칠 간격으로 서류들을 잇달아 보내왔다.

그래서 별채에 사는 쿠논은 현재 다른 이유 때문에 본관에 돌아갈 수가 없게 됐다.

제온리가 마술에 관한 리포트……라는 이름의 메모와 글씨가 휘갈겨진 쪽지, 영감을 끄적거린 종이 등을 말끔하게 정리해두라며 보냈다.

그러한 서류들이 쿠논의 방을 한가득 점거했다.

아는 사람이 본다면 이 서류들은 금화가 담긴 자루나 마찬가지였다.

솔직히 말해서 왕궁마술사가 남긴 기록들은 메모일지라도 밖으로 반출해서는 안 된다. 굳이 말하자면 그것들은 기밀문서다.

그런 것들이 방에 넘쳐나니 되도록 남의 눈에 띄어서는 안 됐다. 그래서 쿠논이 더더욱 별채에서 자리를 비울 수가 없게 됐다.

기본적으로 이곳을 드나드는 사람은 전속시녀뿐이었다. 가족과 만날 때는 쿠논이 호출에 응하여 본관으로 만나러 갔다. 되도록 별채에 오지 말라고도 당부해뒀다.

"그나저나 도형들이 많네요."

시녀는 간단한 글씨는 읽을 줄 알지만, 전문용어가 빼곡히 적힌 서류는 역시나 이해하지 못했다.

다만 제온리가 보내는 서류에는 그림이 많았다.

의미를 아는 그림도 있는가 하면 의미를 전혀 알 수 없는 그림도 있었다.

덧붙이자면 휘갈겨진 글씨들도 많았다. 해독할 수 없을 정도로 무너져 내린 글씨도 드물지 않았다.

솔직히 쿠논은 기록들을 잘 정리하여 리포트를 작성하는 것보다 악필을 해독하는 게 더 힘들었다.

“마기사는 참 재밌네요.”

마기사(魔技師).

그것이 제온리가 왕궁마술사로서 맡은 역할이다.

거푸집을 만들거나 건물을 수선하는 등 일반 토마술사의 역할도 수행하지만, 본인은 마기사…… 마도구를 제작하는 활동에 중점에 두고 있었다.

마도구란 마력을 흘려서 작동시키는 도구를 가리킨다.

현재는 쉽게 볼 수 있는 물건이 아니었다. 작동시키려면 마력이 필요해서 별로 보급되지 않았다. 마도구라는 명칭만이 유명해진 실정이었다.

제온리는 일반인도 사용할 수 있는 마도구를 제작하는 게 목적이라나. 그가 하는 일을 구체적으로 말하자면 주로 토마술로 조형을 만드는 것이다.

그리고 그것은 쿠논이 「물(아) 구슬(오리)」로 특정한 형태를 빚어내는 것과 조금 유사했다.

언젠가 제온리가 「그래서 론디몬드가 나와 널 만나게 했나 보군」이라고 말했다.

쿠논도 그렇게 생각했다.

마기사의 역할을 이해한 뒤 제온리가 적은 메모를 보면 볼수록 그런 생각밖에 들지 않았다. 역시 총감, 생각이 남다르다.

“제 눈에는 뭐가 뭔지 모르겠지만, 쿠논 님께서 만족하신다면 저도 만족입니다."

"진짜? 응원해줄래?"

"예! 쿠논 님의 뒷바라지는 제가 할 테니 쿠논 님은 열심히 꿈을 이루세요! 쿠논 님의 재능은 제가 제일 잘 아니까요!"

"마치 인기 없는 삼류 배우의 뒷바라지를 하는 연인처럼 말하네."

"인기를 얻으면 버릴 거야?"

"버릴 리가 없잖아—. 난 이코 일편단심이야—. 미래에 결혼하자고—."

"우와, 말투가 딱딱해—. 거짓말 같아—."

두 사람이 서로를 보며 웃었다.

그리고 다시 업무에 착수했다.

예전에는 미리카가 2주에 한 번씩 방문했지만, 요즘에는 1주에 한 번씩 방문하게 됐다. 저택을 찾아오는 사람은 언제나 셋이었다. 미리카와 제온리, 그리고 호위이자 감시역을 맡은 기사 다리오.

표면상 미리카의 호위로서 제온리를 저택에 데려오기 위해서였다.

제온리가 쿠논을 제자로 삼았다는 사실을 가급적 숨겨야했다. 쿠논은 잘 모르겠지만, 왕위 계승 문제 때문이라고 하는데, 사정이 꽤나 복잡한 듯했다.

"여어, 귀여운 애제자. 서류 정리는 끝났나?"

제온리가 기분 좋게 다가왔다.

최근 3개월 정도 서류 작업을 제자에게 떠맡긴 덕분에 스승은 수면 부족을 말끔히 해소했다. 실로 상쾌했다.

"반 정도는 끝냈습니다."

"뭐? 너무 늦잖아. 똑바로 좀 해라."

서류들이 끊임없이 밀려드는데 작업이 과연 끝나기는 할까.

상당히 부조리한 발언이었지만, 그러한 부조리에도 이미 익숙해졌다.

"제 메시지를 봐주셨습니까?"

"……너 말이야. 서류 끝에 『스승님 사랑해요』라느니 『존경해요』 같은 말 좀 쓰지 마라. 론디몬드나 다른 마술사한테 보일 때마다 내가 얼마나 창피한 줄 아냐?"

"애제자와 사이가 좋은 게 창피하다? 좋지 않습니까? 우리의 관계를 과시해주자고요."

"일부 녀석들한테 해코지를 당했다고. 널 제자로 삼고 싶었던 녀석들 말이야."

"—미리카 전하. 어서 오세요."

"—안녕, 쿠논 군."

"이봐……. 스승을 무시하다니, 배짱 한 번 두둑해졌군."

인사를 그럭저럭 마치고서 제온리와 쿠논은 실험에 들어갔다.

시험해보고 싶은 것들이 산더미 같았다. 한 주에 한 번밖에 없는 이 시간은 두 사람에게는 무척이나 귀중했다.

—서류 작업은 제온리 나름의 교육이었다.

의미와 의도를 이해하고 곱씹은 뒤 쓰게 한다.

이렇게 하면 기억에 잘 남는다.

악필도 쿠논이 이해하고 해석하도록 부추긴다. 내용을 이해한다면 추측하여 글을 쓸 수 있을 테니까.

한 주에 한 번밖에 만날 수 없기에 강의 시간은 제한하지 않았다. 그래서 이런 형태로 쿠논에게 지식을 전수해주고 있었다.

뭐, 서류 작업이 귀찮은 것도 진심이긴 하지만.

"여기, 어떻게 생각해?"

"압력을 너무 많이 가한 것 같습니다. 용기를 강화하든가, 투입 마력을 줄이지 않으면 성립하지 않을 것 같은데요."

"하지만 이만한 마력압이 없으면 정상적으로 움직이지 않잖냐."

그 증거로 제온리가 무슨 말을 쏟아내든 쿠논은 이야기를 제대로 따라갔다.

3개월 전에는 마기사의 **마** 자도 몰랐던 문외한이 현재는 전문가와 말이 확실히 통할 정도로 성장했다.

이것이 바로 교육의 산물이었다.

서류 작업량은 급료를 청구하고 싶을 정도로 부조리하긴 하지만.

"좋아, 시험 삼아 만들어볼까. 넌 내부구조를 맡아라."

"예."

제온리가 토마술로 대략적인 용기를 제작하면 쿠논이 즉석에서 「물 구슬(아 오리)」로 내부장치를 구축한다.

제온리는 「딱딱한 부품」을 만들 수 있지만 「유연한 부품」은 만들지 못한다.

그것을 만드는 게 쿠논의 역할이었다.

쿠논 일행이 한눈을 전혀 팔지 않고 실험과 시험품 제작에 몰두하는 동안에 떨어진 곳에서 미리카는 다리오와 마주하고 있었다.

"잘 부탁합니다!"

"예, 저야말로."

서로 목검을 들고서 자세를 취했다.

—3개월 전부터 미리카는 다리오에게 검술을 배우게 됐다.

목표는 막 입학한 상급귀족학교를 수석으로 졸업하는 것. 그리고 가능하다면 그전에 기사과로 전과하고 싶었다.

그래서 공부에 한층 더 매진하기로 했다.

그리고 검술을 비롯한 무술 전반도 익히기로 했다.

만약의 사태가 벌어졌을 때 쿠논을 지킬 수 있는 힘을 갖추고 싶었기에.

제7화 견습 마술사 쿠논은 보인다……?

"쿠논, 슬슬 시작해도 된다."

"예?"

사제의 연을 맺은 뒤로 두 번째로 찾아온 겨울의 어느 날에 제온리가 그런 말을 꺼냈다.

스승과 만난 뒤로 쿠논은 상상 이상으로 바쁜 나날을 보냈다.

날개가 달린 것처럼 흘러가는 세월은 쿠논으로 하여금 날짜 감각을 잃게 했다.

오늘이 몇 월 며칠인지, 봄인지 가을인지도 모르겠다. 시간의 흐름이 살갗에 느껴지는 온도 수준으로 전락했다.

올해 초여름에 열한 살이 됐다.

그 이외에는 딱히 아무 일도 없었다.

며칠 간격으로 제온리가 보내는 메모와 리포트를 정리했고, 만나면 실험과 시제품 제작과 검증을 진행했다.

오직 그것을 되풀이하는 나날을 보내왔다.

오늘은 제온리가 오는 날이었다. 미리카와 다리오가 동행한 것도 여전했다.

그리고 오늘도 제온리가 평소처럼 실험과 검증을 하리라 생각했다.

그런데—.

"네가 내 제자가 된 지 슬슬 만 2년이 되어 간다. 내년 봄 말에 넌 열두 살이 되겠지. 마술학교에 갈 준비를 시작해도 된다고 말하는 거야. 거긴 가을부터 시작하니까 슬슬 준비를 해도 되겠지."

"……예?"

쿠논은 무슨 소리를 들었는지 순간 이해하지 못했다.

"어, 검증은요? 『벌레가 엄청 꼬이는 상자』 개발은?"

"엄청 꼬인다가 뭐냐. 멋없게. 『벌레 수집함(인섹트 박스)』이라고 불러."

―특정 곤충을 유인하는 마도구다. 야생 꿀벌이나 익충을 모으거나, 해충을 구제하는 것을 주요 용도로 상정하고서 제작했다.

완성을 코앞에 앞뒀다.

아니, 오늘 완성시킬 작정으로 쿠논은 여러 실험방법을 고안했다.

그런데.

"인섹트 수집 박스 완성은요?"

"쓸데없는 거 섞지 마라. 그리고 이제 나 혼자서도 충분해. 넌 해야 할 일이 있을 텐데?"

제온리가 그렇게 말하면서 야외 테이블에 준비된 쿠논이 말끔히 정리한 서류 다발을 들었다.

아무래도 오자마자 돌아갈 작정인 듯했다.

"해야 할 일이라니…… 마술학교 준비를 말하는 겁니까?"

쿠논은 마술학교를 까맣게 잊어버렸다.

2년 동안 쓸데없는 생각을 할 겨를조차 없을 정도로 너무나도 바빴기에.

꽤 힘들었지만 불만은 없었다.

매일 시간과 서류에 쫓겼지만 모르는 것들을 알아가는 과정이 즐겁기도 했다.

마도구 제작도 재밌었다. 몇 개쯤 완성하는 데 공헌했지만, 아직도 갈 길이 멀었다.

—지금 솔직한 심정을 말하자면 마술학교에는 가지 않고 이대로 제온리의 제자로서 계속 일하고 싶었다.

그러나 동시에 그것은 이룰 수 없는 바람이라는 사실도 자연스레 깨달았다.

2년 동안에 제온리의 성격을 파악했으니까.

제온리는 사고방식이 유연해서 제자의 의견도 경청할 만한 도량을 갖고 있었다. 그러나 제자에게 내린 결정을 거의 번복한 적이 없었다.

그리고 그 명령은 대부분 제자를 위해서 내려진 것이었다.

제온리가 쿠논에게 마술학교를 가라고 했다.

그것이 쿠논을 위한 길임을 믿고 있기에.

"스승님, 전……."

마술학교가 어떤 곳인지 모르는 쿠논에게는 반박할 만한 말이 없었다.

"안 가겠다는 소리는 하지 마라. 난 네게 마술을 가르칠 수는 없다고. 어디까지나 밑바탕이 되는 기초를 키워줬을 뿐이야. 그래도 내 나름대로 최선을 다했다. 그러니 마술은 마술학교에서 배워 와라."

그런 말을 들으니 더더욱 반박할 말이 떠오르지 않았다.

그렇다. 2년 동안에 새로운 마술은 하나도 배우지 않았다. 구사할 수 있는 마술의 폭은 넓어졌지만, 종류가 늘어난 것은 아니었다.

그가 구사할 수 있는 마술은 여전히 두 가지뿐이었다.

……분명 이대로는 안 되긴 하겠지. 쿠논의 입장에서는 구사할 수 있는 마술의 종류가 늘지 않더라도 딱히 불편하지는 않지만.

"……전하와 떨어지고 싶지 않은데."

마술학교는 휴그리아 왕국에 없다.

타국에 있기에 조금 멀리 가야만 한다.

그리고 입학하면 몇 년 정도는…… 졸업시험을 통과하든가 혹은 퇴학을 당할 때까지는 다녀야만 한다.

한 번 가면 쉽사리 돌아올 수가 없는 곳이다.

즉, 미리카와 만날 수 없게 된다.

"쿠논 군, 다녀와요."

이제 곧 열네 살이 되는 미리카가 앳된 티가 싹 가신 여성의 목소리로 말했다.

"기다릴게요. 할 일을 마치고서 바로 돌아와 주세요."

"전하는 저와 만나지 않아도 괜찮습니까?"

"괜찮지 않습니다."

그녀가 즉답했다.

"그래도 가세요."

그리고 바로 그렇게 덧붙였다.

"편지를 많이 보낼테니 쿠논 군도 답장을 많이 보내주세요."

아마도 미리카는 마음의 준비를 이미 끝낸 듯했다.

"쿠논 군."

얼굴로는 내색하지 않으려고 애쓰고 있지만, 분위기나 기척으로는 느껴지겠지. 미리카가 내켜하지 않는 쿠논의 왼손을 양손으로 꼭 쥐었다.

미리카의 손은 작았다.

그러나 손바닥은 단단했다.

그녀는 지금도 무술 훈련을 계속하고 있다.

“난 반드시 당신한테 부끄럽지 않은 여자가 될 거예요. 그러니 당신도 내게 부끄럽지 않은 마술사가 돼주세요. 당신이 제멋대로에다가 횡포만 부리는 스승의 엉덩이에 맨날 깔려 지내는 모습을 더는 보고 싶지 않으니까.”

“이봐.”

“자자. 전 스승님을 좋아해요. 말은 많아도 잘 보살펴주니까.”

“뭐? 난 네 그런 점을 싫어하는데!”

“아, 너무해. 다음에 물 침대에 좋은 향기 성분을 추가해서 완전 숙면을 맛보여드릴게요.”

“……농담이다. 그러니 그건 이제 두 번 다시 하지 마라.”

제온리는 그 마술에 「반드시 한나절은 곯아떨어지는 마성의 침대」라는 별명을 붙였다. 너무나도 편안해서 오히려 해악이라고도 했다.

—뭐, 침대는 그렇다고 치고 우선은.

“스승님, 저, 마술학교에 가겠습니다.”

제온리가 말을 꺼냈고 미리카도 승낙했다. 그렇다면 이제 저항할 수가 없었다. 해봤자 소용없었다.

더욱이— 흥미가 없다고 말한다면 거짓말일 것이다.

지금껏 배워본 적이 없는 새로운 마술의 심연을 접할 수 있는 기회였다.
흥미가 없을 리가 없었다.
“그래서, 전 뭘 준비하면 될까요? 갈아입을 옷 같은 거?”
“갈아입을 옷 따윈 어떻게든 되겠지.”
“하지만 전 정해진 잠옷이 아니면 잠이 오지 않거든요. 그리고 속옷도 필요하고.”
“그럼 가져가라. 귀찮아 죽겠네. 차라리 옷장 속에 있는 것들을 몽땅 가져가지 그러냐?”
“하지만 만약에 입학시험에 떨어지면 귀국해야 하잖아요? 그러니 짐을 대량으로 챙겨가 봤자…….”
“넌 안 떨어져. 실기와 필기 모두 안 떨어진다니까. 꼬맹이나 보는 시험에 걸려 넘어질 정도로 연약하게 단련시키지 않았으니까. 만약에 떨어지면, 그거다.”
“그거?”
“부정을 의심해라. 반드시 내가 직접 마술학교에 직접 담판을 지으러 가겠다.”
“귀여운 제자를 위해서?”
“우수한 내 평판을 위해서다. 애초에 네 실력이면 떨어질 리가 없어.”
―내가 미워서 분풀이로 떨어뜨릴 가능성이 있긴 하지만, 이라고 제온리가 마음속으로 덧붙였다.
제온리를 아는 사람은 아직도 학교에 많이 남아있을 것이다.
성격이 이러니 원한을 여러모로 많이 샀음을 자각하고 있다. 지금은 조금 지나쳤다며 반성도, 후회도 하고 있다. 조금이지만.

"그보다 말이다. 네게는 무엇보다 중요한 것이 있을 텐데."

"네?"

쿠논이 고개를 갸웃거렸다.

무엇보다 소중한 것이라고 하니 맨 먼저 약혼자 미리카가 떠올랐다. 그리고 「언제나 유머를 잊지 않는 신사가 되라」는 시녀의 가르침 정도?

"너…… 설마 그것마저 까먹었냐? 야야, 내 제자가 남들보다 성격이 태평하다고는 생각했는데, 상상 이상으로 태평하잖아. 현실에 안주하지 마라."

"그거 실례예요. 전 유머를 잊지 않는 신사가 되길 늘 바랍니다. 무엇보다도 소중한 이 교훈은 결코 잊지 않아요."

"……별로 쫑알거리고 싶진 않다만, 하다못해 내 가르침 중 하나를 소중한 교훈으로 삼아줘라……."

제온리가 한숨을 내뱉었다.

스승이 제자의 발언에 조금 상처를 입었을지도 모르겠다.

"—네 눈 말이야."

불현듯 그 말을 들을 순간, 쿠논의 심장이 뛰었다.

……그래.

그래.

그래!

왜 잊고 지냈지?

바쁜 일상에 치여서 가장 중요한 야망을, 소망을, 살아가는 이유를 잊어버리다니!

분명 눈이 보이지 않아도 할 수 있는 것들이 많았던 탓이다. 마음 속 한편으로 이대로 눈이 보이지 않아도 괜찮다는 생각마저 했다.

분명 태평했다. 스스로도 놀랄 만큼 태평하고 멍청했다.

현실에 안주했다는 말이 딱 어울릴 정도로.

"이제 더는 말하지 않아도 알겠지? **슬슬 가능**하지 않겠냐? 중주 55단, 입체마법진, 원주식 고정마법진, 허회로(이매지너리 코드)(虛回路), 유동사막 문양……. 내가 가르칠 수 있는 건 전부 가르쳤다. **마도구** 제작법도 이미 익숙해졌지?"

쿠논이 숨을 삼켰다.

그것들이 단편임을, 퍼즐 조각임을 생각조차 못했다.

새삼스레 목표를 되새기자 여기저기 흩어졌던 만남과 지식들이 한데 모여서 하나의 그림을 이루었다.

마도구.

마기사.

제온리와의 만남.

—이 모든 것은 딱 한 번 왕성에 올라가서 딱 한 번 만났던 왕궁 마술사 총감 론디몬드의 조치에서 시작됐다.

그 사람은 쿠논의 목적을 알고 있었다.

처음 만났던 그날 물어보기에 별 생각 없이 대답했다.

그리고 론디몬드는 제온리와의 만남을 주선해줌으로써 답을 주었다.

제온리야말로 쿠논이 「눈을 만든다」는 목적으로 달성할 수 있도록 이끌어줄 수 있는 사람이었다.

2년 전 론디몬드와 만났을 때부터 지금까지 겪어왔던 일들이 그가 그렸던 줄거리대로 흘러왔음을 이제와 깨달았다.

「초연체 물 구슬」에 빠져 허우적대던 아저씨의 모습이 어제 일처럼 떠올랐다.

이제는— 그래, 이제는 쿠논의 실력이 그 경지에까지 올라왔느냐에 달렸다.

"……스승님, 한동안 쉬고 싶습니다."

잊었을 뿐이었다.

쿠논의 마음속에는 아직도 야망의 불꽃이 타올랐다. 활활 타올랐다.

지금 그것을 막 끄집어낸 참이었다.

잊었던 것이 거짓말처럼 사납게 날뛰며 가슴을 태우기 시작했다.

"알겠다. 성공하면 불러라. 상담도 받아줄 테니 기필코 성공해라. ……뭐, 괜찮겠지만—."

제온리는 빛이 깃들지 않은 은색 눈동자에 타오르는 의지를 가득 채운 쿠논의 머리를 쓰다듬었다.

"—나의 자랑스러운 제자가 이만한 일도 해내지 못해서야 쓰겠냐."

이 2년이라는 시간은 결코 쓸모없지 않았다.

방대한 지식을 축적했다.

마술 기술도 익혔다.

옛날에는 모든 것이 너무나도 부족해서 결코 손에 닿지 않았다.

그러나 지금의 자신이라면—.

◆

“하아……. 싫어, 이제 싫어…….”

“이봐, 눈꼴사납게— 아얏.”

제온리가 폭언을 내뱉으려고 하자 정면에 앉아 있던 다리오가 발로 찼다.

쿠논에게 마술학교에 가라고 말을 꺼낸 뒤 돌아가는 마차 안이었다.

미리카는 몹시 침울했다.

우는 소리가 쉴 새 없이 나왔다. 아니, 실제로 울고 있었다.

기합을 있는 힘껏 불어넣고서 「별 거 아니다」라는 얼굴로 쿠논에게 마술학교에 가라고 권했다.

……실제로는 언제 푹 주저앉아도 이상하지 않을 만큼 괴로웠다.

마술로 시각을 얻는다.

쿠논은 바쁜 나날에 휩쓸려서 망각했지만, 미리카는 그 목표를 잊지 않았다.

그리고 앞날을 생각했다.

만약에 쿠논이 시각을 얻게 된다면.

과연 우리 둘은 이대로 지낼 수 있을까?

이미 쿠논은 미리카를 앞서고 있는데, 눈까지 보인다면 굳이 미리카를 택할 이유가 있을까?

어쩌면 미리카가 아닌 다른 여성을 눈여겨보지 않을까.

왕족 행세나 간신히 하는, 지위와 권력이 보잘 것 없는 제9왕녀를 택하기보다 공작가에 데릴사위로 들어가는 편이 지위와 뒷배를 거머쥐는 데 더 낫겠지.

지금의 쿠논이 원한다면 분명 손에 넣을 수 있겠지.

—최근 2년 동안에 제온리는 마기사로서 큰 활약을 했다.

두 사람의 사제 관계는 표면상 감춰져 있었지만, 배후에는 늘 쿠논이 있었다.

제온리가 이뤄낸 실적은 대단했다. 새롭게 개발한 마도구만 해도 일곱 개, 새로운 마술 학설 논문 다섯 편, 마술실험, 검증을 효율적으로 진행하기 위한 매뉴얼 작성 등등 이미 휴그리아 왕국뿐만 아니라 전 세계에 이름을 떨치는 유명인이 됐다. 덩달아서 예전보다 더 인기를 끌게 됐다.

그런 제온리의 제자 노릇을 줄곧 해왔던 쿠논이 평가받지 않을 리가 없었다.

즉, 실적은 이미 충분하다는 뜻이었다.

성과를 공표한다면 작위를 받을 수 있을 정도로 쿠논은 엄청난 공헌을 했다.

2년 전 제온리가 예상했던 일이 이미 벌어졌다.

앞으로는 마술학교에서도 실적을 쌓겠지.

주변 여자애들도 분명 쿠논을 내버려두지 않겠지.

가끔 가볍게 보이기도 하지만, 쿠논의 본질은 대단히 진지하다는 걸 미리카는 잘 안다. 그렇지 않았다면 제온리가 떠맡긴 서류 작업 따윈 진즉에 내던져버렸을 것이다.

쿠논이 앞으로 더 치고 나간다면 미리카는 이제 쫓아갈 수 없을지도 모르겠다.

"다리오 님……."

"예."

"이대로 쿠논 군의 눈이 보이지 않았으면 좋겠다는 생각이 자꾸만 들어요……. 난 한심한 여자예요……."

"맞아, 당신은 철딱서니 없는 여……! 으앗, 야!"

다리오가 몹시도 싸늘한 눈빛으로 제온리에게 두 번째 제재를 가했다.

"스스로 입을 다물래? 아니면 내가 다물게 해줄까? 둘 중 하나를 선택해."

진심이었다.

제온리는 혀를 차고서 창밖으로 시선을 돌렸다.

"—전하, 아십니까? 사람의 마음에는 빛과 어둠이 있습니다. 어둠을 부정하지 마십시오. 빛만을 추구하지 마십시오. 하지만 어느 쪽이든 전하를 집어삼키지 않도록 주의하십시오. 당신이 2년 동안 단련해온 것은 신체뿐만이 아닐 겁니다. 아무리 길을 헤매고, 추악한 생각이 자꾸만 스치더라도 당신은 올바른 길을 택할 겁니다. 괜찮습니다. 생각하는 것만으로는 단순한 망상에 불과하니까요."

쿠논에게는 제니에와 제온리가 그러한 존재이듯.

현재 미리카에게는 무술 스승이라 부를 수 있는 다리오가 그러한 존재였다.

위치나 신분 때문에 결코 사제 관계라고 할 수는 없지만, 심정만은 아주 흡사했다.

그리고 제온리도 그것을 잘 알고 있다.

"너, 너무 무른 거 아니냐?"

"난 너야말로 너무 엄격하다고 생각한다."

스승의 숫자만큼 제자가 있다.

그리고 사제관계도 인간의 어울림이다.

인간이 어울리는 형태에 정답은 없으므로 두 사람의 주장은 늘 평행선을 달린다. 서로가 자신이 옳다고 여기니까.

"그보다도 제온, 너 예전에 이렇게 말했지? 쿠논 님이 시각을 얻을 방법이 떠오르질 않는다고."

"아아, 그랬지."

"가능한가? 쿠논 님이 볼 수 있게 될까?"

"—몰라."

저 불성실한 대답에 부아가 치민 사람은 다리오뿐만이 아니었다.

"설마 말을 적당히 둘러댔다는 뜻인가요?"

오히려 미리카가 더 크게 화났다. 쿠논을 향한 마음만큼이나 강했다.

방금 전까지 「눈이 보이지 않았으면 좋겠다」고 한탄했으면서 막상 그 이야기가 나오니 화를 냈다.

그녀의 심성은 분명 삐뚤어지지 않았다.

"나도 들어본 적이 없는 사례이니 알 리가 없잖아? 조사해봤지만 비슷한 일화조차 찾질 못했고 말이야. 그러니 이제부터는 정말로 쿠논의 실력에 달렸어."

제온리가 다시 창밖을 쳐다봤다.

"결국 무엇이 필요한지, 자신이 어떤 상태인지 그걸 정확히 아는 사람은 결국 본인뿐이야. 외부인이 끼어들 문제가 아니라고."

그렇게 말하는 제온리의 옆얼굴은 무척 진지했다.

"난 할 수 있는 걸 다 했어. 눈을 만드는 법을 내가 어찌 알겠어? 그저 눈을 만드는 데 **참고**가 될 만한 마도구 제작법과 이론을 알려 줄 수밖에 없지. 뭐, 될 대로 되겠지. 당사자도 아닌 주변 사람들이 심각해져봤자 의미가 없으니까."

세 사람 중에서 그렇게 말하는 제온리의 표정이 가장 심각했지만, 정작 본인은 알아차리지 못했다.

◆

"—이코입니다."

그날 밤, 시녀 이코는 보고를 하기 위해 그리온가 본관에 와있었다.

그리온가 당주 아손의 집무실을 노크하여 허락을 받은 뒤 문을 열었다.

"오랜만이군."

"그러네요."

최근 2년…… 쿠논이 제온리의 제자가 된 이후로 이코가 아손에게 보고를 하는 횟수가 현저히 줄었다.

쿠논이 별 다른 활동을 하지 않아서였다.

매일 서류작업을 하고 몸을 단련하고 마술 연습을 했다.

매주 한 번씩 찾아오는 미리카와 차를 마시고, 제온리와 마도구 개발을 했다.

정말로 그런 나날만이 반복됐다.

"듣도록 하지."

아손이 주변에 있던 서류들을 정리하고서 책상 너머에 서있는 이코를 쳐다봤다.

"제온리 님께서 마술학교에 가라는 지시를 내리셨습니다. 쿠논 님은 수락하셔서 내년 마술학교 입학을 목표로 삼으셨습니다."

"결심했나."

실은 아손은 속을 바짝바짝 태우고 있었다.

애써 마술사로서 성공할 만한 싹을 틔운 쿠논이 제온리의 밑에 들어간 이후로는 그의 업무만 보조해왔다.

자기 인생은 뒷전으로 미루고서 오로지 스승에게만 헌신하는 것처럼 보였다. 실제로 그 인식은 틀리지 않았다.

현 생활을 유지하다가 마술학교에 영영 가지 않는 게 아닐까, 하는 걱정이 들었다.

그것은 그것대로 성공 중 하나라고 볼 수 있겠지만, 아버지로서는 아들이 우수한 왕궁마술사를 목표로 정진해주길 바랐다.

그런 아손이 고대하던 낭보였다.

"그럼 준비를 해야겠군. 자료들은 이미 준비를 해놨지."

아손은 속을 태우면서 기다리는 동안에 준비만은 미리 해뒀다.

언젠가 쿠논에게 자료를 보여주며 마술학교 입학을 권하려고 생각했는데, 그전에 본인이 가겠다고 결심했으니 수고를 덜었다.

다음 여름까지는 마술도시 디라싯크에 갈 필요가 있으므로 시간이 앞으로 반년 정도 남았나.

반년은 순식간이다. 지금 당장 자료를 보여줘도 문제없겠지.

"주인님, 보고드릴 게 하나 더 있습니다."

"뭔가?"

아손이 서랍에서 마술학교 관련 자료들을 부랴부랴 꺼내며 정리하자 이코가 말을 꺼냈다.

"슬슬 눈을 만드신다고 합니다."

아손의 손이 멈췄다.

"……뭐? 그게 가능한가?"

쿠논이 마술에 정성을 기울였던 이유는 알고 있다.

2년 전 왕궁마술사와 만나게 하면 해결할 수 있지 않을까 어렴풋하게 기대했지만, 무리였던 듯했다.

그 이후로는 애써 그 생각을 피해왔는데…….

"전 뭐라 드릴 말씀이 없습니다만, 제온리 님께서 가능할 것 같다고 말씀하셨습니다. 그래서 쿠논 님께서 한동안 눈 제작에 전념하고 싶다면서 제게 방에 오지 말라고…… 아앗, 쿠논 님께서 제게서 멀어져 어른이 되어가고 있어……!"

이코의 거짓 눈물은 그렇다고 치고.

"이제 곁에서 떨어져도 괜찮나?"

"예, 오래 전 부터요. 지금의 쿠논 님이라면 아무런 문제없이 일상생활을 보내실 수 있습니다."

—마술에 몰두하기 전 쿠논의 과거를 잘 아는 두 사람은 쿠논을 결코 혼자 놔둬서는 안 된다고 판단했다.

혼자 놔두면 목숨을 스스로 끊을지도 모르니까. 그 시절의 쿠논은 그만큼 위태로웠다.

"……오랫동안 고생을 했군, 이코."

"최근 2, 3년은 하루하루가 즐거웠어요. 후후, 저도 제 자식을 갖고 싶어졌습니다."

"결혼 상대를 찾았나?"

"아직 못 찾았죠."

"소개해줘도 될까? 왕성 병사들 중에 저택 문지기로 삼으려고 점찍어둔 사내가 있네. 장차 부부가 돼서 그리온가를 떠받쳐줬으면 좋겠네."

"얼굴과 스타일과 급료와 성격에 달렸죠."

이 시녀는 눈이 꽤나 높았다.

◆

"……으—음."

검증을 한다.

실패한 방법을 기재한다.

검증을 한다.

실패한 방법을 기재한다.

쿠논은 방에서 오직 그 작업만 반복했고, 테이블에는 실패를 기록한 서류들이 쌓여 있었다.

원래 눈이 보이지 않는 쿠논에게는 광원이 필요 없었다.

낮이든 밤이든 문제없이 마술을 사용하고 마력으로 문자를 읽었다.

시간을 잊고 몰두하다가 피곤해지면 「초연체 물 구슬」로 만든 물 침대에 뛰어들었다. 겨울에는 침대가 차가워서 오로지 이것에 의지했다.

그런 나날을 보냈다.

시녀가 하루에 한 번씩 식사를 가져다주며 상태를 지켜보는 것 이외에는 외부와 교류하지 않았다.

식사도 배가 고플 때만 먹었다. 아침이든 밤이든 관계없이.

쿠논은 일상의 모든 것을 내던지고서 자신의 야망인 눈 제작에만 몰두했다.

"……틀렸나."

불현듯 쿠논이 생각을 그만두고서 들고 있던 펜을 테이블에 던졌다.

시행 횟수가 이미 백 차례를 훨씬 넘겼다. 가능성이 있는 것부터 차례대로 시도해봤지만 전혀 성과가 없었다.

"아파라."

오랫동안 의자에 앉아 필기에 집중해서일까.

온몸이 결려서 움직일 때마다 삐걱거렸다.

"—자!"

쿠논이 기합을 불어넣고서 두 뺨을 때렸다.

막혔다.

지쳤다.

그러니 숨을 돌리자.

쿠논은 오랜만에 방을 나와 본관으로 향했다.

아마도 밤인 듯했다.

"오. 너냐? 이제 자려던 참인데……."

본관에 있는 형 이쿠시오의 방을 습격했더니 나이트캡을 쓰고 있었다.

어쩐지 겨울밤처럼 기온이 차갑더니만 정말로 밤이었나.

그러나 지금은 그런 걸 신경쓸 때가 아니었다.

"형, 사우나에 가자."

"이 시간에? 이 시간에 말이야? 나, 내일도 학교에 가는데?"

올해로 열세 살이 된 형은 현재 상급귀족학교 2학년이다.

"숨 좀 돌리고 싶어서 그래. 가자."

천연덕스럽게 떼를 쓰는 동생의 낯빛이 약간 나빴다.

그리고 평소처럼 영문을 알 수 없는 농담도 하지 않았다.

지쳐서 그렇겠지. 숨을 돌리고 싶다는 말도 분명 사실이겠지.

이쿠시오는 쿠논이 뭘 하는지 들었다.

분명 상당한 난제겠지. 그리고 현재 연구가 막힌 상태겠지.

이쿠시오가 공부에 지칠 때마다 숨을 돌리고자 소설에 손을 뻗거나, 목검을 쥐는 감각과 분명 비슷하리라.

"……아버님한테는 말씀 드렸어?"

"어? 꼭 말씀드려야 해?"

언젠가 책에서 봤던 지식을 바탕으로 시험 삼아 사우나라는 것을 즉석에서 만들어 봤다. 이것이 의외로 괜찮아서 그리온가 사람들이 종종 즐기게 됐다.

처음에는 어디까지나 마술 실험에 불과했지만…… 이런 우연의 산물도 기뻤다.

"나보다 아버님이 사우나를 더 좋아한다고. 나중에 왜 자길 데려가지 않았느냐고 불평을 듣는 건 바로 나거든. ……뭐, 좋아. 넌 먼저 욕실에 가서 사우나를 준비해둬. 난 아버님을 데려올게. 아, 조용히 해라. 어머님한테 들키면 나만 잔소리를 들으니까."

무얼 하든 형은 볼멘소리를 듣는 처지인 듯했다. 꽤 부조리하긴 하지만 이미 체념했기에 괜찮다.

그보다도 용돈 말고는 가족에게 좀처럼 부탁하지 않는 동생이 찾아왔다. 형으로서 사우나 정도는 얼마든지 어울려주고 싶었다.

그리하여 아이라면 벌써 잠들었어야 할 시간에 뜨거운 수증기를 욕실에 가득 채워 만든 즉석 사우나에서 세 남자가 땀을 흘렸다.

하는 김에 욕조에도 몸을 담갔다.

형은 무척이나 졸렸지만, 아버지는 목욕 후에 마실 에일을 무척이나 기대했다.

—쿠논이 별채에 틀어박힌 지 약 3주 뒤의 일이었다.

재충전한 쿠논은 방으로 돌아가서 잤다. 숙면이었다.

"……안 되네."

계속해서 시도해봤다.

아무리 해도 성과가 나오지 않았지만, 포기할 이유가 없어서 계속했다.

그러나 불현듯 이렇게 집중력이 떨어지는 때가 있었다.

머리가 생각하는 것을 거부하더니 모든 걸 던져버리고서 자고 싶어졌다.

모든 시도가 번번이 실패했으니 어쩔 수 없었다. 진척되고 있다는 실감이 나질 않았다. 그래서 공연히 막다른 길에 내몰렸다는 기분이 들었다.

"음음~!"

의자에서 일어나 기지개를 크게 켰다. 허리에서 뿌득뿌득 소리가 났다. 어지간히도 오랫동안 똑같은 자세로 앉아있었나 보다.

"……잠깐 쉴까."

제온리가 말했다.

막히거든 문제에서 거리를 두라고.

거리를 두고서 냉정해진 정신으로 조금 떨어진 위치에서 문제를 보라고.

한곳에만 집중하다보면 너무 가까워서 전체를 볼 수가 없게 된다.

그러니 만약에 어찌할 도리가 없는 문제에 직면한다면 머리를 한 번 텅 비운 뒤에 다시 시도해보라고.

제온리의 경우에는 선잠을 자는 것이 그에 해당하는 듯했다. 쿠논은— 이렇다 할 수단을 정하지 않았다.

"사우나……를 할 기분은 아닌데."

그렇게 말하면서 방을 나가 본관으로 향했다.

결국 사우나를 했다.

"—카아! 아아! 바로 이거야!"

어머니 티나리자에게 붙잡혔기 때문에.

얼마 전에 남자들끼리만 사우나를 즐겼다는 사실이 발각됐다.

그래서 아들이 오기만을 기다렸던 모양이었다.

저녁에 쿠논이 본관에 찾아오자 사용인이 목격하고서 어머니에게 알려줬다.

그리고 어머니가 「난 아직 사우나를 경험하지 못했는데」 하고 울며 말했기에 때마침 일찍 귀가한 아버지와 함께 가족 셋이서 사우나를 즐겼다. 형은 아직 돌아오지 않았다.

그리고 맥주를 마셨다.

평소에는 귀족 숙녀처럼 고상한 어머니가 맥주를 들이키는 모습은 아버지보다도 늠름하고 헌걸찼다.

쿠논은 눈이 보이지 않지만, 알몸에 수건만 두른 남사스러운 모습으로 한 손에는 큰 맥주잔을 들고서 다른 한 손은 허리에 댄 채로 양이 제법 많은 맥주를 벌컥벌컥 비워버린 어머니의 모습은 그 누구보다도 호걸다웠다.

땀을 흘리면서 잃어버린 수분을 보충하듯 차가운 맥주가 몸에 스민다고 했다.

"이제 와인 따윈 필요 없네요! 이것만 있으면 돼요!"

일찍이 느껴본 적 없는 청량감을 체험하고서 흥분한 어머니가 외쳤다.

에일을 권한 아버지가 오히려 질색할 정도였다.

「그래도 사랑해」라고 말했지만.

「그래도」가 무엇을 가리키는지는 모르겠다.

—쿠논이 별채에 틀어박힌 지 약 2개월 뒤의 일이었다.

쿠논은 스스로 생성한 배 주스맛 물로 수분을 보충하고서 방으로 돌아가서 잤다. 숙면이었다.

◆

"—으!"

덜컹.

쿠논이 갑자기 벌떡 일어서자 의자가 쓰러졌다.

그러나 지금은 그런 걸 신경쓸 때가 아니었다.

"왔다! 이건가!"

지금 이 감각을 놓쳐서는 안 된다.

지금 시행한 마술을 잊어서는 안 된다.

—방금, 한순간이지만 무언가가 확실히 보였다.

마력으로 감지해낸 색깔이 아니라 더 명확하고 상세하고 또렷한 무언가가.

무언가.

그림책에서 본 적이 있는 것들이 많이 보였다.

막연하게 색밖에 보이지 않던 방에서 여러 정보들이 중첩되어 보였다. 마력으로 봤을 때는 동일한 색으로 동화되고 말았을 텐데, 개개의 사물들이 또렷하게 구분되어 보였다.

벽 한 면을 가득 채운 책장에 꽂힌 여러 색깔의 책등과 책장 앞쪽 바닥에 산더미처럼 쌓여 있는 책과 서류. 일부가 무너져 서류가 바닥에 널려 있었다. 시녀를 물렸기에 정리해줄 사람이 없어서 흐트러진 상태로 방치되어 있었다.

내용물이 적은 옷장 옆에는 쿠논이 더는 입을 수 없게 된 나비넥타이 정장이 걸려 있었다. 귀족학교에 갔을 때, 왕성에 갔을 때 입었던 옷이었다. 쿠논은 그 옷이 벽에 걸려 있는 줄은 몰랐다.

그것들이 아주 한순간 보였다.

그 정보량에 압도됐다.

—아아, 이게 본다는 것인가! 마력으로 보는 것과는 비교조차 할 수가 없어! 이게! 이게 바로!

잊어버릴쏘냐!

이 감각을 절대로 잊어버려서는 안 된다.

머릿속으로 불현듯 보였던 것들을 정리하면서 마치 별개의 생물인 것처럼 손을 바삐 놀렸다. 방금 시도한 것을 정확히 기록해둬야만 했다. 그러나 손이 떨렸다. 온몸이 떨렸다. 야망이 곧 성취되리라는 희망에 의식이 쏠리고, 기쁨이 폭발할 것만 같았다.

드디어 실마리를 붙잡았다.

몇 개월씩이나 답보 상태에서 벗어나지 못하다가 드디어 실마리를 움켜쥐었다.

단 하나의 단서만으로 막혔던 연구가 단숨에 진행되는 경우가 있다.

실수가 없도록 머릿속으로 생각하면서 적었다.

설령 감동에 몸이 떨릴지라도 글자까지 흔들리지 않도록 정신을 똑바로 차리고서.

만약을 위해 동일한 내용을 하나 더 써뒀다. 음료나 잉크를 쏟아서 기록을 망치는 사태를 대비하기 위한 보험이었다.

평소에는 생각조차 할 수 없는 사소한 실수일지라도, 그 어떤 이유일지라도 이 기록을 잃어버릴 수는 없으니까.

사고가 가속했다.

가능성의 문이 드디어 열리면서 가느다란 빛이 새어들었다.

드디어 그 빛이 보이는 지점까지 왔다.

그러나 일단.

구태여 지금.

기록을 마친 쿠논은 일단 연구를 중단하고서 수면을 취하기로 했다.

이제부터는 만반의 상태로 임하고 싶으니까.

유례가 없을 정도로 감정이 고조돼서 도저히 잠이 오지 않는다……고 생각하자마자 의식을 잃었다. 의식이나 감정은 그렇다고 해도 신체는 피곤했기에.

—쿠논이 별채에 틀어박힌 지 약 3개월 뒤의 일이었다.

핵심은 물 거울.

물을 평면으로 얇게 깔아서 풍경을 담아낼 수 있는 물의 거울.

표면에 유동사막문양을 깔아두면 움직이는 문양이 움직이는 풍경을 읽어 들여 쿠논의 의식에 보내준다.

물 거울을 보호하기 위해 투명한 물거품으로 감싼다.

이로써 완성이다. 크기는 눈알만하다.

—이토록 간단한 구조만으로도 가능했던 것이다.

쿠논은 어려운 방법, 응용에 응용을 거듭한 방식부터 쥐어짜내며 시도했으나— 지금은 무모한 짓이었음을 깨달았다.

복잡한 구조는 필요 없었다.

중계하는 장치도 필요 없었다.

거울과 마력을 직접 연결한 뒤 의식에 이으면 되는 것이었다. 방법은 이토록 단순했다.

답을 알고 나니 맥이 풀릴 만큼 간단했다.

계기를 거머쥔 뒤에는 역시나 시행을 거듭하고 조정을 반복했다.

드디어 완성했다.

"—보인다……. 이, 이게, 풍경…… 시각…… 큭?!"

감동하여 말문이 막혔다.

그리고 격렬한 두통에 몸을 웅크렸다.

—시각을 통해 들어오는 정보량이 너무 많았다. 과도한 정보량을 감당하지 못하고 머리가 더 이상의 시각정보를 거부했다.

자신의 방만 봤을 뿐인데도 이 정도였다. 정보량이 더 많은 바깥을 본다면 머리가 견디질 못하겠지.

"……해냈어……해냈다!"

그러나 그것도 지금뿐이다.

아직 「보인다」는 감각에 익숙해지지 않았을 뿐이다. 서서히 길들이면 언젠가 괜찮아지겠지.

쿠논은 야망을 이뤄냈다.

마술로 시각을 획득하는 데 성공했다.

—눈물을 흘리며 기뻐하다가 그대로 쓰러져 잤다. 바닥이 조금 차가웠지만 숙면을 취했다. 뜻을 성취한 직후이기에 기분만은 그 어떤 침대보다도 최고로 편안했다.

겨울은 진즉에 지나가고 이미 봄이 찾아왔다.

기본은 역시나 「물 구슬(아 오리)」이었다.

중주 40단…… … 바탕이 되는 정형마술에 마흔 가지의 개조를 실시하여 드디어 꿈을 이뤄냈다.

구조는 간단하지만 매우 섬세하게 구성되어 있다.

제니에가 가르쳐준 마력을 이상하리만치 세세히 다루는 방식.

제온리가 가르쳐준 온갖 마도구의 구조와 기초.

그리고 쿠논의 열의…… 우직하리만치 거듭해온 노력.

이 세 가지가 결합했기에 겨우 여기까지 올 수가 있었다.

쿠논에게는 이미 눈이 있기에 얼굴에 박아 넣을 수는 없었다.

마술로 만든 눈…… 「경안(鏡眼)」이라 명명한 그것은 「물 구슬(아오리)」과 마찬가지로 주변에 띄워서 유지할 수밖에, 아니, 유지하고 **싶었다**.

울면서 잠에 들었다가 일어나서는 제대로 되는지를 다시 확인하고서 또 울었다.

틀어박힌 김에 일주일 정도를 더 소비하여, 시도할 때마다 매번 울면서 「경안」에 익숙해지는 훈련을 했다.

훈련이 필요했다.

잠깐 본 것만으로 몸을 웅크릴 정도로 두통에 시달려서야 밖에서는 도저히 사용할 수가 없다.

외부의 정보량은 실내와는 비교조차 할 수가 없다.

어쩌면 보자마자 머릿속이 타버릴지도 모른다.

리스크가 꽤 높긴 하지만, 간신히 움켜쥔 이 기술을 버릴 생각은 없었다.

일부러 또렷하게 보이지 않도록 상을 흐리기도 해보고, 일부로 보이는 사물의 개수가 줄어들도록 명도를 낮춰보기도 하고, 한정된

좁은 범위만 보이도록 조정해보기도 했다.

울면서 시행착오를 거듭해나갔다.

솔직히 이토록 울어본 적이 있는지 스스로도 의아할 정도였지만, 어쨌든 울면서 「경안」을 연구해나갔다.

그리고 평생 흘릴 눈물을 다 쏟아낸 게 아닌가 싶을 정도로 우는 나날을 보내다가 어느 목표에 도달했다.

"……음."

울다가 지쳐서 잠들었다가 다시 일어났다. 일단은 납득할 만한 결과가 나와서 안도했다.

근거리라면 조금 오랫동안 유지할 수 있게 됐다.

거리가 멀어지면 상이 흐려진다.

멀면 멀수록 뿌예져서 색깔만 흐릿하게 구분할 정도다. 이 정도라면 마력시 쪽이 더 나을지도 모르겠지만 지금뿐이겠지.

방 전체가 한눈에 들어오지 않을 만큼 범위를 좁혔지만, 일상생활에는 지장이 없겠지.

눈에 보이는 사물을 이 정도로 줄인다면 분명 바깥에서도 사용할 수 있을 것이다.

최소한의 시각을 손에 넣었다.

언젠가 더 많은 것들을 볼 수 있을 테지만, 일단은 이 정도로 만족하자.

—드디어.

쿠논은 결심했다. 울다가 지쳐서 부어버린 얼굴을 씻은 뒤에 뜨거운 물로 데운 수건을 얼굴 위에 올리고서 잠깐 잠을 잤다. 좋아하는 달걀 프라이와 베이컨 샌드위치로 아침을 먹고서 홍차를 느긋하게 마셨다.

그리하여 몸과 마음이 모두 채워졌을 즈음에 일어섰다.

"……조금 무섭네."

쿠논은 그렇게 중얼거리면서 벽에 「물(아) 구슬(오리)」로 전신 거울을 생성했다.

—언젠가부터 만약에 눈이 보이게 된다면 가장 먼저 자신의 모습을 보기로 정했다.

일찍이 쿠논은 자기 자신이 싫었다.

혼자서는 아무것도 하지 못하고, 뭐든지 마음먹은 대로 해내질 못했다. 주변에 걱정만 끼치고, 맨날 넘어지기 일쑤인 자기 자신이 몹시도 싫었다.

마술에 몰두한 뒤로는 그런 생각이 떠오르지 않게 됐을 뿐.

마력으로 색깔을 볼 수 있게 된 뒤로는 싫어하는 감정이 점점 줄어들었을 뿐.

지금도 자신을 그다지 좋아하지는 않았다.

세계에서 가장 싫은 자신의 얼굴을 한 번이라도 좋으니 제대로 보고 싶었다.

그 이상은 생각하지 않았다.

보는 것 자체에 아무런 의미도 없다. 스스로도 잘 안다.

그러나 이것이 인생의 분기점이 되리라 생각했다.

앞으로는 자신이 좋아질지도 모르고, 반대로 더욱 싫어질지도 모른다.

휴그리아에서 가장 유명한 배우인 오쿠스의 초상화를 본 적이 있었다. 그렇게 수수하게 멋진 남자와 닮았다면 좋아하게 될지도 모르겠다.

수염이 잘 어울리는 남자였으면 좋겠다. 아직 어려서 수염이 나지는 않았지만 언젠가 덥수룩하게 기를 예정이다.

반대로 연약한 남자라면 싫을 것 같다.

수수한 멋은 원한다.

수염이 어울리지 않는 얼굴이라면 논외다.

그러나 딱히 기대는 하지 않았다.

이 세상에서 가장 싫어하는 자신이 대단한 얼굴을 갖고 있을 리가 없을 테니까.

"—좋아."

커다란 거울 앞에서 실없는 생각을 하다가 결심했다.

한다.

하자.

쿠논은 「경안」을 사용했다.

바로 근처에 생성된 「물 구슬」을 조정하여 물 거울을 봤다. 그리고—.

"……이게, 나야?"

머리는 금발에 가깝게 밝았고, 얼굴 생김새에는 특별한 것이 없었다.

그리온가에 있는 선조의 어렸을 적 초상화와 별반 다르질 않아서 처음 본다는 기분조차 들지 않았다.

초점이 흐릿한 눈동자는 은색이었다.
그 눈을 보고 있으니 왠지 뭐라 형언할 수 없는 기분이 들었다.
"음……."
수수하지는 않았다.
수염도 어울릴 것 같지 않았다. 아니, 그야 아직 어린애니까.
나이가 들면 분명 수염이 잘 어울리는 수수한 남자로 자라겠지. 그러길 바랐다.
"……."
유심히 쳐다봤다.
이게 나의 얼굴이다.
납득이 되기도 하고, 남의 얼굴 같기도 하고.
이 얼굴을 보니 어떻게 생각해야 좋을지 잘 모르겠다.
"……음."
가장 보고 싶었던 것을 봤지만, 그렇다고 해서 특별히 바뀐 것도 없었다.
자기 얼굴을 보면 어떻게 될까.
내면에서 커다란 변화가 일어나거나 가치관이 크게 뒤바뀌거나, 어쩌면 세계를 보는 느낌과 눈이 바뀌지 않을까 싶었지만.
아무 일도 없었다.
쿠논은 여전히 쿠논이었다. 가치관이 크게 바뀌지도 않았다.
아아, 나는 이렇게 생겼구나.
그런 싱거운 생각만 들었다.
기대하고, 열망하고, 노력한 끝에 드디어 가장 보고 싶었던, 싫어

하는 자신의 얼굴을 보게 됐다.

보고 나니 마음에 울리는 것은 없었다. 기쁘지도, 슬프지도, 밉지도 않았다.

어쩌면 사람이 떠안고 있는 문제나 걱정거리도 똑바로 직시한다면 이토록 허무할지도 모르겠다. 그런 생각도 조금 들었다.

"얘."

뒤에 있는, 자신을 내려다볼 정도로 거대한 게에게 말을 걸었다.

"난, 내 자신을 좋아할 수 있을까?"

게는 아무 말도 하지 않았다. 반응도 하지 않았다.

"……근데, 넌 누구야?"

그 물음에도 대답하지 않았다.

밖으로 나가봤다.

별채 정원에서 조심스럽게 「경안」을 사용하여 처음으로 바깥 풍경을 봤다.

"오호."

머리 위에 펼쳐진 한도 끝도 없이 넓은 보라색 하늘.

발치에 자라난 잔디가 새하얬다.

나무들은 파랗고, 태양은 새카맣고 커다란 점처럼 보였다.

"……이게 세상인가."

어렴풋하게는 알고 있었다.

지금 자신은 그림이나 도감으로 봤던 것과는 다른 것을 보고 있음을.

도감이나 그림으로 많이 봐왔던 것들과는 색이 너무나도 달랐다.

잔디 색깔은 처음부터 마력으로 봤고, 여러 그림으로 봤던 하늘은 대개 파랗거나 붉거나 검었다. 보라색은 아니었다. 태양도 검은 점이 아니었다. ……그러고 보니 태양만은 멀리 떨어져 있는데도 비교적 또렷하게 보였다. 너무 많은 것들이 보이지 않도록 가까운 것들만 보이도록 조정했는데도.

위화감이 들었다.

내 지식이 틀렸나?

이 세계가 틀렸나?

아니면 보는 방법이 틀렸나?

"쿠논 님!"

근처에 있었던 모양인지 시녀가 오랜만에 밖으로 나온 쿠논을 발견하고서 달려왔다.

"이코. ……맞지?"

자신을 제외하고 처음으로 보는 다른 사람의 얼굴.

상냥해 보이는 여성이었다. 쿠논이 「이코는 이런 사람이 아닐까」 하고 상상했던 모습과 크게 다르지 않았다.

그녀는 옅은 갈색머리를 세 갈래로 땋았다. 말끔함이 느껴지는, 성격에 비례하듯 환한 표정이 눈부시도록 빛나는 여성이었다.

"……쿠논 님?"

빛을 반사하는 「물 구슬」이 시녀의 얼굴을 들여다보듯 허공에 정지했다.

"설마, 보이시는 건가요?"

「물 구슬」이 신기하게 움직이자 시녀는 그 사실을 짐작했다.

"응. 보여, 이코."

"—쿠논 님!"

시녀가 눈앞에 떠있는 「경안」을 밀쳐내고서 쿠논을 끌어안았다.

"해내셨네요! 성취하셨네요! 드디어 소원이 이뤄졌네요!"

함께 해온 세월이 길기에 감회도 남달랐다.

시녀가 쿠논에게 보내는 감정은 이미 주인의 아들과 사용인의 관계로는 설명할 수가 없었다.

그리고 쿠논도 시녀를 그저 사용인으로 여기지 않았다.

그녀가 기뻐해주니 자신도 기뻤다. 시시하기 짝이 없는 자기 얼굴을 봤을 때보다 훨씬 기뻤다.

그러나 지금은 이럴 때가 아니었다.

시녀는 기뻐했지만 쿠논은 휘청거렸다. 시녀가 「경안」을 밀쳐낸 바람에 시야가 크게 홱 돌아버렸기 때문이었다.

아직 바깥 풍경에 익숙해지지 않아서 시야의 급회전이 뇌에 큰 부하를 가했다.

정말로 눈이 돌아버린 것이었다.

"고마워, 이코."

한동안 끌어안으며 기쁨을 음미하고서 떨어졌다.

그리고 다시 한번 시녀를 물끄러미 쳐다봤다.

시녀가 웃었다.

웃고는 있는데…….

"이코, 일단 물어볼 게 있는데."

"예. 참고로 현재 연인을 모집하는 중이긴 하지만, 다음에 맞선을 볼 예정이에요!"

"아아, 그래. ……이코는 머리에 뿔이 났어?"

"아뇨? 화났을 때만 뿔이 나는데요. 지금은 오히려 뿔이 푹 꺼져 버렸어요."

"……그렇구나."

시녀에게는 뿔이 나지 않은 모양이다.

그러나 쿠논의 눈에는 보였다.

—이마 조금 위쪽에 솟아 있는 멋진 뿔 하나가.

경솔하게 「네 아름다운 얼굴도, 섹시한 뿔도 이제는 훤히 보여」라고 말하지 않길 잘한 듯했다.

"……없구나. 그렇구나."

눈이 보이게 됐다.

"참고로 내 뒤에 있는 뭔가가 보여?"

"아뇨? ……앗, 어머, 혹시 괴담인가요? 저 엄청 좋아하는데! 듣고 싶어요!"

시녀의 눈에는 거대한 게가 보이지 않는 듯했다.

게가 여전히 쿠논 뒤에서 내려다보고 있는데도.

그리고 쿠논은 깨달았다.

아무래도 자신은 보여서는 안 되는 것까지 볼 수 있게 된 것 같다고.

보여서는 안 되는 것이 보인다.

이게 대체 어떻게 된 걸까.

기이한 현상이 마음에 걸려서 쿠논은 솔직히 기뻐할 수가 없었다.

시녀와 함께 기뻐한 뒤 그녀에게 억지로 이끌려 본관으로 향했다.
어머니 티나리자와 만나기 위해서였다.
자초지종을 듣고서 어머니는 울었다.
울면서 쿠논을 끌어안고는 기뻐해줬다.
"이 어미가 제대로 낳아주질 못해서 미안해."
그렇게 말하며 몇 번이나 사과했다.
지금까지 쿠논에게 하고 싶지도, 할 수도 없던 말이겠지. 둑이 터진 것처럼 계속 쏟아냈다.
원래라면 쿠논도 울면서 어머니를 끌어안아 줬겠지.
원래라면.
—어머니의 오른쪽 눈은 금색으로 빛났고, 왼쪽 눈은 칠흑처럼 까맸다. 상상했던 것보다 멋진 느낌이 들지 않았다면 아마도 함께 기쁨의 눈물을 흘렸을 것이다.
자신의 배후에 있는 게와 시녀의 이마에 난 뿔을 보면서 예감은 했다. 분명 다른 사람에게도 보여서는 안 되는 게 있을 것 같다고.
가족과 만나기 전부터 시각 그 자체가 신경쓰였다.
이렇게 되니 눈에 보이는 어머니의 모습이 진짜인지조차 의심스러웠다.
좌우 눈동자 색깔이 다르다니, 유명한 모험담 속 주인공 같다—.
아니.
자세히, 집중해서 보니 **보여서는 안 되는 그것**은 뿌옇게 비치는 듯 보였다.
뒤에 있는 게도 그랬다. 자세히 보니 맞은편이 투과되어 보였다.

실체가 없다는 뜻이다.

만질 수도 없었고, 쿠논의 말에 반응도 하지 않았다.

그저 뒤에 들러붙은 듯 따라오기만 했다.

잘 때는 그저 곁에 머물기만 했다.

물건과 벽, 문도 통과했다. 장소에 따라서는 몸을 실외와 실내에 반씩 걸치는 경우도 있었다.

처음에는 놀랐지만, 일주일 전 시행단계를 시작했을 때부터 보였기에 게는 이제 아무렇지도 않은 존재였다. 지그시 쳐다보면 진정한 얼굴이, 진정한 눈동자 색깔이 보일지도 모르겠다.

그러나 집중해서 보면 꽤 피곤해지고 머리도 지끈거리기에 한동안은 어머니의 멋진 얼굴을 그대로 놔두기로 했다.

"……어머님의 선조 중에 영웅 같은 인물이 있었나요?"

"응?"

아무리 봐도 얼굴이 멋졌다.

가까이서 봐도 멋졌다.

별다른 특징이 없었던 자신의 얼굴에 무슨 문제가 있는 게 아닌가 싶을 정도로 멋졌다.

—훗날 시녀에게 어머니의 눈동자 색깔을 물어봤더니 양쪽 모두 아름다운 녹색이라고 알려줬다.

어머니의 진정한 모습에서는 그렇게까지 영웅다운 멋은 풍기지 않는 듯했다.

형 이쿠시오가 상급귀족학교에서 돌아오자 눈이 보이게 됐음을 알렸다.

"진짜?!"

형도 멋졌다.

그의 등에는 검게 빛나는 커다란 칠흑 날개가 있었다.

형은 열네 살이었다. 열네 살치고는 몸집이 약간 크고 먹성이 좋은 사람이었다. 이렇게 보니 이제는 별로 아이 같지 않았다.

눈동자는 그렇다고 치고, 머리색은 동일했다. 짧게 다듬어서 쿠논과는 인상이 전혀 다르지만.

그리고 칠흑 날개도 달려있고.

"……형님의 부모님 중에 혹시 천사나 악마나 타천사가 있어?"

"네 부모님이기도 하니까 답은 알겠지?"

잘 안다.

다만 정말로 사람인지 아닌지 의심스러워졌을 뿐이었다.

—훗날 시녀에게 형의 등에 날개가 있는지 물어봤더니 「사람은 날개를 갖고 태어나요. 맞아요. 자유와 가능성이라는 날개 말이죠. 하지만 나이를 먹으면서—」라고 의도와는 다른 대답을 했다. 어쨌든 날개는 없는 듯했다.

형의 진정한 모습은 그렇게까지 타천사스럽지는 않은 듯했다.

아버지 아손이 돌아오자 눈이 보이게 됐음을 알렸다.

"드디어 해냈구나! 쿠논, 잘 했다!"

아버지가 마치 자기 일처럼 기뻐해주는 마음이 전해졌다.

그러나 쿠논은 그 마음을 느낄 겨를이 없었다.

아버지도 멋있을 줄 알았는데 그렇지 않았다.

아니, 차라리 그랬으면 좋았을 뻔했다.

어머니와 형 모두 멋있으니까.

그러나 아버지는.

아버지는.

—아버지는 아련하게 보였다.

온몸이, 머리부터 발끝까지 안개가 낀 것처럼 뿌옇게 보였다.

주변 풍경이 또렷하게 보이기에 묘하게 어렴풋한 아버지의 모습이 이질적으로 보였다.

"……왜 그러냐?"

쿠논의 반응이 뜨뜻미지근했다. 그리고 「경안」이 손을 뻗으면 닿을 정도로 아버지에게 접근했다.

저것이 무엇인지 설명을 들었기에 아버지는 아들이 자신을 유심히 보고 있음을 알았다.

그러나 그것이 무엇을 의미하는지는 몰랐다.

왜 지그시 쳐다보는 걸까.

설마 쿠논의 눈에 자신이 뿌옇고 아련하게 보일 줄은 아버지는 꿈에도 몰랐다.

"아버지는…… 아뇨, 아무것도 아닙니다."

어쨌든 뿌옜다.

무엇에 빗대어 어떻게 표현해야 좋을지 몰라서 뿌옇다는 말밖에 나오지 않았다.

—훗날 시녀에게 아버지가 멋지냐고 물었더니 「쿠논 님이랑 닮았

죠」라고 대답해서 낙담했다.

비슷하게 생겼다고 했으니 분명 아버지는 자신처럼 별 특징이 없는 중년 남성이겠지, 라고 생각했으니까.

답을 듣기가 무서워서 수염이 어울리는 남자인지 아닌지는 차마 묻지 못했다.

현재 쿠논은 가족과 시녀까지, 네 사람을 보는 게 한계였다.

뇌에 더 이상의 부하를 가하면 두통이 격렬하게 일었다. 더 보고 싶다면 휴식 시간을 틈틈이 갖고서 뇌를 쉬게 해줘야 했다.

오늘 저녁은 오랜만에 가족과 함께 먹었다.

모두 쿠논의 야망이 달성됐음을 기뻐해줬다.

뿌옇게 보이는 아버지.

좌우 눈동자 색깔이 다른 어머니.

칠흑 날개가 달린 형.

그리고 거대한 게를 짊어지고 있는 쿠논.

다른 사람이 본다면 무서운 괴물들이 만찬을 즐기는 풍경처럼 비칠 테지만—.

그 사실을 아는 사람은 쿠논뿐이었다.

뭐라고 해야 할까. 산 넘어 산이라고 해야 할까.

드디어 염원하던 시각을 손에 넣었건만 솔직히 기뻐할 수 없는 상황이라고 해야 할까.

이런 때야말로 스승과 상담을 해봐야겠지.

무언가 짐작 가는 바가 있을지도 모르고, 그렇지 않아도 상관없었다.

아무에게도 상담할 수 없는 이 사실을 이야기하고 싶었다. 그리고 여러 의견을 듣고 싶었다. 어쨌든 이 이상한 현상을 누군가에게 털어놓고 싶었다.

저녁을 마친 쿠논은 별채로 돌아가 펜을 들었다.

약 4개월 동안 만나지 않은 제온리에게 편지를 쓰기 위해서.

제8화 열두 살 생일

“생각보다 시간이 없네요.”

“그러게. 꽤 촉박하게 됐어.”

쿠논은 시녀와 함께 여행 준비를 하고 있었다.

이제는 집을 나갈 작정으로 별채에 있는 짐들을 정리했다. 그리고 최소한으로 필요한 여행용 짐을 이제 막 다 꾸린 참이었다.

갖고 가지 않는 물건들은 본관에 있는 쿠논의 방으로 옮겨질 것이다. 마술 관련 서류와 책들뿐이다.

쿠논은 얼마 전에 목표를 달성했다.

일단은 말이다.

조금 이상한 것까지 보이긴 하지만, 그래도 「눈을 만들어 시각을 획득한다」는 목표는 달성했다.

곧 봄이 끝난다.

곧 생일이 찾아오면 쿠논은 열두 살이 된다.

그리고 이번 생일을 인생의 분수령으로 생각하기에 가족과 함께 그날을 보낸 뒤 바로 휴그리아 왕국을 떠날 예정이었다.

마술학교에 가기 위해서였다.

“자잘한 건 현지에서 어떻게든 조달할 수 있을 테니 준비다운 준비는 이 정도면 될까요?”

“응.”

짐이 적었다.

반드시 챙겨가야만 하는 물건은 잠옷과 속옷 정도였다.

"마술학교에 입학하시면 기숙사에 들어가시는 거죠?"

"아니, 그게 말이야."

기본적으로는 그렇지만, 쿠논은 비교적 아슬아슬한 시기까지 마술학교에 갈지 말지 확실히 정하지 않았다.

그래서 기숙사 신청 기간이 지나고 말았다.

그러니 현지에서 교섭을 해야 한다. 빈방이 있으면 기숙사에 들어가고, 어렵다면 다른 숙소를 찾아야만 한다.

뭐, 돈은 있으니 어떻게든 되겠지.

"그래서 숙소가 아직 정해지지 않았어. 그쪽에 가서 찾아야할 것 같아."

"왠지 힘들 것 같네요."

"맞아. 일이 이렇게 됐으니 든든한 시녀가 함께 와주면 참 고마울 텐데 말이야. 어떻게 생각해, 이코?"

"—죄송합니다. 쿠논 님."

그렇다.

쿠논이 가장 신뢰하는 시녀는 마술학교에 동행하지 않는다.

마술사 중에는 왕후귀족도 드물지 않기에 기숙사에 사용인 한두 명쯤은 들일 수 있도록 허락해준다.

아버지는 쿠논에게 사용인을 붙여줄 작정이었으나— 다만 쿠논이 가장 따라와 줬으면 하는 시녀 이코는 이 이야기를 거절했다.

"죄송합니다."

그녀가 거듭 사과했다.

"저는, 결혼을 하고 싶습니다. 이미 적령기가 조금 지났으니 지금밖에 없어요. 지금 포기하면 평생 포기하게 될 거예요."

시녀가 그렇게까지 말하니 역시나 쿠논도 동행을 강하게 요구할 수가 없었다. 가볍게 찔러나 보는 것이 고작이었다.

시녀의 결혼이 늦어진 이유는 줄곧 쿠논의 곁에서 수발을 들었기 때문이었다. 본인은 결코 말하지 않았지만 역시나 쿠논도 그 사실을 알았다.

어렸을 적부터 늘 함께 있어줬다.

쿠논이 시녀의 존재를 인식하지 않았던 때부터 분명 줄곧 곁에 있어줬을 것이다.

그녀의 헌신에 감사했다.

그렇기에 더는 시녀의 인생을 자신을 위해서 쓰라고 강요할 수가 없었다.

……머리로는 알고 있지만. 그러나 마음으로는 미련을 쉽사리 떨쳐낼 수가 없었다.

"내가 이코 없이 살 수 있을 거라고 생각해?"

"그럼 쿠논 님이 저랑 결혼해주실 건가요? 해주실 수 있나요? 미리 말해두겠지만 전 불륜도, 첩도 절대로 용납 못해요. 미리카 왕녀 전하와 헤어지고서 절 받아주실 건가요?"

"이번 생은 어렵지만, 다음 생에 예약을 해두는 조건은 어떨까?"

"아쉽게 됐네요. 전 지금만 좋으면 그만인 타입이거든요. 지금만 좋다면 내일이나 내세는 아무렇든 상관없어요."

시녀는 꽤나 현실주의자였다.

이 무렵 그리온가는 조금 분주해졌다.

쿠논이 마술학교에 가겠다고 결정해서 준비에 쫓기고 있었다.

밟아야 하는 절차들이 많았고, 계획도 짜야했다.

여행지에서 알아야 할 최소한의 지식도 필요했고, 그 지역의 맛있는 음식도 파악해둬야만 하는 등 조사할 것들도 많았다.

그 와중에 뜻밖에도 형 이쿠시오의 검술 스승인 오우로 타우로가 쿠논에게 연락을 해왔다.

「먼 타지에 가시게 될 텐데, 그전에 짧게나마 정식으로 검술의 기초를 배우지 않겠습니까?」라는 내용이었다.

쿠논은 최근 수개월 동안 눈 제작에 온 정신을 쏟았다.

그전까지만 해도 일과처럼 수행해왔던 체력 훈련이나 무술 연습도 기분전환으로 마음이 내킬 때 하는 정도로 등한시했다. 그래서 몸이 완전히 녹슬었다.

그것을 자각한 쿠논은 여행을 버틸 수 있을 만한 체력도 기를 겸 오우로 사범의 도장에서 머물며 신세를 지기로 결정했는데—.

결국 일주일 동안 돌아오지 못했다.

오우로 사범은 도주로를 완전히 막고서 터무니없이 혹독한 훈련을 시켰다. 덕분에 노인을 향한 불신감이 조금 싹텄다.

그리고 이 훈련을 자신 몰래 승낙한 아버지에게도 조금 불신감을 품었다.

무슨 일이 닥칠지 모르니 힘을 조금이라도 기른 뒤에 보내고 싶다는…… 아버지 나름의 애정이었다. 쿠논도 자신을 위한 결정임을 잘 알았다. 그래도 불신감은 지울 수 없었다.

뭐, 그 덕분에 녹슬었던 몸이 나름 되살아난 것 같긴 하지만.

그리고 검술훈련을 마치고서 그리온가로 돌아가니 미리 예상한 것처럼 편지가 도착했다.

미리카가 보낸 것이었다.

내일 제온리를 데리고서 저택을 방문하겠다고 적혀 있었다.

"쿠논 군!"

미리카의 목소리를 약 4개월 만에 들었다.

결코 달리지는 않지만, 최대한 빠르게 걷는 귀여운 발소리도 4개월 만이었다.

"전하!"

이렇게 오랫동안 만나지 못한 것은 처음이었다.

그리움이 북받쳐서 쿠논은 눈물이 나올 것 같았다.

그러나 눈물이 쏙 들어갔다.

"……이럴 줄 알았지."

예상은 했다.

그래서 괜찮을 거라고 생각했지만.

예상은 했지만 위화감이 너무 강했다. 그리움도 다 흩어져버릴 정도로.

—미리카의 머리에는 본인의 키만한 깃털 하나가 나있었다.

쿠논은 얼핏 보고서 생각했다.

아, 커다란 깃털 펜이 머리에 꽂혀 있다고.

……충격이 워낙 커서 미리카의 미소녀스러운 면모가 퇴색되어 버렸다. 아름다운 금발에 아이스블루 눈동자를 지닌 약혼자의 아름다운 모습을 처음 봤는데도.

미리카는 이렇게 생겼고, 이런 사람이었던가.

그런 감동조차도 전부 사라졌다.

현재 쿠논에게는 「미리카는 머리에 깃털 펜이 꽂힌 여성」에 불과했다.

"쿠논 군?"

"만나고 싶었습니다, 전하. 머리는 괜찮죠?"

"예, 나도 쿠논 군을 보고 싶…… 머리?"

실제로 꽂힌 게 아니니 당연히 괜찮겠지만, 그래도 묻지 않을 수가 없었다.

"오랜만입니다. 쿠논 님."

미리카의 뒤를 바짝 따라온 사람은 제3기사단 소속 기사 다리오 선즈였다.

그는 호위이자 감시역으로 동행하기에 태도가 늘 조심스러웠다. 얼마 전까지는 2년이나 그리온가를 드나들었다.

"안녕하세요. 다리오 님."

한 주에 한 번이라고는 해도 2년이나 봐왔다. 나름 친해지기도 했다.

그런 그는— 거대하고 하얀 대검을 짊어지고 있었다.

물론 쿠논의 눈에만 보이는 것이었다.

실로 멋졌다.

그리고—.

"여어, 쿠논. 감히 날 부르다니. 대단해졌구만."

그리고 뒤늦게 유유히 걸어온 사람은 제온리 핀롤.

쿠논의 스승이자 마술만큼은 전폭적으로 신뢰할 수 있는 위대한 왕궁마술사.

그는, 그래, 그의 모습은…….

"눈부셔…… 윽!"

제온리의 온몸이 반짝였다. 금색 빛에 휩싸여서 아무것도 보이지 않았다.

호화로웠다.

화려했다.

금색이었다.

이것이 자신감에서 비롯된 빛이라면 제온리의 성격에 어울리는 것 같기도 했다.

그러나 보기에 따라서는 온몸이 뿌옇게 보였던 아버지보다도 더 심한 듯했다.

왜냐면 빛에 휩싸여서 아무것도 보이지 않으니까.

사람 형태의 빛에 불과하니까.

"눈부셔? 당연하지. 난 언제나 빛나는 존재니까. 그런 건 나도, 주변 사람들도 모두 알아. 뭘 새삼스럽게 그러는 거야?"

"아니 그게 아니라……."

쿠논은 설명하기 어렵다고 생각했다.

제온리가 말한 빛은 뭐라고 해야 할까, 보는 이의 감정과 정신에

좌우되는 빛이겠지.

쿠논이 말하고 싶은 것은 보이는 쪽의 문제다. ……아니, 이것만은 보는 이의 문제일지도 모르겠지만.

조금 아쉽긴 하지만, 머리에 깃털 펜이 달린 미리카와 인사를 이쯤에서 끝마쳐야 했다.

오랜만에 만났으니 이야기도 천천히 나누고 싶었지만 뒤로 미루기로 했다.

그녀에게 잠시 기다려달라고 양해를 구한 뒤 사람 형태로 빛나는 제온리와 함께 자신의 방으로 갔다.

"실은―."

쿠논이 단도직입으로 말을 꺼냈다.

이 스승과 제자는 함께 지내온 2년 동안에 충돌과 화해와 성공과 실패를 숱하게 거듭해왔다. 새삼스레 무언가를 숨길만한 사이가 아니었다.

제온리는 쿠논을 받아들였고 쿠논도 제온리를 받아들였다. 스승은 약한 모습을 좀처럼 드러내지 않지만, 필요하다면 제자는 스승을 전력으로 지지할 작정이었다.

쿠논이 설명했다.

「경안」으로 시각을 획득하는 데 성공했다는 사실.

그 덕분에 자신의 얼굴과 가족들의 얼굴, 바깥 풍경을 볼 수 있게 됐다는 사실.

그리고― 보여서는 안 되는 것까지 보게 됐다는 사실.

"보여서는 안 되는 게 뭐냐?"

제온리가 당연한 물음을 던지자 쿠논이 대답했다.

"제게는 스승님이 똑바로 쳐다볼 수 없을 정도로 눈부시게 보입니다."

"그야 그렇겠지. 난 언제나 요염한 미모와 흔들림 없는 자신감과 유례를 찾아볼 수 없는 재능으로 빛나는 남자이니까. 나만큼 빛나는 녀석이 있을까? 없겠지."

"그런 뜻이 아닙니다. 뭐라고 해야 할까, 진짜로 눈이 부십니다."

"뭐? 눈부시다고? 당연하지. 난 언제나 반짝이니까. 무슨 그런 당연한 소리를 새삼스럽게 하는 거냐. 우리가 몇 년이나 알고 지냈는데."

"아뇨, 그게 아니고요."

평소에는 든든했던 제온리의 흔들림 없는 자신감이 지금은 아주 성가셨다.

쿠논은 설명 방식을 바꾸기로 했다.

"전 보이지 않는 게 보입니다. 제게는 스승님이 빛을 발하는 것처럼 보인다고요."

"입 아프게 자꾸 떠들지 말고, 말하게 하지 마라. 그건 당연하대도?"

"제 뒤에는 게가 있습니다. 커다란 게가."

"……뭐? 게?"

"다리오 님은 대검을 갖고 다니지 않죠? 근데 그 분은 등에 하얗고 아름다운 대검이 있었습니다. 시녀는 멋들어진 뿔이 난 것처럼 보이고요."

"……그거, 진담이냐?"

"전 농담도 하고, 거짓말도 하지만, 스승님을 진심으로 화나게 하는 농담이나 거짓말은 하지 않습니다."

"말은 잘 하는구만. ……뭐, 그건 됐고."

제온리가 팔짱을 꼈다.

"그래서, 무언가가 보인다……? 그게 뭔데?"

"그걸 상담하고 싶어서 이곳으로 부른 겁니다."

"……그렇군. 과연. 참고로 미리카 전하는 어떻게 보였지?"

"……별로 말하고 싶지 않지만 들으실래요? 들으면 후회할지도 모를 텐데."

"말해. 아직 모르는 것투성이지만, 샘플은 많으면 많을수록 좋으니까."

그렇게 말하니 대답하지 않을 수가 없었다.

"머리에 거대한 깃털 펜이 꽂힌 것처럼 보입니다."

쿠논이 그렇게 대답했더니 제온리가 폭소했다.

"영문을 모르겠네! 근데 재밌다! 머리에 깃털 펜이 꽂혀 있다니, 이거 걸작이로군!"

제온리가 크게 웃었다. 쿠논은 스승이 진정되기를 기다렸다.

"웃을 일이 아닌데요."

「경안」 덕분에 5년 가까이 사귀어온 약혼자의 얼굴을 드디어 볼 수 있었다.

그런데 그 5년 동안의 추억보다 머리에 꽂힌 깃털이 더 인상이 강했다. 그녀의 얼굴은 잘 떠오르질 않는데 그 깃털은 떠올릴 수 있을 정도였다.

뒤에 있는 게와 마찬가지로 보다 보면 익숙해지겠지.

그러나 익숙해진 뒤에는 다른 문제가 불거질 것이다.

이번에는 불현듯 그 모습이 떠오를 때마다 냉정하게 보거나 생각하게 되겠지.

미리카의 머리에 깃털 펜이 꽂혀 있구나, 하고.

이러는 동안에도 미리카의 머리에는 깃털 펜이 꽂혀 있겠구나, 하고.

결혼식을 올릴 때도 깃털 펜은 건재하겠구나, 하고.

냉정하게 보거나 생각하다가 언젠가 나도 그 모습에 웃음을 터뜨릴지도— 그때 미리카가 상처를 입지 않을지 그것만이 걱정됐다.

분명 진지한 상황일수록 더 우습게 느껴질 테니까.

"그래서? 네 얘기에 따르면 난 눈부시게 보인다고?"

"예. 빛으로 만들어진 사람 그 자체거든요. 똑바로 쳐다볼 수 없을 정도로 눈부십니다. 진짜 말 그대로요."

"그래? 난 늘 반짝이지만, 역시나 태양조차 질투할 정도로 빛난다고는 차마 말할 수 없지. 백보 양보해서도."

오히려 태양은 검은 점으로 보이니 쿠논에게는 빛나는 존재가 아니긴 하지만.

"난 겸손한 사람이니 태양보다 뒤떨어진다는 건 인정하지. 뭐, 모든 인류 중에서는 최고겠지만."

스승이 허언을 내뱉자 쿠논은 이야기를 진행시켰다.

"어떻습니까? 뭔가 짐작이 가는 것이라도 있습니까?"

"—크게 나눠서 두 가지 있다."

두 가지.

두 가지나.

역시 왕궁마술사다. 기본적으로 자화자찬을 늘어놓는 성격이지만, 지식량은 타의 추종을 불허한다.

"우선 첫 번째는 영혼의 형태가 보이는 패턴. 영혼이 눈에 보이는 경우라고 할 수 있겠지. 그쪽 방면을 잘 모르는 나도 알 정도이니 조사를 조금만 해보면 많은 일화들을 찾아볼 수 있을 거다."

영혼의 형태.

영적인 것.

"그 가설에 따르면 제 영혼은 게라는 뜻입니까? 몸에서 조금 떨어져 있긴 하지만요. 제 영혼이 게 형태로 노출되어 있다는 말입니까?"

"근데 난 눈부시게 보인다면서? 나 정도쯤 되면 내면이나 외면뿐만 아니라 영혼까지도 반짝일 가능성을 아무도 부정하지 못할걸."

"뭐, 그렇긴 하지만요."

실제로 제온리가 눈부시게 보이니 부정할 만한 근거가 없었다.

그리고 쿠논의 입장에서는 스승이 빛나는 것이 딱히 나쁘지도 않았고, 언짢지도 않았기에 상관없었다. 되도록 보지 않으려고 의식하면 될 뿐이니까.

"다른 하나는?"

"너도 알 텐데? 아아, 근데 경험한 적은 없나? 마력에 취해서 환각을 일으킨 거다."

듣고서 깨달았다.

그렇다. 이 가설은 쿠논도 알고 있다.

"자연에는 마력이 모여 있는 곳이 있어서 그곳에 가면 마력에 취한다……. 그런 말이죠?"

"그래. 나도 경험한 적이 있는데, 술을 잔뜩 마시고 고주망태가 돼서 끝내는 기절했지. 근데 취하고서 기절하기 전까지 실존하지 않는 것들이 보였다. 이게 바로 마력에 취해서 보이는 환각. 뭐, 대개는 기절한 후에 일어나면 다 잊어버리긴 하지만."

쿠논은 술을 진탕 마셔본 적이 없기에 상상이 잘 되지 않았지만.

제온리가 그렇다고 하니 그런 현상이 있겠지.

"아주 흥미롭군. 왕궁마술사 모두를 봐줬으면 싶을 정도야. 왠지 법칙 같은 게 있을 것 같은데?"

"저도 궁금하긴 하네요. 하지만 아마 무리예요."

"그렇겠지. 넌 이제 곧 여행을 떠나잖냐? 돌아올 때까지 미뤄둬야겠군. 뭐, 기다리는 재미가 있는 것도 나쁘지는 않지만."

쿠논도 흥미가 없다고는 할 수 없겠지만…… 아니, 그것이 보이는 당사자로서는 솔직히 조금 곤혹스러웠다. 저렇게 재밌어하니 어떻게 반응해야할지 난감했다.

"쿠논. 이건 진지한 얘기다."

"예?"

"네 눈에 영문도 알 수 없는 재미난 것들이 보이는 현상 말이다. 난 상당히 마음에 걸려. 물론 마술사로서 흥미를 가지는 거다. 농담 반 진담 반이 아니라는 말이지."

"……예."

"뭐 어떠냐? 지금껏 보이지 않았던 눈이 뜨였어. 하지만 조금 이상한 게 보이는 것뿐이잖아? 눈이 보인다는 사실만으로도 횡재라고. 남들과 다른 시각을 갖고 있을 수도 있는 거잖아?"

"그렇게 받아들여야 할까요?"

"어렵게 생각하지 마. 자연계에는 색깔을 식별할 수 없는 생물도 있고, 반대로 눈을 여러 개나 가진 생물도 있어. 너처럼 보지 못하는 생물도 있지. 나 역시 다른 사람과 똑같은 시각으로 사물을 본다고 장담할 수는 없을걸? 인간은 감정에 따라 보고 싶은 것과 보기 싫은 것을 구분하기도 하니까. 사람마다 시각이 다르다는 뜻이야. 근데 그건 당연한 것이기도 해. 네게 너만의 시각이 생겼다면 그걸로 된 거야. 모두 그렇게 사니까 신경쓰지 마."

신경쓰지 말라고 해도 자꾸만 신경이 쓰이는데.

현재 가장 이상하게 보이는 빛의 인간이 그런 소리를 한들 설득력이 떨어지고.

그래도 누군가에게 털어놓음으로써 마음이 조금 가벼워진 것은 확실했다.

신빙성이 얼마나 있는지는 모르겠지만, 일단 문제의 실마리를 두 개나 제시해줬다. 역시 믿음직한 스승이었다.

「경안」으로 보이는 것이 무엇인지 앞으로 차분히 조사해보는 것도 좋을 듯하다.

"감사합니다, 스승님. 마음이 조금 긍정적으로 바뀌었습니다."

"그거 다행이구만. 이건 순전히 내 감인데, 어쩌면 그 현상에 중요한 의미가 있을지도 모르겠다. 뭐, 감에 불과하니 아닐지도 모르겠지만 말이다. 가급적 그 마술을 버리지 말아다오. 네가 정 괴롭다면 봉인해도 되지만, 그렇지 않다면 계속 세상을 봐라. 언젠가 무언가 도움이 될지도 모르니까."

아직은 이 시각도, 자신만 보이는 그 무언가도 익숙하지 않다는 게 쿠논의 속마음이었다.

지금은 조금 심각하게 생각하고 있다.

그래도 언젠가 여러 의미에서 익숙해질지도 모르겠다.

……일단은 상태를 지켜보자. 쿠논은 마음속으로 결론을 내렸다.

쿠논과 제온리는 이야기를 마친 뒤 방에서 나가기로 했다.

지금 미리카는 밖에 차려진 테이블에서 기다리고 있겠지.

다리오는 여전히 거리를 두고서 대기하고 있을 게 틀림없다. 2년 동안 그는 단 한 번도 같은 테이블에 앉지 않았다. 진지한 사람이다.

"근데 말이다."

"예?"

"나, 아마도 미리카 전하를 보면 웃을지도 모르겠는데? 아, 저 녀석 머리에 깃털 펜이 꽂혀 있구나, 하고 무조건 상상할 텐데?"

제온리조차 그러는데 그 모습이 실제로 보이는 쿠논은 오죽하랴.

—미리카와 다리오에게는 쿠논이 시각을 획득했다는 사실을 아직 밝히지 않았다.

제온리에게는 편지로 알려뒀지만, 그 두 사람에게는…… 정확하게 미리카에게는 지금부터 이야기할 작정이었다.

분명 묻겠지.

「난 어떤 식으로 보이나요?」라거나.

「날 보고 어떻게 생각하나요?」라거나.

「내 실제 모습이 쿠논 군의 상상 속 모습과 일치하나요?」라거나.

—머리에 깃털 펜을 꽂다니 멋을 참신하게 부리셨군요. 참 멋져. 그야말로 휴그리아 왕국의 패션 리더! 상상했던 모습과 일치해서 다행이에요!

……그런 식으로 말할 수 있을 리가 없었다.

눈이 보이게 됐다.

유효범위는 좁고 유지시간이 짧다는 제한이 있긴 하지만, 분명 눈이 보이게 됐다.

쿠논이 그렇게 말하자 미리카가 기뻐해줬다.

미리카가 기뻐해주자 쿠논도 정말로 기뻤다.

……머리에 깃털만 없었더라면 아무런 근심도, 고민도 없이 기쁨을 함께 나눴겠지.

예상대로 그녀가 「난 어떤 식으로 보이나요?」, 「날 보고 어떻게 생각하나요?」 하고 천진난만하게 물었다.

쿠논은 「아름다운 새의 깃털 같은 여성이라고 생각했어요! 아주 크고 아름다워요!」라고 대답하고서 무사히 넘겼다.

아름다운 새의 깃털 같은 여성.

미리카는 지금껏 들어본 적이 없는 감상이었다. 그러나 쿠논이 괴짜임을 잘 알기에 「뭐, 쿠논 군이 그런 식으로 표현하는 건 어제오늘 일이 아니긴 하지」라고 판단하고서 순순히 받아들였다.

같은 테이블에서 대화를 듣고 있던 빛의 인간이 웃었다. 감상을 그렇게 말할 수밖에 없는 쿠논의 고민과 당혹감이 전해져서겠지.

마술로 시각을 얻었다는 사실은 제온리를 통해 비밀리에 나라에 보고하기로 했다.

「보이지 않는 게 보인다」는 문제가 있긴 하지만, 그럼에도 대단한 발견이자 발명이었다.

그 마술을 원하는 자는 적을지도 모르겠지만, 원하는 자에게는 희망의 빛이었다.

그리고 만약에 마술사가 아닌 사람도 이 기술을 이용할 수 있게 된다면?

제온리는 제자의 이야기를 들었을 때부터 이 발명을 마도구로 재현해야겠다는 생각을 했다.

먼 미래에는 마력이 없는 일반인도 사용할 수 있는 마도구 말이다.

성공할지 어떨지 모르겠지만 그는 떠오른 생각을 대체로 형태로 만들어온 남자다. 언젠가 어떤 식으로든 성과를 거두리라.

앞으로 휴그리아 왕국을 떠나 마술학교에 가는 쿠논은 앞으로 몇 년에 걸쳐서 「경안」을 실험하고 사용하고 싶다는 방침을 밝혔다. 그래서 대대적으로 공표하는 것은 삼가기로 했다.

아직은 이 마술을 자유자재로 다룰 수 있다고 단언하기는 어려웠다. 일상에서 쓰기에는 술자에게 가해지는 부하가 너무 컸다.

무엇보다 **너무 많은 것들**이 보인다.

쿠논에게만 보이는 것인지 아닌지 결론이 확실히 나지 않은 이상, 경솔하게 퍼뜨려서는 안 된다고 판단했다.

제온리와 논의하여 이 마술을 완전히 감춰두는 방향으로 매듭지었다.

나라에 보고하는 내용은 「마술로 시각을 획득했다」는 사실 하나. 그것도 국왕 폐하와 왕궁마술사 총감 등 일부 상층부만이 알게 될 것이다.

—그리하여 귀찮은 보고를 스승에게 떠맡긴 제자는 자신의 생일을 맞이했다.

쿠논의 열두 살 생일에는 미리카도 와주었다.

매년 편지와 선물을 주고받긴 했지만, 당일에 방문해준 것은 이번이 처음이었다.

그리온가 가족들과 약혼자가 있다.

특별한 행사 없이 그저 다함께 조금 호화로운 저녁을 먹었다.

평상시와 다를 게 없긴 하지만, 미리카가 곁에 있는 것만으로도 특별한 하루가 됐다.

설령 머리에 깃털 펜이 꽂혀 있더라도 그녀가 특별한 여성이라는 사실은 변함없으니까.

선물도 받았다.

뿌옇게 보이는 아버지는 특별히 제작을 의뢰한 금속 지팡이를 줬다.

튼튼하고 조금 무겁긴 했지만, 만약의 사태 때는 호신용 무기로 사용할 수 있을 듯했다. 넘어지기 전에 지팡이부터 챙겨라, 라는 격언에 딱 맞는 소중한 지팡이였다.

좌우 눈동자 색깔이 달라서 영웅미가 느껴지는 어머니는 고급소재를 아낌없이 쓴 펜을 선물해줬다.

제온리가 떠맡긴 서류작업에 치이는 쿠논의 모습을 보면서 앞으로도 글을 쓸 일이 많으리라 짐작했기 때문이었다.

최대한 쓰기 편하고 피로감이 적은 펜을 골라줬다.

타천사처럼 생긴 형은 독자적으로 조사한 세계 미식 지도를 선물해줬다.

여행이란 힘든 일도 많고 피곤한 과정이다. 몸도 자주 나빠진다. 그런 여행에 즐거움이 하나 있는 것만으로도 마음가짐이 전혀 달라진다고 한다.

조금 엉뚱하다는 느낌도 들긴 했지만, 끈에 묶인 종이다발의 두께를 보니 쿠논을 위해서 얼마나 시간을 썼는지 알 수 있었다.

이미 그리온 후작가 차기 당주로서 교육받느라 바쁠 텐데도 동생을 위해서 이렇게 시간을 써준 형의 마음이 기뻤다.

그리고 미리카는 마은제(魔銀製) 브레이슬릿을 선물해줬다.

미리카도 동일한 물건을 차고 있었다. 맞춤 팔찌인 셈이었다.

앞으로 손목을 만질 때마다 미리카가 떠오르겠지. 그리고 분명 금세 애착이 가는 물건이 되겠지.

한동안 만날 수 없기에 가족과 미리카 모두 뜻깊은 선물을 줬다.

쿠논의 열두 살 생일은 그렇게 무탈하게 지나갔다.

에필로그

생일이 지나고 이튿날.

이른 아침부터 그리온가 가족과 사용인들이 현관 앞에 모여 있었다.

이제 쿠논은 마술학교로 떠난다.

그를 배웅하러 나온 것이었다.

"그럼 다녀오겠습니다—."

"""앗."""

쿠논은 잠깐 나들이를 다녀오는 것처럼 아주 가벼운 느낌으로 준비된 마차에 올라탔다.

작별인사를 나누며 헤어지는 감동적인 장면을 은근히 기대했던 부모님과 형은 김이 샜다.

그러나 아주 쿠논다운 행동이라고 생각했다.

촉촉한 작별와 진지한 인사는 이제 쿠논답지 않으니까.

"그럼 다녀오겠습니다—."

중간까지 동행하기로 한 시녀 이코도 가벼운 느낌으로 뒤이어 마차에 올라탔다.

이 시녀 때문이다.

좋은 의미로든 나쁜 의미로든 이 시녀 덕분에 쿠논이 바뀌고 말았다.

……아니, 분명 좋은 의미로 바뀌었다. 좋게 변한 비율이 더 클 것이다. 분명히.

가족들이 어처구니가 없다는 듯, 어쩔 수 없다는 듯 지켜보고 있으니 쿠논이 창문을 통해 얼굴을 내밀었다.

"다녀올게요! 2, 3년……4……5년…… 어쨌든 몇 년 뒤에는 돌아올 테니까!"

쿠논 그리온, 열두 살.

웃으며 말을 하는 그의 얼굴에는 비탄에 그늘졌던 옛 자취 따윈 전혀 남아있지 않았다.

마차가 움직이기 시작했다.

흔들림이 적은 이유는 탄력성이 있는 「물 구슬(아 오리)」로 바퀴를 보호했기 때문. 실로 부드러웠다.

"쿠논 님, 도시락 드실래요?"

"할머니, 아침밥은 아까 먹었잖아요."

"으—음……. 왠지 부족해서요. 그리고 또 할머니라고 했다가는 호되게 때려줄 거예요. 전 아직도 탱탱하거든요?"

"그리온가 부지에서 아직 나가지도 않았는데?"

"하지만 쿠논 님도 배가 고프시잖아요?"

"설마. 매력적인 여성과 단 둘이 있으니 너무 두근거려서 가슴도, 배도 이미 설렘으로 한 가득이야."

"그럼 혼자서 먹도록 하죠. 잘 먹겠습니다—."

"아, 진짜로 먹네……."

두 사람이 소탈하게 대화를 나누는 동안에 그리온가가 점점 멀어져갔다.

식후에 금세 잠이 든 시녀와 마차 밖으로 몸이 툭 튀어나온 게와 함께 쿠논은 휴그리아 왕도를 지키는 문을 지났다.

열린 차창에서 초여름 바람이 불어들었다.

그러고는 쿠논의 뺨을 부드럽게 쓰다듬고서 멀리 날아가 버렸다.

특별수록 에피소드 : 또 한 사람의 전환점

「언제까지 **당신의 약혼자**로 남을지는 아무도 장담할 수 없을 걸? 언젠가 나 정도는 아니어도 쿠논을 원하는 여자들이 떼로 몰려들 텐데? 제9왕녀님, 이제 알겠나?」

왕궁마술사의 무신경한 말 한마디가 그녀를 바꿨다.

미리카 휴그리아.

휴그리아 왕국의 제9왕녀이자 마술사로서 각성한 그리온가 차남의 약혼자로 선택된 소녀다.

그녀는 눈이 보이지 않는 그와 결혼해야만 했다.

처음 만났을 때는 불안하기 그지없었으나 지금은 그 누구보다도 약혼자의 존재를 인정하고서 받아들였다.

그래—.

정말로, 정말로 쿠논 그리온과 결혼해야겠다고 각오를 굳힌 것은 그 말이 계기였겠지.

"후우……."

왕녀치고는 간소한 개인방으로 돌아온 미리카가 테이블에 앉아 한숨을 깊이 내뱉었다.

온몸이 아팠다.

근육통은 이미 만성이 됐고, 작은 타박상이나 찰과상은 나을 새도 없었다.

이래봬도 익숙해지긴 했지만— 그래도 아직 부족하겠지.

"미리카 님, 약초차입니다."

"고마워."

전속시녀 로라가 끓여준 차를 마셨다.

약초의 쓴맛이 코를 찔렀지만, 이 맛도 이제 익숙해졌다. 떫은 차 한 잔으로 피로를 조금이라도 회복할 수 있다면 이득이었다.

"이제 곧 학교가 시작되네요."

"그래."

귀족학교는 졸업했다.

이제 곧 상급귀족학교에 다니게 된다.

"때에 맞출 수 있을까요?"

"역시 안 될 것 같아."

—왕궁마술사 제온리의 말을 듣고서 미리카는 기사를 목표로 삼았다.

배 다른 오빠가 경솔한 생각이라며 비웃었지만, 미리카는 깊게 생각하고서 결정한 일이었다.

이 모든 것은 쿠논 그리온과 결혼하기 위해서다.

제9왕녀라는 허울뿐인 신분이 아니라 기사라는 신분을 자신의 손으로 거머쥘 생각이다. 이것은 어엿한 공적이다.

먼 미래에는 영지를 받기로 되어 있다.

영지를 경영하려면 지식뿐만 아니라 힘도 필요하다. 때로는 영지를 지키기 위해서, 때로는 영지를 발전시키기 위해서 마수(魔獸)나도적단과 전투를 해야할 일도 생기겠지.

유사시에는 자신의 손으로 쿠논을 지키고 싶었다.

미리카는 그렇게 생각하고서 기사를 목표로 삼았고, 자발적으로 훈련을 시작했다.

그러나.

"기사과 신청 기간은 이미 끝났대. 뭐, 현재 내 실력으로는 기사과 입학시험에 통과할 수 없을 테니 상관없지만……."

기사과는 상급귀족학교의 학과 중 하나다.

그러나 신청……이라고 해야 할까, 입학시험이 이미 끝났기에 미리카는 보통과에 진학하기로 되어 있다.

기사과에 들어갈 생각이라면 내년에 전과시험을 치러야만 했다.

아직 훈련이 부족하기에 차라리 잘 됐다고 생각했다.

기사를 목표로 삼은 지 3개월도 채 되지 않았다. 실력이 아직 부족했다.

"내년에 전과시험을 치를 거야. 그때까지 훈련 시간이 충분히 생겼다고 생각할래."

아직 초조해할 필요는 없었다.

느려도 좋으니 착실히 나아가면 된다.

……그렇게 생각했지만.

"—여, 공주님. 꼬시러 왔다."

봄이 지난 어느 날.

미리카가 훈련실로 삼은, 창고로 쓰던 빈 방에 불청객이 찾아왔다.

"죽일 거예요?"

만류했는데도 억지로 밀고 들어왔는지 전속시녀가 배후에서 단검을 그의 목에 댔다.

그래도 그는 대담한 웃음을 거두지 않았다.

"로라, 됐어요."

미리카가 이마에 난 땀을 닦으며 말하자 로라가 그에게서 떨어졌다—. 그녀는 시녀이자 호위이기도 했다.

불청객의 정체는 제온리 핀롤.

지난번에 그는 쿠논의 스승이 되면서 미리카와도 제법 밀접한 관계를 맺게 됐다. 뭐, 구체적으로 말하자면 외출하는 미리카의 호위를 맡게 됐다. 표면상으로는.

"때와 상황을 좀 가려라. 제온."

지금까지 목검을 맞부딪쳤던, 미리카의 스승이라고도 할 수 있는 기사 다리오 선즈도 난색을 표했다. 그는 신사라서 제온리와는 아주 달랐다.

"그거 미안하게 됐네. 하지만 급해."

그럴 줄 알았지, 하고 미리카는 생각했다.

왕궁마술사인 제온리는 왕궁 내에서 미리카와…… 아니, 왕족이나 요직에 있는 사람과 섣불리 만나지 않았다. 자칫 정치에 휘말려서 인생이 꼬일 수 있음을 잘 알기 때문이었다.

"지금 제니에 코스가 검은 탑에 와있어. 만나보고 싶지 않나?"

—만나고 싶다.

딱히 만나서 뭘 어쩔 생각은 없지만 만나고 싶었다. 만나보고 싶었다.

제니에 코스.

약혼자가 마술 이야기를 할 때마다 꼭 언급했던 마술 스승— 여성의 이름이다.

억측이라는 것도, 나이를 따져봤을 때 **그럴 리가 없다**는 것도 잘 알았다. 그럼에도 흥미가 없다고는 할 수가 없었다.

5개월 전에 쿠논이 귀족학교를 졸업하면서 그녀는 가정교사를 그만뒀다.

그리고 지금에 이르렀다.

“왜 온 건가요?”

“소개장이 필요하다나? 졸업한 마술학교로 돌아가서 수련을 하고 싶대. 그 여자, 재학 중에는 나 같은 천재 마술사를 보고서 마음이 꺾였던 모양이야. 그런 경우는 상당히 많지. 근데 이번에야말로 진심으로 마술을 배우고 싶다고 하더라고. 그래서 지금 론디몬드한테 가서 직접 담판을 벌이고 있어. ……벌써 여섯 번째이긴 하지만.”

“여섯 번째?”

“론디몬드가 소개장을 받을 만한 실력을 보이라고 했거든. 그래서 이번이 여섯 번째. 그 영감은 노력하는 마술사한테는 무르거든. 찬스를 대체 몇 번을 주는 거야?”

쿠논의 가정교사를 그만둔 지 5개월.

제니에 코스는 수련을 거듭해왔다.

“근데 이번에야말로 합격 판정을 받을 수 있을 것 같아. 그래서 당신을 꼬시러 온 거야. 지금이 아니면 한동안은 만나지 못할걸?

당신, 그 여자한테 제법 감정이 있잖아?"

있다.

없을 리가 없다.

약혼자의 마음을 절반 이상 차지한 마술과 밀접하게 관련된 여자의 존재가 신경 쓰이지 않을 리가 없었다.

그러나.

"……."

미리카는 조금 복잡한 기분이 들었다.

자신과 똑같다.

최근 5개월 동안에 자신도 기사가 되기 위해서 필사적으로 단련해왔다. 연적……은 아니지만, 일방적으로 조금 적대시했던 제니에도 동일하게 행동한 모양이었다.

"……궁금하긴 하지만, 그만둘게요."

서로 목표로 하는 방향이 다르겠지.

그러나 공교롭게도 그녀는 자신과 동일한 시기에 동일하게 스스로를 단련했다.

—쓸데없는 생각은 하지 않고 그저 수련한다. 자신의 수준을 높인다.

그녀가 그렇게 하고 있다면 자신도 그렇게 해야만 하겠지.

만나본들 아무 소용도 없고, 무언가를 할 생각도 없었다. 그럴 겨를이 있다면 목검을 휘두르는 편이 차라리 낫겠지.

그녀에게는 지고 싶지 않았다.

여러 의미로 지고 싶지 않았다.

"오, 그래? 그럼 됐고. —일단 내 나름의 배려였는데 말이야."

"예?"

—배려? 무례한 당신과는 가장 거리가 먼 단어 아닌가요?

차마 입 밖으로 꺼내지는 않았지만 마음속으로 확실히 덧붙였다.

그런 마음의 소리가 어쩌면 얼굴에 드러났는지도 모르겠다.

제온리가 히죽 웃고서 몸을 홱 돌렸다.

"2년 뒤 쿠논을 마술학교에 보낼 거다. 그곳에서 쿠논과 제니에는 재회하겠지."

"잠깐만. ……거기 서요!"

그는 기다리지 않았다.

최악의 기분만 안겨주고서 얼른 가버렸다.

훈련을 마치자마자 미리카는 도서실로 달려갔다.

마술학교에 관해 조사하기 위해서였다.

이름 정도는 들어본 적이 있지만, 미리카는 마술사가 아니라서 자세히는 알지 못했다. 귀족학교에는 일단 필수과목으로서 타국의 정세를 배우는 수업도 있긴 하지만…….

뭐, 정확하게는 나라가 아니고, 내정도 잘 모르기에 휴그리아 교육기관에서는 중요하게 여기지 않는 듯했다. ……혹은 고의로 정보를 규제하고 있거나. 진상은 알 수 없었다.

마술도시 디라싯크.

세 대국에 둘러싸인 도시로, 왕후귀족이 존재하지 않는 독자적인 문화를 구축했다.

아니, 정확하게는 그 도시를 세운 불로불사의 마녀 그레이 루바가 왕으로 군림한다고 해야 할까.

먼 옛날에 그 땅을 탐했던 주변 세 나라…… 제국과 성교국과 신왕국의 침략행위를 그레이 루바 혼자서 제압했다나?

그 사건 이후로 디라싯크는 불가침의 땅으로 정해졌다고 한다. 나라는 아니지만 독립국으로서 대우를 받은 것이나 다름없었다.

……뭐, 그런 배경은 제쳐두고.

마술학교는 전 세계의 마술사들이 그레이 루바에게 가르침을 청하기 위해 몰려들면서 세워졌다고 한다.

마술사들이 모이고, 사람들이 모이고, 상인들이 모여서 도시가 형성되어 현재에 이르게 된 것인데—.

"하아……."

문제는 지금도 전 세계에서 마술사들이 몰려드는 곳이라는 점이었다.

맙소사.

무슨 의도인지는 차치하더라도 제온리가 배려라 하고 내뱉었던 말이 사실인 듯했다.

"두 사람, 정말로 재회할 것 같아…… 아니, 하겠네."

알면 알수록 쿠논이 마술학교 입학을 원할 수밖에 없겠다는 생각만 들었다.

그리고 분명히.

자신이 말려서는 안 되겠지.

쿠논이 마술사로서 대성하기 위해서 마술학교는 중요한 과정이 될 테니까.

미래의 아내로서 그것을 막는 것은 용납될 수 있는 행동이 아니었다.

◆

세월이 흘렀다.

특별한 일은 없었다.

굳이 말하자면 미리카가 어떤 이유 때문에 기사과로 전과하는 것을 1년 미뤘다는 것 정도?

그 이외에는 표면상으로는 아무 일도 없었다.

—뒤에서는 너무나도 많은 일들이 있었지만.

쿠논이 마술학교에서 돌아온 뒤에 분명 그 일들이 자세히 드러나게 되겠지.

예를 들어 쿠논과 제온리가 공동으로 개발한 마도구의 존재 말이다.

열도섬유(熱導纖維)라 명명된 실.

마력을 불어넣으면 열을 내는 실 모양의 난방기구로, 천 등에 삽입하여 사용한다. 왕이나 왕비가 사용하는 무릎덮개에 이 기술이 채용되면서 높은 가치를 인정받아 타국과의 거래에도 사용될 정도다. 미리카도 애용한다.

그리고 점수기(粘水器)라 명명된 용기.

물을 넣으면 반고체 크림 형태로 바꿔주는 마도구인데, 주로 바르는 약 위에 이것을 덧발라 환부와 약을 보호한다. 미리카도 애용한다.

그밖에도 건축자재로서 사용된 사례도 몇몇 있다고 한다—. 표면상으로는 제온리 핀롤의 이름으로 발표됐지만, 왕을 비롯한 일부 상층부는 확실히 알고 있었다.

제온리의 제자가 그의 연구를 10년은 앞당겼다는 사실을.

쿠논이 열두 살이 되고 마술학교를 떠난 지 얼마 되지 않았을 때.

미리카는 드디어 기사과 전과시험에 통과했다.

아니, 올해야말로 시험을 치를 수 있었다고 표현해야 옳을까.

1학년 때는 신청기간이 지나버렸고, 2학년 때는 어떤 사정으로 전과시험 자체를 치르지 못했으니까.

그리고 현재 기사과 3학년 여자반에 미리카의 모습이 보였다.

"—저기 봐봐. 소문난 그 불량 공주야."

"—엥, 미리카 전하가 왜 기사과에?"

"—나쁜 짓을 너무 많이 저질러서 보통과에 더는 머물 수가 없게 된 게 아닐까?"

학생들이 뒤에서 수군거렸지만 그녀는 딱히 대처하지 않았다.

내심 「역시 그런 식으로 생각들을 하는구나…….」 하고 조금 침울해하긴 했지만.

제9왕녀 미리카 휴그리아. 머지않아 열네 살이 된다.

기사를 목표로 삼은 지 2년.

현재는 악동으로서 악명을 떨치는 제6왕자 라일 휴그리아와 한통속이 되어 악행을 저지르고 다니는 불량 공주로 불리고 있다.

■작가 후기

여러분, 처음 뵙겠습니다. 초면이 아닌 분은 안녕하세요.

미나미노 우미카제입니다.

제 졸저「마술사 쿠논은 보인다」를 손에 들어주셔서 감사합니다.

집에서 읽으십니까? 서서 읽으십니까? 아니면 구입을 망설이고 계십니까?

부디 구입하시어 귀하의 댁으로 데려가주시길 바랄게요.

이 소설은「소설가가 되자」와「알파폴리스」라는 인터넷 사이트에 연재한 내용을 서적화한 겁니다.

작가마저도「왜지?」하고 고개를 갸웃거릴 만큼 인기를 끌어서 서적으로 출간됐습니다.

분명 작가 인생의 피크겠죠. 평생의 운을 모두 소진하여 얻어낸 결과겠죠.

무서워. 행운의 반동이 무서워. 그래도 이 빅웨이브를 타야만 해. 빅머니를 거머쥐고 파. 노후자금을 모아두고 파. 사치부리고 파. 사치를 부리고 파. 먹어본 적 없는 티본 스테이크를 먹어보고 파. 기념으로 티본을 가져다가 거실에 걸어두고 파. 화끈하게 과금을 해보고 파. 친구를 갖고 파. 친구가 되고 싶은 작가의 작품도 구입하고 파. 구입하고서 보란 듯이 트위터 등에 「이거 샀어요」 하고 사진도 올리며 알랑거리고 파. 강력한 연줄을 갖고 파. 그나저나 이렇게나 라임을 맞췄는데 왜 전혀 랩처럼 들리지 않을까? 욕망은 끝이 없어. 친구 따윈 하나도 없어.

이러한 노골적인 야망과 래퍼가 되고 싶어 하는 목표가 이뤄질지도 모르는 꿈의 사이트 「소설가가 되자」.

당신이 읽고 싶은 소설을 반드시 찾아낼 수 있고, 당신이 쓴 소설을 누군가가 읽어주는 「소설가가 되자」 및 「알파폴리스」를 잘 부탁드립니다. 다만 서적이 발행되면서 「알파폴리스」 연재를 중지했으니 양해바랍니다.

앞서 적은 대로 이 소설은 수많은 분들의 응원으로 유지되고 있습니다.

「소설가가 되자」와 「알파폴리스」의 독자 여러분들, 감사합니다.

한줌밖에 되지 않는 제 팬과 그렇지 않은 분, 이 모든 분들 덕분에 이렇게 책까지 나왔습니다. 어쩌면 염원하던 티본 스테이크를 먹을 수 있을지도 모르겠습니다.

일러스트를 맡아주신 Laruha선생님, 일러스트를 근사하게 그려주셔서 감사합니다.

러프화를 보고서 한눈에 「이게 쿠논이구나!」라고 생각했습니다. 제가 상상했던 쿠논보다 더 쿠논다워서 깜짝 놀랐습니다. 선생님의 그림이 제 망상을 초월했다고 해야 할까요. 참 훌륭하네요.

월간 코믹 어라이브에서 La—na선생님이 맡아주신 코미컬라이즈도 시작될 예정입니다. 그림이 참 멋지더군요. 아주 멋진 그림입니다. 이런저런 캐릭터들의 활약을 멋진 그림으로 보실 수 있습니다. 이런저런 행동들을 하는 모습을 보실 수 있다 이 말이죠. 어떻습니까? 보고 싶으십니까? 전 보고 싶습니다.

절 발탁해주신 카도가와 BOOKS 임직원 여러분, 담당편집자 O씨. 서적 편집 및 수정을 해주시느라 고생이 많으셨습니다.

감사합니다.

오래도록 알고지낼 수 있길 기도하겠습니다.

솔직히 말해서 10권이 넘는 시리즈물이 됐으면 좋겠습니다. 이런저런 기회들이 있었으면 좋겠습니다. 영상 쪽에서 무슨 일이 벌어졌으면 좋겠습니다. 코미컬라이즈도 잘 부탁드립니다.

다음 권이 있을까요?

없나?

부디 있기를 바라면서 다음 권에서 또 뵙도록 하죠.

마술사 쿠논은 보인다 1

초판 1쇄 발행 2023년 6월 20일

지은이_ Umikaze Minamino
일러스트_ Laruha
옮긴이_ 박춘상

발행인_ 최원영
편집장_ 김승신
편집진행_ 권세라 · 최혁수 · 김경민 · 최정민
편집디자인_ 양우연
관리 · 영업_ 김민원

펴낸곳_ (주)디앤씨미디어
등록_ 2002년 4월 25일 제20-260호
주소_ 서울시 구로구 디지털로 26길 111 JnK디지털타워 503호
전화_ 02-333-2513(대표)
팩시밀리_ 02-333-2514
이메일_ lnovellove@naver.com
L노벨 공식 카페_ http://cafe.naver.com/lnovel11

ISBN 979-11-278-6878-9 04830
ISBN 979-11-278-6877-2 (세트)

값 11,000원